Heibonsha Library

疫病短編小説集

平凡社ライブラリー

"The Intensive Care Unit" by J. G. Ballard

Heibonsha Library

疫病短編小説集

R.キプリング、K.A.ポーターほか著
石塚久郎監訳

平凡社

本著作は、平凡社ライブラリー・オリジナル版です。

目次

1 疫病

赤い死の仮面……エドガー・アラン・ポー／上田麻由子 11

2 天然痘

レディ・エレノアのマント……ナサニエル・ホーソーン／馬上紗矢香 23

3 コレラ

見えざる巨人……ブラム・ストーカー／馬上紗矢香 51

モロウビー・ジュークスの奇妙な騎馬旅行……ラドヤード・キプリング／大久保譲 75

一介の少尉……ラドヤード・キプリング／大久保譲 111

4　インフルエンザ
蒼ざめた馬　蒼ざめた騎手……キャサリン・アン・ポーター／石塚久郎　139
5　疫病の後
集中ケアユニット……J・G・バラード／石塚久郎　235
解説……石塚久郎　252

訳者による注記は原則、本文中に〔　〕を用いて記した。

原文には今日では差別的と思われる表現も含まれるが、時代的な背景を考慮してそのまま訳出した。

巻末には作品理解の助けとなる詳しい解説を付した。作品と平行して読まれたい。

1 疫病

赤い死の仮面

エドガー・アラン・ポー／上田麻由子

「赤い死」が国じゅうを蹂躙するようになってから、もうずいぶん長い時がたつ。これほど大勢の死者を出した、これほどおぞましい疫病はかつてなかった。血がその化身であり、そのしるしだった――赤々とした、恐ろしい血だ。鋭い痛みが走り、急に眩暈がしたと思ったら、毛穴という毛穴から血がどくどくと吹き出して、息絶える。身体じゅうに赤い斑点が浮かび上がり、とりわけ顔にあらわれた斑点はこの病にかかった証《あかし》となって、誰からも手を差し伸べられることも、同情されることもなくなる。発作が起こって、病が進行し、死に至るまでは、わずか三十分ほどしかかからない。

しかしプロスペロ公といえば思い悩むことなくどっしりと構え、しかも機知に富んでいた。領地にいる臣民の半数ほどが死に絶えると、自身の宮廷に仕える騎士たち貴婦人たちのうち健康で陽気な者を千人ほど呼び立てて、胸壁を頂く城のごとき館の奥深くに彼らとともに引きこもった。このどこまでも続く壮麗たる建物は、プロスペロ自身の奇抜ではあるが堂々たる趣味の産物だった。高々とそびえる頑丈な塀が館をぐるりと取り囲み、扉は鋼鉄でできている。廷臣たちは扉をくぐると、持ち込んだ炉と巨大な金槌を使って、閂《かんぬき》を打ち固めてしまった。これは中に入ってから、ふと絶望にかられたり、突発的な狂乱状態に陥ったりしても、出入りする手立てをいっさい残しておくまいと覚悟を決めてのことだった。館の中には食糧がたっぷり蓄えられていた。これほど用心して、廷臣たちは疫病に挑んでいた。外は外でどうなろうとかまわない。いっぽうこの中では、嘆くことも、物思うことも愚かしい。プロスペロはありとあらゆる娯楽を用意していた。道化もいれば即興詩人もいる。バレエダンサーも、楽師も、美しいものもワインもある。あらゆるものが、そして安全が、館の中にあった。外には「赤い死」があった。

隠遁生活が始まって五、六ヶ月が過ぎようとしていたころ、外では疫病がこのうえなく猛威をふるうなかで、プロスペロ公は千人の友人たちをもてなすため、空前絶後の華麗な仮面舞踏会を催した。

それはなんとも官能的な仮面舞踏会だった。しかし、まずは会場となった一連の部屋について説明するところからはじめよう。部屋は全部で七つ――壮麗なる続きの間《スィート》だ。たいていの宮殿では、この手の続きの間《スィート》は入り口からはるか奥までまっすぐ見通せ、折り畳み式のドアを左右の壁に仕舞い込めば、ほぼ何にも妨げられずに全体を見渡せるのが普通だ。しかし、プロスペロがいかに奇想を愛しているかを考えればば想像に難くないだろうが、ここではかなり趣が違っている。それぞれの部屋があまりに不規則に並んでいるため、一度に一部屋しか見えないようになっている。二、三十メートル進むごとに急なカーブを描き、曲がるたびに新奇な趣向が目に飛び込んでくる。左右どちらの壁にもその中央に、背が高く幅の狭いゴシック風の窓があって、部屋から部屋への折れ曲がりに沿って続く回廊が見える。これらの窓にはステンドグラスが嵌め込まれていて、その色は、窓のある部屋の装飾の基調をなす色にあわせて、それぞれ異なっている。たとえば東の端にある部屋は青で統一されているので、窓の色も鮮やかな青。第二の部屋は装飾もタペストリーも紫なので、窓も紫。第三の部屋は緑で統一されているので、窓も緑。第四の部屋は家具も窓から入る光も橙、第五の部屋は白ずくめ、第六の部屋は菫ずくめだった。第七の部屋は全面が、黒いベルベットのタペストリーで天井も壁も包み込まれ、それが重たい襞《ひだ》をつくって、同じ素材、同じ色合いの絨毯の上に垂れ下がっている。しかしこの部屋だけは、窓と装飾の色が一致していなかった。窓の色は深紅――つまり濃い血の色だったのだ。さて、これら七つの部屋にはランプや枝付き燭台といったものはどこにも見当たらない。ただいたるところに金色の装飾品が置かれたり、天井から吊るされたりしているのみ。この続きの間が、ランプや蠟燭の発する光に照らされることはない。しかし部屋をとりまく廊下には、それぞれの窓と向かいあって重厚な三脚台が置かれ、その上で燃える火鉢の炎がステンドグラスに映って、部屋の中を煌々と照らしている。このようにして室内にはけばけばしくも奇怪な光景が次から次へと生まれていた。しかし西端の黒い部屋では、炎が血のように赤い窓ガラスを通して漆黒のタペストリーに射し込む、その光の効果は身震いするほど恐ろしく、入る者たちの顔を狂おしい形相に染め上げてしまうので、中にわざわざ足を踏み入れるような大胆な者はほとんどいなかった。

西側の壁に黒檀でできた巨大な時計が置かれているのも、この部屋だった。振り子は鈍く、重々しく、単調な響きを立てて左右に揺れている。そして分針が文字盤を一周し時針が時を告げるとき、その真鍮製の肺から、澄んだ、大きく低い、実に音楽的ではあるものの、あまりにも音色と強弱が特異な音が響きわたるため、オーケストラの楽師たちは一時間ごとに演奏する手をしばらく休めなければならず、時計の音にじっと耳を傾けることになる。そうすると、ワルツを踊る者たちもまた動きを止めないわけにはいかず、陽気な一団はつかのまとはいえ狼狽の色を隠せない。そして時計の鐘が鳴り響いているあいだは、ひときわ軽薄な者でさえも顔色が青ざめ、もっと年を重ね落ち着いている者たちは、あたかも混乱した夢想か物思いにふけっているかのように額に手をやる。だが、鐘のこだまが完全に止んでしまうと、すぐにまた人々のあいだに明るい笑い声が広がっていく。楽師たちは顔を見あわせ、あのくらいで神経質になるなんて愚かだったと嘲るかのように、微笑みあう。そして、次に鐘が鳴ってももうあんなふうには動揺すまいと、小声で誓いを交わす。しかし、いざ六十分が過ぎ（すなわち三千六百秒ののち）、時計の鐘がまた鳴り響くと、人々はみな以前とまったく同じように狼狽し、恐れおののき、物思いにふけるのだった。

しかし、こうしたことはあったものの、それは陽気で盛大な宴であった。プロスペロ公の趣味は独特で、さまざまな色彩やその効果について優れた眼識をそなえていた。単なる流行である上品さなど眼中にない。その計画は大胆かつ激烈、その発想は野蛮な輝きを放っていた。プロスペロを狂人ではないかと思う者がいたとしても、不思議はない。だが彼の信奉者たちはそうは思っていなかった。彼が狂っていないと確かめるには、その言葉を聞き、その姿を目の当たりにし、その身体に直に触れてみる必要があった。

この盛大な饗宴を催すにあたって、七つの部屋の装飾の大半を指示したのはプロスペロ自身であり、仮面舞踏会の参加者たちを彩っているのも、やはりプロスペロの趣味だった。彼らはみな、紛れもなくグロテスクだった。けばけばしく飾り立てた、刺激的で、幻想的な装い——その多くをわれわれはのちに『エルナニ』〔ヴィクトル・ユーゴーのロマンス悲劇、一八三〇年初演〕で見ることになる。手足も装身具も不釣り合いな、面妖な出で立ちをした人々がいる。狂人が思いついたような、錯乱した奇想もある。美しいもの、猥雑なもの、奇怪なもので溢れかえっていて、そこに恐ろしいものがいくらか混じり、さらには嫌悪感を掻き立てかねないものも少なからずあった。じっさい、幾多の夢まぼろしが七つの部屋を闊歩していた。そしてこれらは――夢まぼろしは、それぞれの部屋の色あいを帯びながら悶え、のたうち回り、オーケストラの奏でる狂おしい調べすらその足音のこだまのように聞こえた。やがて、漆黒のベルベットの部屋に据えられた黒檀の時計が、時を打つ。しばらくのあいだ、あらゆるものが動きを止め、静寂が訪れる。聞こえてくるのは、時を知らせる時計の声のみ。まぼろしたちは、立ち止まったまま凍りつく。だが鐘の音が途絶えると――所詮はほんのしばらくのあいだ鳴るだけなのだ――消えゆく音を追うように、明るい、なかば押し殺したような笑い声が広がっていく。そしてまた音楽が盛り上がり、まぼろしたちは息を吹き返して、三脚台の篝火の光に照らされたステンドグラスのさまざまな色に身を染めながら、いっそう楽しげに前後にのたうち回る。しかし七つの部屋の西端にある部屋に、いま敢えて足を踏み入れようとする参加者はいない。夜も更け、血の色をした窓から差し込んでくる光はいっそう赤々とし、部屋を覆う真っ黒なカーテンのつくりだす暗闇はいっそう恐ろしく、漆黒の絨毯に足を踏み入れる者に、すぐそばにある黒檀の時計から聞こえるくぐもった音は、他の部屋で大騒ぎしている者たちの耳に届く音よりはるかに物々しく迫ってくるのだった。

とはいえ他の部屋は大勢の人でひしめいており、そこでは生命が熱に浮かされたように鼓動していた。人々は渦をなして踊り続け、そしてついに真夜中を告げる時計の音が鳴りはじめる。と、すでに述べたとおり音楽が止んで、ワルツを踊る人々の動きが止まり、これまでと同じようにあらゆるものが不安な思いとともに静止する。だがいまは、時計の鐘が十二回鳴り響く。それゆえ時間が長いぶんだけ、浮かれ騒ぐ人たちの中でも思慮深い者たちの心に、これまでにない新たな思いが忍び込んだのではないか。そしてまた、最後の鐘のこだまが静けさにすっかり溶け込んでしまう前に、群集の中の多くの者が、それまで誰の注意も引くことのなかった、ひとりの仮面の人物の存在に気づくことになったのではないか。この新しい人物をめぐる噂が、囁きをつうじて広がっていき、とうとう居並ぶ人々みなから、がやがやと、ざわめくように非難と驚きの声が上がりはじめ、ついにそれが恐怖を、おぞましさを、厭悪をあらわす声に変わっていった。

これまで描写してきたような夢まぼろしが集うなかで、ただありきたりな格好をしているだけでは、ここまでの騒動を引き起こすことはむろんできなかったであろう。じっさい、この夜の宴ではどんな仮装でも、ほとんどやりたい放題だった。だが、件《くだん》の人物はあのヘロデ王をも凌ぐ残虐趣味をあらわにしていたため、プロスペロ公が曖昧なままにしていた礼儀の限界すら超えてしまっていた。いかに何事も意に介さない者であっても、その心のうちに触れれば揺らぐ琴線というものがあるものだ。生も死ももはや冗談にしか思えないくらい、とことん堕落した者にとっても、さすがに冗談では済まされないという事柄が依然としてある。事実そこにいた全員が、この侵入者の衣装と振る舞いにはいかなる機知も品性もないと、心の底から感じているようだった。その人物は背が高く痩せていて、頭のてっぺんからつま先まで、死装束をまとっていた。顔を覆い隠している仮面は、硬直した死体の顔にあまりにそっくり似せられていたので、どんなにじっくり観察してみてもそれがつくりものだと見破るのは困難だっただろう。しかしこうした装いも、周りで踊り狂っている者たちに、さすがに受け容れられはしないものの、まだ大目に見られたかもしれない。ところがこのもの言わぬ人物はこともあろうに「赤い死」の姿に扮していた。その衣装は血にまみれ、耳も目も鼻もあるその仮面の広い額には、例の恐ろしい赤いしるしが点々とついているのである。

この亡霊のような姿に目を留めたとき――それは自らの役割をより完璧に演じようとするかのように、ワルツを踊る人々のあいだをゆっくりと、堂々とした足取りで闊歩していた――プロスペロ公はまずはぶるぶると、恐怖ゆえかそれとも嫌悪にかられてか激しく身を震わせたが、次の瞬間、怒りのあまり額を真っ赤にした。

「どこのどいつだ」と、プロスペロ公はかたわらの廷臣たちにかすれた声で尋ねた。「どこのどいつだ、こんな罰当たりな紛いものでわれらを愚弄するのは？　ひっとらえて仮面を引きはがせ――日の出とともに胸壁から吊るされるのがいったい何奴なのか、しかと拝んでやろう！」

プロスペロ公がこう言い放ったのは、東側の青の部屋でのことだった。その声は七つの部屋じゅうに高らかに、はっきりと響きわたった。彼は頑強で豪胆な人物だったからであり、音楽もその手の一振りで止んでいたからである。

青い部屋では、プロスペロ公のかたわらに顔面蒼白になった廷臣の一団が控えていた。指示が下された当初は、この一団の中に侵入者のもとに急いで駆け寄ろうとする気配がわずかにあった。このとき侵入者も近くにいて、いまや堂々たる足取りで、プロスペロ公に悠然と近づいてきていたからだ。だが、この仮装者の狂った不遜ぶりが一同に言い知れぬ畏怖の念を掻き立てたからか、じっさいに手をのばしてこの男を捕らえようとする者は誰ひとりいなかった。そのため、侵入者は妨げられることなく、プロスペロ公の身体まであと一メートルほどのところを通っていった。そして大勢の者たちが、まるで同じひとつの衝動に駆られたかのように、部屋の真ん中から壁際にさっと身を引くいっぽうで、侵入者は誰にも邪魔されることなく、最初から際立っていたあの厳かで落ち着いた足取りで、青い部屋を抜け紫の部屋へ――紫の部屋から緑の部屋へ――緑の部屋から橙の部屋へ――橙の部屋から白の部屋へ――そしてそこからまた菫の部屋へと進んでいき、そのあいだ彼を捕らえようと意を決して動いた者は誰ひとりいなかった。だがまさにそのとき、怒り心頭に発し、ほんのいっときでも臆病風に吹かれたことを恥じたプロスペロ公が、六つの部屋を大急ぎで駆け抜けた。他の者たちはあまりの恐怖に凍りつき、誰ひとりその後を追わなかった。引き抜いた短剣をプロスペロ公が高々と掲げ、ものすごい速さで、去っていく侵入者まであと一メートルほどまで迫ったとき、黒いベルベットの部屋の一番奥まですでにたどり着いていた侵入者は、出し抜けに身を翻して、追いかけてくる者と向きあった。耳をつんざく叫び声が響き、短剣がきらりと光って漆黒の絨毯の上にこぼれ落ちて、直後、プロスペロ公がばたりと、絶命し倒れ込んだ。絶望の中なんとか勇気を奮い起こし、浮かれ騒いでいた一団が黒い部屋にわっと駆け込んでいく。そして、黒檀の時計の影のもと身動きもせずまっすぐ立っている背の高い仮装者をひっとらえるやいなや、言いようのない恐怖に襲われ、思わず息を呑んだ。彼らがかくも乱暴に剝ぎ取ったその死装束と死者のごとき仮面の下には、形あるものなど何ひとつ存在しなかったからだ。

こうしてついに、「赤い死」の存在をみなが認めた。それは夜盗のように姿をあらわした。そして仮面舞踏会の参加者たちは、ひとり、またひとりと、血塗られた部屋部屋で倒れていき、それぞれが倒れ伏したときの絶望の姿のまま事切れていった。浮かれ騒いでいた者たちの最後のひとりが生き絶えるとともに、黒檀の時計も命を終えた。三脚台の上の篝火も燃え尽きた。あとには闇と、荒廃と、「赤い死」とが、あらゆるものを支配するばかりだった。

2 天然痘

レディ・エレノアのマント

ナサニエル・ホーソーン／馬上紗矢香

先日の晩、総督官邸の主人である素晴らしい友人がティファニー氏と私を牡蠣料理の夕食に招待してくれた。ささやかな敬意と感謝の印だよと我が友人はうまいこと言うのだが、それにしては口ほどの料理でもなかった。才能ある語り手のティファニー氏と、彼の話をそのまま書き留めただけの私が、二人で苦労して完成させた物語によって、世間の注目がこの建物に向いたというのにだ。この建物ではたくさんの葉巻が吹かされ――ワインや強い酒が飲み干され――豪勢な食事が振る舞われることになった。この恩恵にあずかった物好きなよそ者たちも、幸運をもたらしたティファニー氏と私の共同作業がなかったら、わざわざあの薄暗い通りを伝って、総督官邸という歴史的な屋敷に来ようなんて思いもしなかっただろう。つまり、トマス・ウェイト氏が礼儀正しく言ってくれたことを真に受けるなら、私たちは、この忘れ去られた邸宅を公衆の面前にうまいことさらけ出したということになる。ワシントン通りから靴屋や布屋といった低俗な街並みを根こそぎ壊して、屋敷の貴族風の正面玄関を人々の前に突き出した、と言っていいくらいだ。しかし、この屋敷の客が増えたということは声を大にして言わない方がよいかもしれない。ウェイト氏が屋敷の賃貸契約を今までのように好条件で更新するのが難しくなるといけないから。

　このように恩人として歓迎されたティファニー氏と私は、少しのためらいもなく目の前に出されたご馳走を堪能した。この宴会が、ここ百年ずっと同じ壁の前に出されてきたご馳走に比べたら、あまり豪華でなくとも――たとえ私を招待してくれた主人が、王室から任命された総督たちの後継者にふさわしい威厳を持ち合わせていなくとも――たとえここにいる客たちが、かつて総督の宴席を賑わし、今はコップズ・ヒル〔一六五九年に設立されたボストンのノース・エンドにある墓地〕やキングズ・チャペル〔一六三〇年にボストンで初めて作られた墓地〕にある紋章付きの墓石の下に眠っている、かつらをつけ、髪粉をふりかけ、刺繍の施された衣服を着た高官たちほどの堂々とした印象を与えないとしても――それでも、アン女王の時代から独立革命の時代まで、ささやかではあるけれど、これほど一緒にいて心地の良い人々が集まった宴はなかったと、私は自信を持って言いたい。今回はある立派な人物の参加によって、いっそう面白いものになった。彼にはゲージ〔トマス・ゲージ（一七一九？―八七）。マサチューセッツ総督（一七七四―七五）〕やハウ〔ウィリアム・ハウ（一七二九―一八一四）。独立戦争時における英軍の総司令官〕の時代まで遡る当時の記憶があって、ハッチンソン〔トマス・ハッチンソン（一七一一―八〇）。マサチューセッツ総督（一七七一―七四）〕についてさえも、疑わしいけれど逸話の二つぐらいは持っていたからだ。彼は今や風前の灯と言える階級の一員だった。つまり王権と、王権に関係する植民地の制度や慣習をこよなく愛し、それ以降の民主主義的異端には決して屈することがなかった階級だ。イギリスの若い女王の領土には、この老人ほど忠誠心のある臣下——これほど敬意に満ちた愛で玉座の前に跪く者——はいないだろう。老人は共和国の穏やかな統治の下で髪が白くなるまで長生きしたのに、ほろ酔い気分になると、アメリカは領地を簒奪したのだと未だに言い張っているのだから。だが、それほど頑固な偏見を持っているのに、席をともにしている間、無作法になったり、手に負えなくなったりはしなかった。本当のことを言うと、この王党派の老人の人生は苦労の絶えない不安定なものだった。友人を選ぶことなどほとんどできなかったし、友がいない時もあった。だから、現役の民主主義者は言うまでもなく、オリバー・クロムウェルやジョン・ハンコック〔（一七三七—九三）アメリカ独立革命の指導者〕から親切に杯を差し出されても、それを受け取るかもしれない。この人物の人となりについては、この一連の話の別の箇所で〔「レディ・エレノアのマント」は、全四シリーズからなる「総督官邸の伝説」の三番目にあたる〕、もっと詳しく読者にお伝えしようと思う。

私たちの主人は、良い頃合いを見計らって、マデイラ酒の栓を開けた。その酒は極上の香りと実に見事な味を持ち合わせていた。主人はきっとこの酒を貯蔵庫の一番奥の方にある古い箱の中で見つけたに違いない。ほろ酔いの老執事が総督の選りすぐりのワインをしまい込んで、死ぬ時に秘密を明かし忘れたのだろう。真っ赤な鼻の幽霊よ、安らかに眠れ。そして彼の記憶に乾杯！　ティファニー氏は格別な興味を示しながらこの貴重な酒を飲んだ。三杯目を飲み干すと、伝説をしまい込んでいる記憶の蔵から彼が拾い集めた中で、最も奇妙な伝説の一つを喜んで話してくれた。私の空想でいくらか適当な飾りつけをしてはいるけれど、だいたいこんな話だった。

　シュート大佐〔サミュエル・シュート（一六六二―一七四二）。マサチューセッツ総督（一七一六―二三）〕がマサチューセッツ湾植民地の総督となって間もない、今から百二十年ほど前のこと、地位も財産もある若い婦人がイギリスから到着した。大佐に後見人としての保護を求めに来たのだ。大佐は遠い親戚だったが、彼女の一族が次第にいなくなり、今となっては彼女にとって一番近い親戚となった。したがって金持ちで高貴な家柄のレディ・エレノア・ロチクリフが身を置く場所としては、大西洋を越えた植民地の総督官邸こそが最もふさわしかった。シュート総督夫人も、エレノアが子供の頃、母親代わりをしていたこともあり、彼女を引き取りたがっていた。策略や腐敗にまみれた宮廷で暮らすより、ニューイングランドの素朴な社会で暮らした方が、若くて美しい女性にとってははるかに危険が少なかろうと考えたからだ。自分たちが心安らかに暮らすことだけを、総督や夫人が考えていたのなら、おそらく彼女の世話を他の人に委ねようとしただろう。というのも、レディ・エレノアはいくらか気高くて立派なところがあるものの、冷酷で頑なな自尊心を持ち、自分の家柄や美貌が他人より優れていることを傲慢なまでに意識して、それゆえどうにも手に負えない女性として有名だったからだ。これまでに伝わっている数多くの逸話から判断すると、この特異な気性は偏執狂と言ってもよかった。いや、その気性からくる行動がたとえ正気の人のものだったとしても、こんなにも罪深い自尊心を持っていれば、神から厳しい天罰が下るのは当然に見えた。半ば忘れられた伝説に漂うこの奇怪な雰囲気が、どうやらレディ・エレノア・ロチクリフの奇妙な物語にいっそう狂気じみた印象を与えているようだ。

レディ・エレノアを乗せた船がニューポートに到着すると、彼女はそこから総督の馬車に乗って、馬に乗った少数の侍従に付き添われながら、ボストンに移動した。四頭の黒い馬が引く重厚感のある馬車がコーンヒルをゴトゴトと音を立てて走る様子は、人々の耳目を大いに集めた。長い剣をあぶみまでぶら下げ、革のケースに拳銃を入れた六人の護衛隊が、踊り跳ねる馬を操りながら馬車を取り囲んでいた。通り過ぎる馬車の大きな窓ガラス越しにレディ・エレノアの姿が見える。不思議にも、女王のような威厳に十代の少女らしい気品や美しさが溶け込んでいた。植民地のご婦人方の間で広まった奇妙な噂によれば、この美しい競争相手の圧倒的な魅力は、ある洋服——刺繍の施されたマント——にあるのだと言う。そのマントはロンドン一の腕利きの職人によって仕上げられたもので、着た人を魅力的に見せさえする魔法の力を持っている、という噂だ。しかし、今のエレノアはその衣装の魔力の恩恵を全く受けていなかった。

他の人が着たら堅苦しくて不格好に見えてしまいそうなビロードの乗馬服を着ていたからだ。

御者が四頭の黒い馬の手綱を引くと、馬車の行列は公道と総督官邸を隔てている、鉄の捩り棒がはまった欄干の前で止まった。間の悪いことに、ちょうどその時オールド・サウス教会から葬儀を知らせる鐘の音が響いて来た。名高い客人はいつもなら、喜びの鐘の音でその到着を告げられるのに、レディ・エレノア・ロチクリフは悲しい鐘の音によって迎えられた。まるで災難が彼女の美しい姿に乗り移ってやって来たかのように。

「無礼にもほどがある！」ラングフォード大尉が叫んだ。彼はシュート総督に公文書を届けにやって来たばかりのイギリスの士官である。「葬儀は延期すべきだった。あんな陰気な出迎えでレディ・エレノアの気分が損なわれてはいかん」

「失礼ですが」と医者であり民衆派の急先鋒として有名であったクラーク医師が答えた。「女王の使者がどんなにもっともらしいことを言おうと、生ける女王よりも死んだ乞食の方に優先権があるのです。死の王が高い特権を与えているのですから」

こんな会話を交わしながら、エレノアの一行が群衆の間を通り抜けるのを待っていた。群衆は総督官邸の正面玄関に通じる道だけを開けて、門の両側に集まっていた。制服を着た黒人奴隷が馬車の後部から飛び降り、さっとドアを開けると同時に、レディ・エレノアが馬車から降りるのを手助けしようと、シュート総督が屋敷の階段を下りて来た。ところが、総督が威厳のある様子で近づいて行こうとした矢先、思わぬことが起こって見ていた人たちを驚かせた。黒い髪を振り乱した青白い顔の青年が、群衆の中から飛び出してきて、馬車の横にひれ伏した。自分の体を踏み台としてレディ・エレノア・ロチクリフに差し出そうというのだ。彼女は一瞬ためらったが、同じ人間からこんなにも恐れ多い敬意を受けるのを嫌がるという風でもなく、どちらかと言えば、この若者が自分の足の重みに耐えられるのだろうかと疑っているような表情だった。

「きみ、立ちたまえ」総督は厳しい口調で言いながら、この乱入者に杖を振り上げた。「狂人め、こんな気まぐれ、何の意味もないぞ」

「いけませんわ」レディ・エレノアは陽気に答えたが、その口調には哀れみというよりは軽蔑がこもっていた。「閣下、この方をお打ちにならないでください。踏みつけられることだけを求めているのでしたら、お断わりするなんてお気の毒ですわ。私が簡単に応じてさしあげられる行為――しかも、受ける価値のある行為なのですから！」

それから、彼女は雲に太陽の光が当たるように軽くではあったが、かがんでいる若者の背中に片足を載せると、手を伸ばして総督の手を取った。レディ・エレノアがこの姿勢をとっていたのはほんの一瞬であったが、この時の二人ほど、貴族社会や名家の誇りを見事に象徴しているものはなく、人間の共感だとか、人は皆同じだという同胞意識を踏みにじるものと言ってよかった。それでも見物人たちは彼女の美しさに打ちのめされ、こういう人にとっては自尊心も不可欠なのだろうと思い、一斉に拍手喝采を送った。

「あの無礼な若者は誰なのかね?」まだクラーク医師のそばにいたラングフォード大尉が尋ねた。「もし彼が正気なら、あの無礼な振る舞いには棒叩きの刑を与えねばなるまい。もし狂っているなら、監禁して、レディ・エレノアにこれ以上迷惑がかからないようにすべきだ」

「ジャーベス・ヘルワイズという名の男です」と医師が答えた。「家柄も財産もなく、生まれ持った知性と感情以外何も誇るべきものはありません。植民地のロンドン駐在官の秘書をしていて、レディ・エレノア・ロチクリフに出会ってしまったのが運の尽きでした。彼女に恋をしてしまったのです。でも、彼女に軽蔑され、気が狂ってしまったというわけです」

「気が狂っていたからそんな高望みをしたのか」と、イギリスの士官は言った。

「そうかもしれません」クラーク医師は眉をひそめながら言った。「だが、いいですかな、私は天の正義とやらをきっと疑うでしょう。もし、高慢な態度であちらの屋敷に今入って行かれた、あのご婦人の面目が丸潰れになるような出来事が何も起こらなければね。あのご婦人は誰もが共有する共感——これはすべての人々の魂を包み込んでいるものです——を上から見下そうとしているのです。でも、この本性が首をもたげて、彼女を最も身分の卑しい者たちと同類の立場に置いてしまわないかどうか見ておくことですな!」

「よもやあるまい！」ラングフォード大尉は憤慨して叫んだ——「この世にいる時も、先祖の墓で眠る時も、絶対にな！」

それから数日後、総督はレディ・エレノア・ロチクリフのために舞踏会を開いた。植民地の主な名士たちは招待状を受け取った。招待状は公文書の形式にのっとって、封印付きの親書を携えた使者が、遠くや近くの邸宅まで馬に乗って配達した。呼び出しに応じて位の高い者、財産のある者、美しい人々が一堂に会した。このレディ・エレノアの舞踏会ほど、総督官邸の大きな扉がたくさんの高貴な客人たちを招き入れたことはなかった。大げさに賞賛しなくても、その光景は豪華絢爛だったと言えよう。というのも、当世の流行に敏感なご婦人たちは、大きく突き出したフープの上に広げられた上質の絹やサテンの衣装に包まれ輝いていたし、紳士たちは、紫や深紅、それに空色のビロードで仕立てられた上着や胴着を羽織り、その上に惜しげもなく施された金の刺繍で煌めいていたからだ。胴着は特に重要だった。なぜなら、胴着は着る人の体を膝近くまで包むので、金の花や葉で飾り立てるのに、おそらく一年分の収入が必要とされたからだ。変わってしまった現代人の美的感覚からすると——美的感覚というのは社会全体の深い変化を象徴するものだが——こうして豪華に着飾った人々は皆滑稽に見えるであろう。けれどもその晩、客人たちは窓間《まどあい》の大きな姿見に自分たちの姿を探し求め、煌めく群衆の中に燦然と光り輝いて映っている自分の姿を見つけると大喜びした。立派な鏡の一つに映し出されたその光景が、もうここにないのは実に残念だ！　時代の特性はうつろいやすいけれど、その光景は私たちが知るべき、覚えておくべき多くのことを教えてくれたかもしれないからだ。

せめて、画家か鏡のどちらかが、この伝説の中ですでに述べた服――レディ・エレノアの刺繡入りのマント――がどんなものだったか、わずかでも伝えてくれたらどんなにいいだろう。囁かれた噂によると、そのマントに宿る魔力によって、エレノアはマントを着る度に見たこともないような新しい魅力を漂わせるらしい！　くだらない空想ではあるが、この謎のマントは私が抱く彼女のイメージに畏怖の念を与えた。そう感じたのは、伝説となっているマントの力のせいでもあるし、マントが死ぬ間際の一人の女性によって作り出されたもので、迫り来る死の譫妄《せんもう》状態があの幻想的で優雅なデザインを生み出したからでもあろう。

儀礼的な挨拶が済むと、レディ・エレノア・ロチクリフは客の群れから遠のき、身を隠すかのように、名高い人々の小さな輪の中に入って行った。この輪の中では、大勢の一般客に対してよりも、心のこもった丁寧な振る舞いを見せた。蠟燭の灯りが鮮やかな光を放ち、輝く先端をくっきりと浮かび上がらせていた。だが、彼女はどこかをぼーっと見つめ、時折、疲れたような、軽蔑したような言葉遣いを見せた。そんな言葉遣いも、エレノアの女性らしい気品に和らげられていたので、聞いている人はそれが道徳的な欠陥によるものだとはほとんど思わなかった。エレノアが舞踏会の煌びやかな光景を嘲笑ったのは、植民地が宮廷の饗宴を嬉々として真似するなんて恥ずかしいという、普通の人が覚える侮蔑によるものではない。自分の精神は他の者より高い所にあるのだから、他人と一緒に楽しむなんてできやしないという、もっと深い軽蔑を感じていたからだ。その晩、エレノアを見た人たちの記憶が、後に彼女と結びつく不可解な出来事に影響を受けたかどうかはわからないが、それ以来、エレノアの姿は、常軌を逸した不思議な雰囲気とともに思い出されるのが常であった。もっとも、当時、その舞踏会に出席した者が皆一様に囁いたのは、彼女の並外れた美しさと、マントを羽織った時の言葉にできない魅力についてだった。彼女を近くで観察していた人の中には、精気の流れや逆流に合わせて、顔色が熱に浮かされたように赤くなったり、逆に青白くなったりするのをはっきりと見た人もいた。一度か二度は、今にも床に崩れ落ちそうなほど疲弊しているのを痛ましくも隠しきれなくなった姿が目撃された。それから彼女は神経をぶるっと震わせ、何とか気力を奮い立たせると、明るくおどけた、それでいて意地悪そうな皮肉を言いながら会話に入って行った。エレノアの態度や感情が何とも奇妙だったので、話を聞いていたまともな考えの人たちは皆びっくりした。彼女の顔を覗き込んでは、奥に隠れた不可解なまなざしと微笑みに困惑し、彼女は真面目で正気なのだろうかと疑った。レディ・エレノア・ロチクリフを囲む輪も次第に小さくなり、とうとう四人の紳士だけになった。先ほど述べたイギリスの士官ラングフォード大尉、とある政治上の用件でマサチューセッツに来ていたヴァージニアの農園主、イギリスの伯爵の孫で、監督教会派の若い牧師、そして最後に、シュート総督の私設秘書で、媚を売ったおかげでレディ・エレノアからそこそこ寛大に扱われていた男だ。

その晩、しばらく時が過ぎた頃、制服を着た総督官邸の召使たちは、軽食とフランスやスペインのワインを大きな盆に載せ、客たちの間を歩き回っていた。レディ・エレノア・ロチクリフはシャンパンの泡で美しい唇を濡らすことさえ嫌がって、大きなダマスク織りの椅子に深々と腰掛けていた。その場が騒がしかったからか、もう飽きてしまったからなのかはわからないが、明らかに疲れ切った様子だった。周りの話し声や笑い声や音楽が彼女の意識から一瞬遠のいたと思ったら、一人の若者がそっとやって来て、彼女の足元に跪いた。手の上の盆には彫刻の施された銀の杯があって、ワインがなみなみと注がれていた。男はそのワインを、まるで女王陛下に捧げるように恭しく、いやむしろ崇拝する偶像にいけにえを捧げる僧侶のように差し出した。誰かが自分のローブに触れたのに気づき、レディ・エレノアがはっと我に返って目を開けると、ジャーベス・ヘルワイズの青白くて狂気じみた顔とぼさぼさな髪が目に入った。

「どうしてこう私に付きまとうの?」弱々しく彼女は言ったが、いつもより優しい気持ちがこもっていた。「私があなたを傷つけたって、皆言っているわ」

「傷つけたかどうかは、神だけがご存じです」若者は厳かに答えた。「ですが、レディ・エレノア、その傷へのお返しに、もしそんなものがあればの話ですが、そしてあなた自身がこの世でもあの世でも幸せであることを願って、この聖なるワインを一口お飲みになり、杯を客人たちにお回しいただけないでしょうか。そうすればあなたが人と人とを繋げる共感というものに、背を向けているのではないことの証になるでしょう——共感を振り払う人は誰であれ、地獄に落ちた天使の仲間に違いないのですから」

「この狂った男はどこからあの聖餐式用の杯を盗んで来たのだ?」監督教会派の牧師が叫んだ。

この問いかけで、客人の注目が銀の杯に集まり、それがオールド・サウス教会の聖体拝領皿と一緒に使われているものだと判明した。よくはわからないが、なみなみと注がれているのは、聖別されたワインなのだろう。

「たぶん毒が入っているのだ」総督秘書が囁くように言った。

「その悪党の喉に注ぎ込んでしまえ!」ヴァージニア人が激しく叫んだ。

「あいつを屋敷から放り出せ!」ラングフォード大尉が大声を上げた。大尉があまりに乱暴にジャーベス・ヘルワイズの肩を摑んだので、聖餐式用の杯はひっくり返り、中身がレディ・エレノアのマントに飛び散った。「悪党か馬鹿か狂人か知らんが、こんな奴を野放しにしておくのは我慢ならない」

「お願いです、皆さん、私を崇拝するこの哀れな男に手荒な真似はなさらないでください」

レディ・エレノアはこう言って、かすかに疲れたような微笑みを見せた。「もしお望みなら、この男を私の見えない所にお連れください。私にできるのは、ただ彼を笑ってやることだけ――礼儀をわきまえて良心に従うならば、自分が招いた災いに涙を見せるべきなのかもしれませんが！」

しかし、居合わせた人たちがこの男を連れ出そうとすると、不幸な若者はその手を振り払い、異常なほど興奮し無我夢中になって、レディ・エレノアにもう一つ別の、前と同じくらい奇妙な願いを申し出た。それはなんとマントを捨てて欲しいという願いであった。銀の杯に入ったワインを飲むようこの男が迫った時、彼女がしっかりと自分の体に巻きつけ、体全体をほとんど覆い隠してしまったマントのことだ。

「マントを脱ぎ捨てるんだ！」ジャーベス・ヘルワイズは両手をしっかりと握りしめ、激しく懇願しながら叫んだ。「まだ遅くはないかもしれない！　呪われた服を燃やしてしまうんだ！」

ところがレディ・エレノアは軽蔑の笑みを浮かべ、刺繡が施されたマントの豪華な襞を引っ張って、頭の上に被せた。そうして半分隠れ、半分見えるようになった彼女の顔は全く新しい美しさを帯びた――何か謎めいた性質と目的を持つ生き物の顔のような美しさだった。

「さようなら、ジャーベス・ヘルワイズ！」と彼女は言った。「今ご覧になっている私の姿を、記憶に留めておくことね」

「ああ、レディ！」と彼は答えた。その声にはもう荒々しさはなく、葬式の鐘のように悲しげだった。「じきにまたお会いしなくてはなりません。あなたのお顔が変わり、別な顔が現れた頃に——そのお顔が私の記憶に留まることになるでしょう」

彼は、力ずくで捕えようとする紳士や召使たちにもう抵抗しなかった。人々は彼を部屋から引きずるように連れ出すと、総督官邸の鉄の門から乱暴に放り出した。この件で動き回っていたラングフォード大尉がレディ・エレノア・ロチクリフの所に戻ろうとしていると、エレノアが到着した日に少し会話をしたことのある内科医のクラーク医師に出くわした。医師はレディ・エレノアから離れた部屋の反対側に立っていたが、非常に鋭い目で彼女を見つめていた。その様子を見たラングフォード大尉は、医師がきっと何か深い秘密を発見したに違いないと思った。

「結局あなたも女王のようなお嬢さんの魅力に参ってしまわれたようですな」大尉はこんな風に言ってみた。医師が隠している秘密を何とか聞き出したかったのだ。

「とんでもない！」クラーク医師は深刻そうに微笑んで答えた。「それに、あなたも分別があるお方なら、ご自身のために同じ祈りを捧げるでしょう。この美しいレディ・エレノアに心奪われる者どもは災いなるかな！　おっと、あちらに総督が立っておられる——あの方のお耳にちょっとお伝えしたいことがあります。では失礼！」

　そう言うと医師はシュート総督の方に進んで行き、低い声で話しかけた。近くに立っていた人ですら何と言っていたか全く聞き取れないほどだったが、それまで陽気だった閣下の顔つきが一変したところを見ると、あまり好ましくない内容なのは明らかだった。それからすぐ、宴会は不測の事態で予定より早く閉会するということが客人たちに告げられた。

　その後数日間、総督官邸の舞踏会は植民地の中心部において話の種になった。おそらく、人々の関心をごっそりさらってしまうある出来事が起こらなければ、ずっと先まで人々の話題となっていたのかもしれない。舞踏会の話題を人々の記憶から追いやった出来事とは恐ろしい疫病の発生であった。その疫病は当時も、それよりずっと前も、その後も、大西洋の両岸で夥しい数の命を奪った。この疫病が他の病と違うのは、この国の歴史に痕跡——的確な比喩を使えば、痘痕《あばた》——を残すほどの特殊な毒性を放っていたことだ。疫病の猛威のせいで、この国はめちゃくちゃになってしまった。この疫病は最初のうちは、疫病が通常辿る道筋をとらず、上流階級だけを狙っているようだった。高慢な人、家柄の良い人、財産のある人の中から犠牲者を選び、豪華な寝室に平気で入り込み、絹のベッドで眠る人の隣に寝そべった。総督官邸の最も名高い客人たちにも——あの傲慢なレディ・エレノア・ロチクリフがそれなりに丁寧に応対しようと思った人の中にすら——この死に至る災いに襲われる人が出て来た。舞踏会の夜、一番熱心に彼女に付き従っていた四人の紳士――ヴァージニア人、イギリスの士官、若い牧師、そして総督秘書――が真っ先に疫病にやられてしまったという事実に、人々は容赦ないほど辛辣な目を向けた。しかし、さらに猛威を振るうにつれ、やがて貴族だけを襲う特権的な病ではなくなっていった。疫病の赤い印はもはや貴族の紋章や騎士の勲章のように授与されるものではなくなった。疫病は狭く曲がりくねった道を縫うように進み、屋根が低く、みすぼらしくて薄暗い住居に入り込むと、町の職人や労働階級に死の手を伸ばした。そうして、疫病は金持ちも貧乏も人々は皆同胞なのだと思わせたのだ。新しい疫病と見間違われるほどの猛威を振るって、三つの丘の町ボストンのあちこちに蔓延した強大な征服者――我々の先祖にとって天罰と恐怖だったもの――それは天然痘だった！

　この疫病を牙のない現代の怪物くらいに考えていては、昔この病が人々にもたらした恐怖を推し量ることはできまい。むしろ思い起こさねばならないのは、アジア型コレラ〔一九世紀にパンデミックになるインド由来のコレラは、ヨーロッパに古くからある胃腸系疾患「コレラ病」と区別するためアジア型と呼ばれた〕だ。その巨大な足が大西洋の岸から岸を闊歩し、すでに人口が激減したはるか遠くの都市に向かって、まるで宿命であるかのように進む様子をどんなに恐れおののいて眺めていたことか。とはいえ、この疫病、天然痘の恐怖ほど身の毛もよだつ人間らしさを奪う恐怖はない。天から与えられた命の空気が毒されているのではないかと、呼吸するのが怖くなったり、疫病に侵されるといけないからと、兄弟や友の手を握るのを恐れたりするのだから。町中に走った人々の狼狽ぶりはこのようなものだったが、それはこの疫病が通り過ぎて行く時も、襲って来る前も同じだった。急いで墓が掘られ、疫病で死んだ遺体はすぐに埋められた。死者は生き残った者の敵となって、生きた者を自分たちの陰鬱な墓穴にまっさかさまに引きずり込もうとするからだ。議会は中断された。この世のものではない強奪者が統治者の屋敷にも入り込んでしまったので、人間は知恵を絞り出すことすら止めてしまったかのようだ。もし敵の艦隊が沿岸をうろついたり、敵の軍隊が我が国土に踏み込んで来ることがあれば、人々に不幸をもたらし一切の干渉を許さず支配するこの恐ろしい疫病という征服者に我が国の防衛を任せたことだろう。この征服者には勝利の印があった。それは血のように赤い旗だ。汚染された大気の中、天然痘が入り込んだすべての家の入り口の上ではためいている。

その旗は総督官邸の玄関の上にずっと前から翻っていた。疫病の足跡を辿って行くとわかるのだが、この恐るべき災いはすべてここから始まっていた。疫病の出所を辿ると、ある婦人の豪華な寝室に行き着く——高慢な中でも最も高慢な人——とても美しく、この世のものとは思えない人——人の共感も高みから見下す傲慢な人——レディ・エレノアに！　全く疑う余地はない。舞踏会で奇妙な魅力を彼女の周囲にまき散らしたあの豪華なマントに伝染の種が潜んでいたのだ。あの異様に美しいマントは、死の床にある女性の譫妄状態の脳の中で着想され、硬直していく指が最後の力を振り絞って不運と苦痛を金糸に織り込んだ作品だ。この知られざる逸話は、最初のうちはこっそり囁かれるだけだったのに、今やはるか遠くまで広まってしまっていた。人々はレディ・エレノアに向かってわめき散らし、彼女の自尊心と嘲笑が悪魔を呼び覚まして、恐ろしい災いが生まれてしまったのだと叫んだ。時々、人々の怒りや絶望はないまぜになって、にんまりと歯をむき出した笑いに見えることがあった。疫病の赤旗が次から次へと新たな家に掲げられると、人々は手を叩いてざまあみろと嘲笑いながら町中を叫んで回った。

「見よ、レディ・エレノアの新たな勝利を！」

陰鬱な時期が続いたある日、狂気じみた人物が総督官邸の正面玄関に近づき、腕組みをしながら、深紅の旗を見つめて立っていた。すると風が突然通り過ぎて旗を揺らした。その旗が象徴している伝染の種をばらまこうとでもいうかのように。やがて、彼は鉄の欄干を伝って柱の一つによじ登ると、旗を取って頭上で振り回しながら屋敷に入って行った。階段の下に行くと、拍車付きの長靴を履いて、外套を身に纏った総督に出くわした。今にも旅に出ようとしているのは明らかだった。

「哀れな狂人め、ここに何しに来た？」シュートはこう叫びながら、相手に接触しないようにと杖を伸ばした。「ここには死神しかいない。帰れ――さもなくば、死神に会うぞ！」

「死神も、疫病の旗手であるこの私には触るまい！」ジャーベス・ヘルワイズは赤い旗を高く振り上げながら叫んだ。「死神はレディ・エレノアの姿をした疫病とともに、今夜街中を歩くでしょう。私はこの旗を持って二人の前を行進しなければ！」

「どうしてこんな奴と無駄話をしてしまったのだろう」総督は外套を引っ張って口を覆いながら呟いた。「こいつのつまらん命なんて何だというのだ？　誰もこの先十二時間生きていられるかわからないというのに。行け、この愚か者、破滅への道を！」

ジャーベス・ヘルワイズは総督に道を開けてもらうと、すぐに階段を駆け上がったが、最初の踊り場で肩をがっちりと摑まれて動けなくなった。俺を邪魔する者は容赦なく八つ裂きにしてやる、とジャーベスは狂った衝動に駆られて荒々しく見上げたのだが、醒めた厳しい目に見下ろされて力が抜けていくのを感じた。その目には絶頂に達した怒りすら鎮めてしまう不思議な力が備わっていた。その時彼が出会ったのは例の内科医、クラーク医師だった。国が繁栄していた時はここにはほとんど招かれることがなかったのに、今は医者という悲しい職業の責務として総督官邸にやって来ていた。

「若者よ、用件は何だね？」と医師は尋ねた。

「レディ・エレノアを探しています」とジャーベス・ヘルワイズは素直に答えた。

「皆、彼女から逃げてしまった」と医者は言った。「どうして君はこんな時に彼女を探しているんだね？　いいかね、君、彼女の看護婦があの死の寝室の入り口で倒れて死んだのだぞ。君は知らんのか？　この国に呪いが――あの美しいレディ・エレノアのような呪いが――訪れたことなんて今までなかったってことを。彼女の吐く息が空気中を毒で満たしたということを──彼女が呪われたマントの襞から疫病と死をこの国に振りまいたということを」

「彼女に会わせてください！」狂った若者はさらに激しく答えた。「疫病という女王の衣装を身に纏った、美しく威厳のある彼女を拝顔させてください！　彼女と死神はともに玉座に座っておられるのです。二人の前に跪かせてください！」

「哀れな若者だ！」とクラーク医師は言った。人間は弱いものだとしみじみと感じ、こんな時でも皮肉な微笑みを浮かべ唇を歪ませた。「君はまだあの破壊者を崇拝するつもりかね？　彼女が害を生み出せば生み出すほど、ますます豪華な幻想で彼女の姿を包み込もうとするのか？　人間というものは暴君に対していつもこういう態度を取る！　じゃあ行くがいい！　私が前から気づいていたことだが、狂気にはうまい効用がある。感染から自分の身を守ってくれるという力がな──ひょっとしたらあの部屋で狂気の治療法も見つかるかもしれない」

さらに階段を上ると、医師はドアを押し開けて、ジャーベス・ヘルワイズに入れと合図した。哀れな狂人は、自分の愛する傲慢な人が堂々と座っているという妄想を抱いていたようだ。周囲にまき散らした疫病に、魔力の力で彼女自身は毒されていないだろうと。彼女の美しさは霞むどころか、華麗なまでに超人的な輝きを放っていると彼は夢見ていたに違いない。そんな期待を抱いて、医者の立っているドアの所に恭しく忍び寄り、入り口の所で立ち止まると、薄暗い寝室のさらに暗い場所をおそるおそる覗き込んだ。

「レディ・エレノアはどこです？」彼は囁いた。

「呼んでごらん」医者が答えた。

「レディ・エレノア！　――王女様！　――死の女王様！」部屋の中に三歩進みながらジャーベス・ヘルワイズは叫んだ。「ここにはいません！　あそこのテーブルの上に、ダイアモンドが光っています。あれはかつて彼女が胸に着けていたものです。あそこに」――そこで彼は身震いした――「あそこにマントが掛かっている。死んだ女が恐ろしい呪いの力を刺繍として縫い込んだマントが。それにしてもレディ・エレノアはどこだ！」

ベッドの天蓋にかかったシルクのカーテンの中で何かが動き、低いうめき声が聞こえた。じっと耳を澄ましていたジャーベス・ヘルワイズには、それが悲しそうに喉の渇きを訴える女性の声だとわかった。それだけでなく、その声の調子にも聞き覚えがある。

「喉が！　――喉が焼ける」その声は囁いた。「一滴でいいから水を！」

「おまえは何者だ？」頭のおかしい若者はベッドに近づき、カーテンを引き裂いて言った。

「お前は誰の声を盗んで囁き、哀れな訴えをするのだ？　まるでレディ・エレノアが人間の弱さを知っているみたいじゃないか。ええい！　人間の形をした病の塊め、どうしてお前は私の愛する人の部屋に隠れているのだ？」

「ああ、ジャーベス・ヘルワイズ」その声は言った――その人影は話しながら体をよじって、ひどい顔を必死に隠そうとした――「かつて愛した女性を今は見ないでください！　天の呪いにかけられてしまったのです。私が人々を仲間と呼ぼうとしなかったから。私はマントを身に纏うように自尊心に身を包み、人間が生まれながらに持つ共感を軽蔑しました。だから自然がこの惨めな体を変えてしまったのです、人々に恐怖を共感させるものへと。あなたは復讐したのです――他の皆も、自然も復讐したのです。なぜならこの私がエレノア・ロチクリフなのですから！」

狂ってはいたものの、彼の心の奥には、挫折し台無しになった人生や、残酷な軽蔑しかもらえなかった愛への恨み辛みが潜んでいた。その恨み辛みと心の病による敵意がジャーベス・ヘルワイズの胸に湧き上がって来た。彼は哀れな娘の前に指を振り立てた。狂った笑い声が部屋中に響き渡り、ベッドのカーテンが揺れた。

「レディ・エレノアがまた勝利した！」彼は叫んだ。「皆、彼女の犠牲者だったのだ！　最後の犠牲者にふさわしいのは彼女をおいて誰だというのか？」

狂った知性はまた新たな幻想を生み出したようだ。その幻想に駆り立てられ死のマントを摑み取ると、部屋から飛び出し屋敷からも消えていった。その夜、松明の灯りに照らされ、ある行列が町の中を練り歩いた。列の真ん中には、豪華な刺繍を施したマントに包まれ、女性の形をした人形が運ばれていた。前方にはジャーベス・ヘルワイズがゆっくりと疫病の赤旗を振りながら歩いていた。総督官邸の向かいに到着すると、群衆はその人形を燃やした。すると強い風が吹いて、灰を吹き飛ばした。まさにその時から、疫病の力は弱まっていったと言われている。まるで疫病の勢力は最初から最後までレディ・エレノアのマントと何か不思議な繋がりがあったかのように。不幸なレディ・エレノアのその後の運命については、全く不明のままである。しかし、この屋敷のある部屋に、時々女性の姿がぼんやりと現れ、部屋の一番暗い隅に身を隠し、刺繡を施したマントで顔を覆っている姿を見たと信じる人もいる。この伝説が本当だとしたら、この女性こそかつての誇り高きレディ・エレノアに他ならないのではないだろうか？

この屋敷の主人、年老いた王党派、そして私の三人は、すっかり引き込まれてこの話を聞き、たくさんの温かい拍手を送った。読者にはわからないだろうが、この時のように語り手に全幅の信頼を置き、語りの内容が正確だと思って聞いている場合、話の効果は言い表せないくらい高まるからだ。ティファニー氏がどんなに綿密に調べ、確かな事実に基づいて話しているかをよく知っている私としては、たとえ彼が哀れなレディ・エレノアの行いや苦しみをこの目で見たのだと公言しても、この時ほど素直に信じたことはなかっただろう。確かに、疑い深い人の中には、証拠書類を出せと言ったり、もう灰になってしまった（ありがたいことだ）のも忘れて、刺繍の施されたマントを見せてみろと言う人がいるかもしれない。ところが今度は、おいしいご馳走ですっかり血の巡りが良くなった年寄りの王党派が、総督官邸の伝説について話し始めた。そして、もしよかったら、私たちの集めた伝説にいくつか覚えていることをつけ足してやってもいいのだが、と仄めかした。ティファニー氏は話のライバルが現れたと恐れたりはせず、どうかお話をしていただきたいとすぐに頼んだ。もちろん私も同じ趣旨のお願いをした。私たちの尊敬すべき客は、喜んで聞いてくれる相手ができて上機嫌になった。あとは、新たに到着した客の接待に呼び出されていたトマス・ウェイト氏が戻って来るのを待つばかりとなった。たぶん読者は別な総督官邸の伝説で、その話を読むことになるかもしれない——とはいえ、それを決めるのは読者の気まぐれと私たちの気まぐれ次第だが。

3　コレラ

見えざる巨人

ブラム・ストーカー／馬上紗矢香

「黄昏の下の国」でも私たちと同じように時は流れている。

幾多の年月が過ぎ、たくさんの変化があった。マゴ王が統治する良き時代に暮らしていた人々が見たら、あの美しい国はどこに行ってしまったのかと思うような時代がそこにはあった。実に痛ましい変化だった。もうあの頃のような王に対する愛や尊敬の念――完全な平和などなかった。人々は自分のことしか考えず、強欲で、自分のために何でも手に入れようと必死だった。豊かな生活をする者はわずかで、多くの人が貧しい暮らしをしていた。美しかった庭園のほとんどが荒れ果てていた。家々は宮殿の周辺に密集し、そこに住む人々の中には一軒家の一部屋分の家賃を払うのがやっとな人が多かった。

あの美しい国は悲しいことにすっかり変わり、住民たちの生活も一変した。人々はずっと前に死んでしまったザフィア王子のことなどほとんど忘れてしまっていた。王子が歩道を通る時にまき散らされたバラの花などもうない。今や「黄昏の下の国」に住む人々は、巨人なんかもう来ないよと笑い、怖くなんかないさ、だって見えないんだから、と口々に言う。

「ちぇっ！　怖いなんてことあるかよ？　昔、巨人がいたとしたって、もう今はいないじゃないか」こんなことを言う人もいた。

そんな調子でいつものように人々は、自分のことしか考えずに歌い、踊り、たくさん食べた。国を見守っていた精霊たちはとても悲しんだ。うっすらとした白く大きな翼は「黄昏の下の国」の正門の柱の所で垂れ下がっていた。精霊たちは顔を隠し、目は泣き続けていたせいでかすみ、そのせいで邪悪なものが目の前を通り過ぎたとしても気づくことはなかった。精霊たちは、人々に自らの悪い行いについて考えさせたかったが、柱を離れることができなかった。夜に精霊の嘆きの声を聞いた人々は、こう言った。

「ため息のようなそよ風の音を聞いてごらん、なんて心地良いの！」

いつもそうだ。物悲しい夜に家々の周辺でため息をついたり、嘆いたり、すすり泣いたりする風の音を聞いても、天使たちが我々の悪事を悲しんでいるとは感じない。むしろ、きっと嵐がやって来るのだと思ってしまう。天使たちはいつも涙を流し、口がきけない悲しさを感じていた――たとえ話せたとしても、話しかけた相手は聞く耳を持たなかったのだから。

巨人なんていないとみんなが笑う中、とてもとても年老いた男だけは首を横に振り、彼らの話に答えてこう言った。

「死神にはたくさん子供がいてな。淀んだ沼地にはまだ巨人たちがいるんだよ。君たちにはおそらく見えんだろう――が、いるんだ。そして奴らから身を守る安全な砦は、忍耐強い誠実な心の中だけにあるんだ」

この善良な老人の名はノールといい、町から遠く離れ、荒れ地の真ん中にある大きな石の塊でできた家に住んでいた。

町には大きくて古い家がたくさんあった。何階もあるこの家々には貧しい人々が住んでいた。とても急な階段を上に行けば行くほど、住人の貧しさは増すばかりだった。屋根裏に住む人々の中には、朝が来てもその日一日食べ物にありつけるかもわからないほど貧しい者がいた。これを見るのはとてもとてもつらい。貧しい人々がこんなにも苦しんでいるのを見たら、心優しい子供たちはきっと嘆き悲しんだだろう。

屋根裏部屋の一つにザヤという少女が一人で住んでいた。この少女は孤児だった。父親は何年も前に死んでいて、貧しい母親はまだ小さなかわいい娘――彼女の一人娘――のために身を粉にして働き、ほどなくして亡くなった。

かわいそうな少女ザヤは、死んで眠る愛しい母を見てひどく嘆き悲しんだ。ずっと悲嘆に暮れていて、自分に生きるすべがないことなどすっかり忘れていた。だが、同じ家に住む貧しい人々が、自分たちの食べ物を分け与えてくれたおかげで、彼女は餓死せずにすんだ。

それからしばらくして、ザヤは自分の生活費を稼ごうと働き始めた。母親から紙の花の作り方を教わっていたので、かごいっぱいになるまで花をたくさん作り、通りへ出て売った。彼女は様々な種類の花を作った。バラやユリ、スミレやユキノハナ、サクラソウ、モクセイソウ、そして「黄昏の下の国」だけに咲いている美しく香しい花々。型紙がなくても作れる花もあれば、作れない花もあった。型紙が必要になると、彼女は紙とはさみ、のり、刷毛、花作りに使う全ての道具をかごに入れて、優しいご婦人が所有している庭園へと入って行った。美しい花がたくさん咲くその庭園に腰を下ろし、作りたい花を見つめながらせっせと花作りに勤しんだ。

時々ザヤはとても悲しくなって、死んでしまった大好きなお母さんのことを考えると、涙がとめどなく溢れ出た。お母さんがどこからか見ていてくれるような気もしたし、水面《みなも》に輝く太陽の光が母の優しい微笑みに見えることもあった。するとザヤの胸は温まり、美しい声で歌っていると、鳥たちが周りにやって来て、鳴くのを止め、その歌声を聴いた。

ザヤと鳥たちはすっかり友達になり、彼女が歌うと鳥たちが合わせて鳴くこともあった。周りに輪になって座りさえずる鳥の鳴き声は、はっきりとこんなことを言っているように聞こえた。

「もう一度歌ってちょうだい。もう一度歌ってちょうだい」

それに応えて彼女はまた歌ってあげた。それから鳥たちにも一緒に歌ってちょうだいと頼み、本物の音楽会をしているみたいになった。そうこうするうちに、鳥たちはザヤともっと仲良くなって、彼女の部屋に入り込み、巣まで作り、彼女の行く所どこへでもついて回った。周りの人々はこんな風に言う。

「鳥と一緒にいるあの少女を見てごらん。きっとあの子は半分鳥なんだ。鳥とあんなに仲が良くて、あんなに鳥に好かれているのを見ればわかるさ」たくさんの人々がこんなことを言いに来たのだが、彼女の一部は本当に鳥なのだと信じ込んでいるおめでたい人もいた。彼らは分別のある人に笑われても、こう言い返した。

「あの子は鳥に決まってる。あの歌を聞いてみなよ、鳥よりも愛らしい声なんだから」

それでザヤにはあるあだ名がつけられ、やんちゃな男の子たちは通りで彼女を見つけるとその名で呼んだ。「ビッグ・バード」というのがそのあだ名であった。しかし、ザヤ自身はそんな名前を気にしていなかった。やんちゃな子たちが彼女を苦しめようとその名前で呼んでも、別に嫌がりはせず、むしろ嬉しかった。美しい声を持つ小さなペットたちから愛され信頼されているのを彼女は喜んでいたので、鳥のようだと思われたかったのだ。

やんちゃな男の子や女の子たちが、小鳥たちのように善良で無邪気だったなら、どんなに良かっただろう。巣を作ったり、食べ物を運んだり、まだら模様の卵が孵るのを根気強く待ちながら、自力では何もできない雛鳥のために一日中働く小鳥のようだったなら。

ある晩、ザヤは屋根裏部屋に一人座っていると、とても悲しくなり、孤独を感じた。美しい夏の夕暮れ時、窓辺に座り、町全体を眺めていた。通りの多くは大聖堂につながっているのがわかった。大聖堂の尖塔は王宮の塔よりも空のはるか高くにそびえ立っている。そよ吹く風すらなく、家々の煙突からまっすぐのぼる煙は、上がるにつれてかすかになり、最後はすーっと空に消えていった。

ザヤはとても悲しかった。何日も一緒にいた鳥たちが初めて、みんな彼女の元からいなくなってしまったからだ。どこへ行ってしまったのかもわからない。鳥たちに見放されてしまったみたいで、このかわいそうな少女はとても寂しくなり、つらい涙に目をうるませた。彼女は死んだ母親がずっと昔にしてくれた話を思い出した。ザフィア王子が巨人を退治した話だ。王子はどんな人だったのだろうと彼女は考え、ザフィアとブルーベルが王と妃だった時代の人々はどんなに幸せだったろうと思いを馳せた。あの良き時代におなかをすかせた子供たちはいたのだろうか、人々が言っているように本当に巨人はいなかったのだろうか。そんなことをずっと考えながら、ザヤは開いた窓の前で花作りを続けていた。

ほどなくして、ザヤは作業から目を離し、町の向こう側を見つめた。すると恐ろしいものが見えた——あまりにも恐ろしくて、彼女は恐怖と驚きに満ちた低い叫び声を上げ、窓の外に体を伸ばし、手をかざして、もっとはっきり見ようとした。

町の向こうの空には両腕を広げた巨大な影のような姿が見えた。体は霧のような巨大な外衣に包まれていたが、空中で消えかかっていて、顔と薄気味悪い幽霊のような手しか見えなかった。

その姿はあまりにも巨大で、下にある町はまるで子供のおもちゃのようだった。それはまだ町のずっと遠くにいた。

少女の心は恐怖で凍りついたようだったが、同時に心の中でこう思った。「巨人たちは、つまり、死んでいなかったのね。その一つがやって来たんだ」

彼女は急いで高い階段を駆け下り、通りへ走り出ると、何人か人がいたので、「ほら！　見て！　巨人がいる、巨人が！」と叫びながら、町に向かってゆっくりと進んで来るその姿を指さした。

人々は見上げてみたが、何も見えなかったので笑ってこう言った。

「この子の頭はおかしいぞ」

かわいそうな少女ザヤはますます怯えて、通りを走りながらまた叫んだ。

「ほら！　見て！　巨人がいる、巨人が！」でも誰も彼女が言っていることなど気に留めず、みんな「この子の頭はおかしいぞ」と言って、通り過ぎて行ってしまった。

するとやんちゃな男の子たちが彼女を取り囲んで、こう叫んだ。

「ビッグ・バードの友達消えた。空には大きな鳥が見えりゃ、今度はそいつが欲しいとさ」

その子たちは彼女をばかにするような歌を作り、彼女の周りを踊りながら歌った。

ザヤは子供たちの輪から逃げ出し、町を駆け抜けると、そのまま田園地帯へ入って行った。大きな姿が目の前の空にまだ見えていたからだ。

彼女はさらに進んで、どんどん巨人に近づいて行くと、辺りはやや暗くなっていった。彼女には雲だけが見えたが、それでもまだ巨人の姿は、ぼんやりとではあるが目に見える形で空中に漂っていた。

巨人が近づいて来るにつれ、冷たい霧が彼女の周りを包んだ。ザヤは町の貧しい人々みんなのことを思い浮かべては、巨人よ、どうかみんなの命を助けてあげてと願った。彼女は巨人の前に跪き、訴えるように両手を上げ、大声で叫んだ。

「ああ、偉大な巨人よ！　みんなの命をお助けください、どうか助けてあげて！」

しかし、巨人は何も聞こえなかったのかさらに進んで行った。彼女はますます大声で叫んだ。

「ああ、偉大な巨人よ！　みんなの命をお助けください、どうか助けてあげて！」こう言いながら彼女は頭を垂れてむせび泣いた。巨人はそれでもなお、とてもゆっくりとではあったが、町に向かって進んで行った。

一人の老人が、大きな石でできた小さな家のドアの前に立っていたが、近くにいたにもかかわらず、少女は気づかなかった。老人は恐怖と驚きの表情を見せ、少女が跪いて両手を上げるのを見ると、近づいてその声に耳を傾けた。「ああ、偉大な巨人よ！」と言っている声を聞くと、老人はこう呟いた。

「恐れていた通りのことが起こったのだ。巨人はまだいる。こやつはその中の一味に違いない」見上げてみても彼には何も見えなくて、今度はこう呟いた。

「わしには見えんが、この子には見えている。なのにわしは恐れている。危険が迫っていると虫が知らせてくれたんじゃ。まことに、知識は目を曇らせる、無垢な人ほどよく見えるということだ」

少女は近くに人がいるとはまだ気づかずに、また大声で悲痛な叫びを上げた。

「ああ、だめ、だめ、偉大な巨人よ、みんなを苦しめないで。誰かが苦しまなくてはいけないなら、この私にしてください。私を連れて行くのよ。私は喜んで死にましょう、でも町の人たちは助けてあげて。お願い、偉大な巨人よ。私を好きなようにしていいから」しかし、巨人は聞く耳を持たなかった。

ノールは――高齢だったこともあってか――目に涙を溜めながら独り言を言った。

「ああ、なんと気高い子供だろう、なんて勇敢なんだ、自分を犠牲にしようだなんて！」ノールはザヤに近づくと、彼女の頭の上に手を置いた。

ザヤは頭を下げてお願いしていたのだが、その頭を誰かに触れられていると感じ、びくっとして辺りを見回した。でもそれがノールだとわかると、安堵した。ノールが知恵のある善良な人なのは知っていたし、もし誰かが助けてくれるなら、きっと彼だと思っていたからだ。ザヤがノールに抱きつき、彼の胸に顔をうずめると、ノールは髪を撫でて彼女を慰めた。けれどもノールにはまだ何も見えなかった。

冷たい霧が吹き抜け、ザヤが空を見上げると、巨人が通り過ぎて、町に向かって進んでいるのが見えた。

「わしと一緒においで、娘よ」と老人は言った。二人は立ち上がり、大きな石でできた住居の中に入って行った。

中に入ると、ザヤはぎょっとした。なんと、家の中はまるで墓のようではないか。老人は自分にしがみついているザヤの体が震えているのを感じて、こう言った。

「泣くんじゃない。怖がらなくていいんだよ。ここはわしにもみんなにも思い出させてくれるんだ。みんな最後は墓に入らなくてはならないってことをね。怖がらなくていいんだ。わしにとっては居心地の良い家なんだから」

それを聞くと少女はほっとして、家の中をつぶさに観察し始めた。そこにはあらゆる種類の奇妙な道具が置いてあるし、香草や薬草は、見たことがあるものもないものも、たくさん乾燥して壁に吊るされていた。老人はザヤを黙ったまま見つめ、彼女から恐怖がなくなると、こう言った。

「娘よ、通り過ぎる巨人の姿を見たんだね?」

少女は「はい」と答えた。

「顔と形がどんなだったか、わしに教えてくれんか?」再び彼は聞いた。

そこで、ザヤは目にした全てを老人に伝え始めた。あまりにも巨人が大きくて、まるで空が巨人でいっぱいになっているように見えたこと。外衣で覆われた大きな両腕がどんな風に伸びて、遠くの方になるとその死装束が空中に消えていったのか。顔はたくましい男性のようで、冷酷だけれど敵意は無さそうだったこと。そして、目は見えていなかったということを。

話を聞きながら、老人は震えあがった。彼女が話している巨人はとてつもなく恐ろしい奴だとわかったからだ。この呪われた町で、かくも多くの人々が罪に塗れて息絶えるのかと思うと、彼の心は涙で濡れた。

二人は呪われた人々に再び警告しに行こうと決心した。老人と少女はすぐに出発し、町へと急いだ。

小さな家を出ると、町の方へ向かって動き続ける巨人の姿がザヤの目の前にあった。二人は急いだ。冷たい霧の中を通り過ぎた所でザヤが振り返ると、巨人が後ろに見える。

やがて、二人は町にたどり着いた。

老人と少女が駆けずり回って、恐ろしい疫病がやって来るぞと伝える様子は奇妙な光景だ。大急ぎでやって来たせいで、老人の長くて白い髭や髪や少女の金色の髪は風でなびく。二人の顔は死んだように真っ青だ。振り返ると、ゆっくりとこちらに向かってやって来る幽霊のような巨人が見えた。純粋な心を持つ少女の目にしか見えないが、夕方の空に暗い影を落としながら進んでいる。

だが、町の人々には巨人が見えなかった。老人と少女が警告して回っても、人々は気にせず、むしろ二人を嘲笑ったり冷やかしたりしながらこう言うのだ。

「ちぇっ！　巨人なんていないじゃないか」人々は嘲りばかにして通り過ぎて行った。

すると老人は一段上に移動し、少女をそばに引き連れ、大きな噴水の一番下の段に立って話し始めた。

「ああ、みなさん、この国の住人たちよ、早めに用心するんじゃ。この純粋な心を持った子には、人間どもを怖がる小鳥たちも安心して集まって来る。この子の目には我々の町に今晩やって来る恐ろしい巨人の姿が見えている。信じるのじゃ、ああ、信じるのじゃ。そして今のうちに用心しておくのじゃ。あなた方と同様わしにだって空には何もないように見える。それでもわしはいると信じている。聞くんじゃ。かつて別な巨人がこの国を襲ったことなどすっかり忘れてしまって、わしは家の中で物思いに耽っていたのだ。すると訳もわからず、この町が危険にさらされているのではないかと急に不安になった。わしは起き上がって、東西南北、天も地もあちこち見回したが、どこにも危険の気配など見えなかった。だからわしは独り言を言ったんだ。

「『わしの目は百年もの間観察し、待ち続けたせいで鈍ってしまったようだ。だから何も見えないんだ』と。だが、ああみなの者、この国の住民たちよ、この百年でわしの外の目は曇ってしまったが、それでもわしの内なる目は生き返った——魂の目が。再びわしが外へ出ると、見よ！　この少女が跪いていた。わしの目には見えない巨人に町を助けて欲しいと頼んでいたのだ。しかし巨人は聞いていなかった。あるいは聞こえていたとしても、その願いには応えなかった。それでこの子はひれ伏していたのだ。だから我々はあなた方に警告するためにやって来た。巨人はあそこから町に向かって進んでいるとこの子は言っている。ああ、用心するのじゃ！　早めに用心するのじゃ」

それでも人々は気に留めず、嘲笑い冷やかすのを止めなかった。

「見て、あの女の子と老人は二人とも頭がおかしい」そう言ってみんな家に戻って行った——いつもと変わらず食べたり踊ったりする生活に。

するとき、やんちゃな男の子たちがやって来て二人を茶化して、ザヤから鳥がいなくなった、それで頭がおかしくなったんだと言った。男の子たちは即興で歌を作り、ザヤの周りで踊りながら歌った。

ザヤは貧しい人々を思い、深く心を痛めていたので、残酷な少年たちのことなど気にならなかった。彼女が全く気にしていない様子だったので、もっと乱暴でもっと意地の悪い人が出て来た。少し離れた所から物を投げては、ますます二人をからかった。

胸を痛めた老人は起き上がり、少女の手を取って、荒野へ連れて行き、大きな石でできた家に少女を泊めてやることにした。その夜、乾燥した香草の心地良い香りに包まれてザヤは眠った。老人はずっと少女の手を握っていた。彼女が怖がらないようにと。

次の日の朝、ザヤは早くに目が覚め、椅子で眠ってしまっていた老人を起こした。

戸口に出て外を見ると、彼女の心は嬉しさに震えた。ドアの外には、彼女に会いたくて仕方なかったかのように、小鳥たちがたくさんの仲間を引き連れて待っていたからだ。鳥たちが少女を見つけると、嬉しそうに大きな声で歌い、浮かれた様子であちこち飛び回った――中には翼の羽ばたかせ方があんまりおかしかった鳥もいたので、ザヤは思わず笑ってしまった。

ノールとザヤはつましい朝食をすませ、小鳥たちにも分け与えると、悲しい気持ちで家を出て、もう一度人々に警告するため町に向かった。道中、鳥たちは二人を励まそうと周りを飛び回り、できるだけ楽しそうに歌ってあげていたが、鳥たちの小さな心ははちきれんばかりだった。

歩いて行くと、一行の前に大きな影のような巨人の姿が見えた。巨人はもう町境まで進んでいた。

再び二人は町の人々に警告した。たくさんの人々が集まって来たが、これまで以上に二人をばかにした。やんちゃな男の子たちは石や木の枝を小鳥たちに投げつけ、そのせいで何羽か死んでしまった。かわいそうなザヤがおいおいと泣いたので、ノールはとても悲しい気持ちになった。しばらくして二人が噴水から離れた後、ザヤはふと空を見上げ、びっくりして喜びの声を上げた。大きな影のような巨人がどこにも見えなくなっていたからだ。大喜びで彼女は叫ぶと、人々は笑ってこう言った。

「ずる賢い子供だ！　私たちが信じないとわかると、今度は巨人がいなくなったふりをしだしたぞ」

人々は彼女を取り囲み、やじを飛ばした。中にはこんなことを言う人もいた。

「噴水に引きずり出して沈めてしまおう。我々を怖がらせようとする嘘つきにはいい見せしめになる」そうして人々は威嚇しながら近づいて来た。ザヤはノールにぴったりとしがみついた。もう巨人は見えないとザヤが言った時は、ノールはひどく深刻な顔つきをしたが、今はまるで夢でも見ているかのように物思いに耽っていた。だが、ザヤが触れたことでノールの目は覚めたようだ。厳しい口調で話し出し、人々を戒めた。しかし、人々は彼に対しても非難の声を上げ、ザヤの嘘を助けたのだからノールも沈めるべきだと言って、二人を捕まえようと近づいて来た。

旗振り役の手が二人に伸びてきたその時、男は低いうめき声を上げて、手でわき腹を抑え始めた。人々が驚いて男の方を見ると、男は激しい痛みに声を上げ、その声は身の毛もよだつ叫びになった。みるみるうちに顔はどす黒くなり、人々の前に倒れ込んで、しばらく苦痛で身悶えしていたかと思うと、あっという間に死んだ。

その場にいた人々は誰もが恐怖におののき金切り声を上げ、大声でこう叫びながら走って逃げて行った。

「巨人だ！　巨人だ！　本当にここにいるんだ！」巨人が見えないだけにさらに恐怖心は掻き立てられた。

だが、噴水が真ん中にある町の市場から逃げ出すこともできずに、人々は次から次へと死んでいき、市場のあちこちに死体が転がっていく。

市場の真ん中で老人と少女は跪いて祈った。鳥たちは噴水の周りに止まり、黙ってじっとしていた。遠くから聞こえて来る人々の叫び声だけが響いていた。やがて、嘆き悲しむ声はどんどん大きくなる。巨人——疫病——はそこかしこにおり、もう逃げることなどできなかったからだ。逃れるにはもう遅すぎた。

ああ！　その日「黄昏の下の国」は嘆き悲しむ声で溢れていた。夜の帳が落ちても、ぐっすり眠れる者などいなかった。恐怖で眠れない人もいれば、苦しくて眠れない人もいた。静かなのは町のあちこちで硬直していた死体だけだった。その静けさは、冷たい月の光と流れて行く雲の影が死体の上を動きながら照らし出しても、生きていると思わせるのは無理なくらい深かった。

それから長い間、「黄昏の下の国」に痛みと嘆きと、死が降りかかった。

ノールとザヤは貧しい人々を助けようと、できる限りのことをやった。だが、手助けは実に困難を極めた。見えない巨人はそこかしこにいて、町のあちこちをさまよっていたので、次はどこに巨人の冷たい手が置かれるか、誰にもわからなかったからだ。

町から逃げ出す者も現れた。でもあまり意味がなかった。どんなに慌てて逃げたところで、それでも見えない巨人の支配下にあることに変わりはなかった。巨人が息を吹きかけて触れば、どんな温かい心臓でもたちまち氷に変わり、すぐに死んでしまうのだから。

町に留まった人でも、巨人の手から逃れられた者はいた。逃げた先で飢え死にする人もいたし、よろよろ歩きながら悲しそうに町へ戻って来て、友人たちの手の中で息絶える者もいれば、生き永らえる者もいた。そんなことばかりだった。ああ！　なんて悲しいのだろう。朝から晩まで一日中、悲嘆や恐怖や涙しかないなんて。

　では、友である小鳥たちが困っているザヤをどうやって助けたのか見てみよう。

　誰も——少女にも——見えない時でさえ、鳥たちは巨人がやって来るのが見えたようなのだ。ザヤに危険が迫ると、鳥たちはまるで話でもするかのように、その危険を伝えることができた。

　最初は、ノールとザヤは毎晩大きな石でできた家に帰り、朝になるとまた町に戻って行き、病に侵された貧しい人々を慰めたり、ご飯を食べさせたり、薬を与えたりした。ノールの深い知恵から薬には効果があるとわかっていた。こうして二人はたくさんのかけがえのない命を助けた。救われた人々は二人に感謝し、それからは心を入れ替え、自分のためだけでなく他人のことも考えて暮らすようになった。

　しかし、数日すると、病に侵された貧しい人々は日中より夜の方がずっと多くの助けが必要なのだとわかり、二人は夜も町に住み、昼夜問わず苦しんでいる人がいれば、彼らを助けた。

　夜が明け始めたばかりの頃、ザヤは朝の空気を吸いに外へ出た。そこにはちょうど眠りから目覚めたばかりの小鳥の友達が待っていた。鳥たちは楽しそうに喜びの歌を歌いながら、ザヤの肩や頭に止まって、彼女にキスをした。疫病が死に誘うその手を置いた場所に夜中ザヤが行こうものなら、鳥たちは彼女の前をバタバタと飛んで邪魔し、自分たちの言葉でこう叫んだ。

「戻って！　戻って！」

小鳥たちはザヤが触れようとするパンや飲み物を前もってつついて食べたり、飲んだりした。少しでも危険を感じると——巨人の冷たい手はいたる所に置かれていたからだが——鳥たちはこう叫んだ。

「だめ、だめ！」そう言われると、ザヤは食べ物に触れるのを止め、他の人にもそうさせなかった。かわいそうな小鳥がパンを食べたり飲み物を飲んでいる間に倒れ、翼をバタつかせて死んでしまうこともままあった。でも小鳥たちはみんな、小さなご主人様を見つめ、あなたのためなら喜んで死にますと言わんばかりに、喜びの鳴き声を上げて死んでいった。パンとカップには危険がなく汚れていないとわかるといつも、小鳥たちは嬉々としてザヤを見上げながら翼を羽ばたかせ、鳴き声で知らせようとした。あまりにも得意げなその姿に、悲しみに暮れたかわいそうな少女も思わず笑みをこぼすのだった。

年老いた一羽の鳥は、様子を見て大丈夫そうだとわかったら、パンをたくさんつついて、おなか一杯になるまで食べるのだった。その鳥はザヤが指を振って止めるまで食べ続けることもあった。

「食べ過ぎよ！」そう言われると、その年老いた鳥は知らんぷりを決め、ぴょんぴょんと跳ねてどこかへ行ってしまうのだった。

また別なかわいらしい小鳥がいた。胸が夕陽のように真っ赤なコマドリだ。その小鳥はザヤのことが大好きで仕方なかった。毒見した食べ物が安全だとわかると、くちばしに小さなかけらをくわえ、ザヤの所に飛んで行って口の中に入れてあげた。

どの鳥もザヤのカップを飲み、それが大丈夫だとわかると、頭を上げてお祈りをした。それ以来、小鳥たちは同じことをし始め、感謝の祈りを決して忘れなかった――忘れてしまう恩知らずの子供たちとは大違い。

こうしてノールとザヤは生き延びた。けれども巨人はまだ町に留まっていて、周りでは多くの人たちが死んでいった。あまりにも多くの人が死んだのに、生き残っている人がまだたくさんいるのにも驚かされた。町の人口が減り出して初めて、こんなにも莫大な数の人間が住んでいたのだと気づかされる。

かわいそうな小さいザヤはずいぶん青白く、やせ細ってしまったので、影のように見えた。ただでさえ高齢で曲がっていたノールの背中は、何週間も苦しんだせいで、さらに曲がってしまった。二人ともへとへとではあったけれど、それでもなお病人たちを助けようと一所懸命に働き続けた。

小鳥たちの多くは死んでしまった。

ある日の朝、老人の体がとても弱っているのに気づいた――自分では立つことができないくらいの衰弱ぶりだ。ザヤはひどく心配して聞いた。

「具合が悪いの？ お父さん」この頃になると、老人のことをいつもお父さんと呼んでいた。

老人は彼女の問いに答えた。驚くほど弱々しい、しわがれた声だったが、とてもとても穏やかだった。

「わしの娘よ、おそらくわしには死が近づいている。家に連れて行ってくれないか。そこがわしの死に場所じゃ」

老人の言葉を聞いてザヤはすすり泣き、そばに跪くと、老人の胸に頭をうずめ、強く彼を抱きしめながら激しく泣いた。だが、彼女には泣いている暇はなかった。老人がどうにか自分で立ち上がったからだ。支えを必要としているのがわかると、ザヤは涙を拭いて老人を助けた。

老人は杖を取り、ザヤに助けを借りながら、市場の真ん中の噴水までやって来た。生命を使い切ったかのように、彼は噴水の一番低い段に崩れ落ちた。ザヤは老人が氷のように冷たくなるのを感じ、巨人の冷たい手がついに彼の上にも置かれたのだとわかった。

それから、なぜかはかわからなかったが、以前二人が噴水の横に立って、最後に巨人を目にした辺りを見上げた。すると見よ！ ノールの手を握りしめて彼女が見ていると、恐ろしい巨人のぼんやりとした姿が見えてきた。ずっと長い間見えなかったのに、雲の間からだんだんはっきりと浮かび上がってきた。

巨人の顔は相変わらず険しい表情をしていて、目は未だ見えていなかった。

ザヤは巨人に向かって叫んだ。まだノールの手をしっかりと握っていた。

「彼はだめ、やめて！　ああ、偉大な巨人よ！　彼はだめ！　彼はだめなの！」ザヤは頭を垂れて涙を流した。

ザヤの心が悲しみで張り裂けんばかりになると、影のような巨人の見えない目にも涙が流れ、それが露のように老人の額に滴り落ちた。ノールはザヤに話しかけた。

「嘆かないでおくれ、わしの娘よ。またおまえに巨人が見えるようになって嬉しいよ。巨人が町を去って、悲しまなくともすむようになると信じている。わしが最後の犠牲者だ。だからわしは喜んで死ぬさ」

すると、ザヤは巨人に向かって跪き、こう言った。

「彼を助けてあげて！　ああ！　代わりに、私を連れて行っていいから！　でも彼だけはだめ！　お願いだから助けてあげて！」

老人は肘をついて起き上がり、彼女に話しかけた。

「嘆かないでおくれ、かわいい子よ、もうお願いせんでいい。わしのためにおまえが喜んで命を差し出そうとしているのはよくわかっている。だが、命を犠牲にするなら、人々の幸福のためにするべきだ。それが私たちの命より大事なんだよ。神の恵みがあらんことを、わしのかわいい子よ。いい子でいるんだよ。さらばじゃ！　さらば！」

最後の一言を告げると、彼の体は冷たくなっていき、やがて魂は消えていった。

ザヤは跪いて祈った。見上げると、影のような巨人が町から離れて行くのが見えた。

進みながら巨人は振り返った。見えない目で見ようとしているかのように、巨人はその目をザヤの方に向けた。巨人は霧の死装束をまだ身につけていたが、ザヤを祝福するかのように影のような大きな腕を上げた。嘆く彼女のそばを通り過ぎる風の音には、こんな言葉がこだましているようだった。

「無垢と献身が国を救う」

やがて、大きくて影のような疫病という名の巨人が、国境へ去って行くのが見えた。守護神たちの間を通って国の正門を抜けると、かなた向こうの荒野へと消えていった——そして二度とここには戻って来なかった。

モロウビー・ジュークスの奇妙な騎馬旅行

ラドヤード・キプリング／大久保譲

生か死か——それ以外のあり方はない。

インドの諺

以下の物語に作りごとは混じっていない。ジュークスは、その存在がよく知られたある村に偶然行きついたのだ。とはいえ、その村に行ったイギリス人は彼ひとりである。かつてカルカッタの周辺で似たような村が栄えていたという。また、大インド砂漠の中央にあるビカニールの中央まで行けば、死んでおらず、かといって生きてもいない死者たちがそのなかに本拠を築いている、村というより町に辿りつくという話もある。その同じ砂漠には、裕福な金貸したちが財産を築いたあと隠棲するための素晴らしい都市があり（財産があまりに莫大なので、金貸したちは政府の強力な保護でさえ信用できず、水のない砂漠へと逃げるのだ）、壮麗なC型スプリングの馬車を走らせ、美しい娘たちを買い、豪邸を黄金や象牙やミントンタイルや真珠貝で飾っている——というのが疑いのない事実なのだから、ジュークスの話だって本当であっていけないことがあろうか。彼は地形や距離の把握に優れた土木技師であり、わざわざ作り話をして人をかつぐわけがない。本職でもっと稼ぐことができるのだ。話す内容はいつも同じで、しかも自分が受けた無礼な扱いを思いだすたびに腹を立てている。最初、彼はこの話を簡明直截なスタイルで書いたのだが、あとになってところどころ手を入れ、教訓を含めた。こんな具合だ——

すべてはちょっとした発熱から始まった。仕事の都合で、私はパクパターンとムクバラクプールのあいだ——不運にもそこに行くはめになった人なら誰でも知っているように、荒れ果てて住む人もない砂地が広がる一帯——に、数ヵ月間キャンプをしなければならなかった。雇っている苦力《クーリー》たちは他の連中と同じように癪にさわるし、たとえふさぎこみたくなったとしても、充分な注意力を必要とする仕事のおかげで、そんな男らしくない気分に浸っている暇などなかった。

一八八四年十二月二十三日のこと、私は少々熱っぽかった。満月のころだったので、私のテントの近くで野犬どもがこぞって月に向かって吠えていた。そいつらは二匹、三匹と群がって、私を苛々させた。数日前、特に騒がしい一匹を撃ち殺し、テントの入口から五十ヤードほどのところに見せしめとして吊るしたのだが、仲間の犬たちは死体に飛びかかり、奪いあい、とうとう喰らいつくしてしまった。私にはまるで、新たに活力を得て感謝の賛歌を歌っているように聞こえた。

熱で頭がぼおっとしたときの影響は人によって異なる。私の場合、苛立ちはまもなく、一匹の白黒の巨大な犬を殺してやるという執念に変わった――一晩じゅう、一番けたたましく歌い、逃げるとなったら真っ先に逃げるやつだ。手が震え頭がぼんやりしていたせいで、二連銃で二度、撃ちそこなっていたのだが、突然、開けた場所で奴を追いつめ、イノシシ狩りの槍を使って仕留めるのが最善の策だと思いついた。言うまでもなく、熱に浮かされた患者の妄想にすぎない。しかしそのときは、現実的で実行可能な案だと思ったのを覚えている。

というわけで、愛馬ポーニックに鞍をつけ、こっそりテントの裏に連れてくるようにと馬丁に命じた。ポニーの準備ができるとその頭の横に立ち、狙う野犬がふたたび声を上げはじめるやいなや、乗って飛び出せるように待ちかまえた。さて、ポーニックは二、三日、柵から出ていなかった。そのうえ、夜の空気は冷たくはりつめていた。おまけに私は、特に長く鋭い二本の拍車――その日の午後、愚図な馬を叱咤するのに使ったのだ――をつけていた。そんなわけだから、行けと命じられたとたん、ポーニックが勢いよく飛び出したのは容易に納得できるだろう。矢のように早く走ったので、一瞬でテントはたちまちはるか後方に去り、なだらかな砂地を競走馬の速さで疾駆した。次の瞬間にはめあての犬を追い越してしまい、なんのために馬に乗って槍をかまえているのか、ほとんど忘れかけていた。

熱による譫妄《せんもう》状態と宙を飛ぶような疾走の興奮のため、残っていた理性もどこかに失せてしまったのだろう。両足を鐙《あぶみ》にかけて立ち乗りし、狂ったような早駆けを静かに見下ろす白く大きな月に向かって槍を振りかざしていたことや、揺れながら通り過ぎていくナツメの茂みに大声で挑戦を呼びかけたことを、ぼんやりと覚えている。一度か二度、ポーニックの首のほうにぐらりと倒れかかり、文字どおり拍車でかろうじて馬にしがみついている状態になったこともあった――翌朝、馬についていた痕を見て分かったのだが。

月に照らされ果てしなく広がる砂地を、あわれな馬は悪霊に取りつかれたかのように進んでいった。その次に私の記憶に残っているのは、目の前の地面が急に盛りあがり、その砂丘の頂上に立ってみると、眼下にサトレジ川の流れが銀の延べ棒のように輝いていたことだった。そのとき、ポーニックが鼻から思いきり前につんのめってしまい、私たちは一緒に、それまで見えなかった前方の坂を転げ落ちていった。

気を失っていたにちがいない。目覚めたときにはやわらかい白砂の山の上に腹ばいになっていて、私が転がり落ちた坂の頂上に、かすかに夜明けの光が差しはじめていた。だんだん明るくなってきて、自分が馬蹄形をした砂のくぼ地の底にいることが分かった。唯一砂に囲まれていない一辺は、サトレジ川べりの砂地に面していた。熱はすっかり引いていたし、頭がいくらかぼんやりしていることを除けば、昨夜砂丘を転がり落ちた悪影響はなさそうだった。

ポーニックは数ヤード離れたところに立っていた。当然ながら疲れ切っているようだが、少しも怪我はしていない。鞍は――お気に入りのポロ用の鞍だったが――あちこちぶつけられて腹のほうに回り、形も歪んでいた。馬を元の状態に戻すのにしばらくかかったが、作業をしながら、自分がうかつにも落ちこんだこの場所をとっくり観察することができた。

冗長だと思われるかもしれないが、周囲の地形について詳しく説明しておこう。この地の特性を正確に思い描ければ、以下の物語を理解する具体的な手助けになるだろうから。

さきほど述べたような、馬蹄形をした砂のくぼ地を思い浮かべてほしい。周囲の急勾配の砂の壁は約三十五フィートの高さだ（傾斜は六十五度ぐらいだったろう）。くぼみの底は最も広いところで縦五十ヤード、横三十ヤードほどの平地になっており、中央に粗末な井戸がある。この底を取り囲んで、三フィートほど地面が高くなっており、そこに八十三個の穴が空いていて、入口の形は半円、卵形、四角形、多角形とさまざまだが、どれも幅三フィートくらいだった。覗いてみるとどの穴も内部を流木や竹の柱で支えられており、入口には雨よけ板が、騎手の帽子のてっぺんのように二フィートほど突きだしている。これらの穴のどこにも人の気配はなかったが、吐き気のするような悪臭がくぼ地の全体に広がっていた――インドの村々を旅してきた私ですら、いままで嗅いだことのないような悪臭だ。

私と同様キャンプに戻りたがっているポーニックにまたがり、馬蹄形の砂丘の麓を回って、脱出できる場所はないかと探してみた。住人は、もしいたとしても、姿を見せる気はないらしく、私は自力で何とかするしかなかった。まずポーニックを駆り立てて、急峻な砂の坂をのぼろうと試みた結果、アリジゴクが獲物を捕らえるのとまったく同じ罠にはまりこんでしまったことがはっきりした。一歩進むたびに、上からおびただしい砂粒が降り注ぎ、穴の入口の雨よけ板に当たって、銃弾のようにざらざらと音を立てる。何度かむなしく砂の坂に突撃したあげく、馬も私も砂の奔流で息が詰まりそうになりながら、くぼ地の底まで転がり落ちてしまった。そんなわけで、唯一開けた川のほうに注意を向けざるを得なかった。

川のほうは、じっさい、まったく簡単にいきそうだった。砂丘は川べりまで続いていたが、砂州や浅瀬がたくさんあって、ポーニックをギャロップで走らせ、急角度で右か左に曲がれば安定した地面に辿りつけそうだった。ポーニックを操って砂地を進んでいたとき、驚いたことに、川の向こうからライフルのかすかな発射音がした。同時にポーニックの頭のすぐ横で「ヒュン」と鋭い音がして、弾丸が落ちた。

飛んできたものの正体は明らかだ——正規のマーティニ＝ヘンリー銃の弾。およそ五百ヤードほど先、川の中央に、現地式のボートが停泊していた。静かな朝の空気のなか、船首からたなびく一筋の煙が、私に向けられた上品な警告の出所を示していた。非の打ちどころのない紳士が、こんな窮地に陥ったことがあるだろうか？　不安定な砂の坂には、不本意ながら訪れることになったこの場所からの脱出口はなく、かたや川べりを馬で通れば、ボートに乗った頭のおかしな原住民から銃撃されてしまう。いま思えば、そのときはすっかり動揺していた。

もう一発銃弾が飛んできたので、これ以上余計なことをしないほうがいいと悟った。急いで砂地を駆けあがり、馬蹄形のくぼ地のなかに戻ってみると、ライフルの音を聞きつけたのか、それまで無人だと思いこんでいた巣穴から、六十五人の人間が姿を見せていた。気づけば周りには人だかりができていて——四十人ばかりの男、二十人ばかりの女、せいぜい五歳の子供ひとり——こちらをじっと見ている。全員、サーモン色の布だけをかろうじて身にまとっている。その姿はヒンズーの托鉢修道士を連想させ、一見したところ、ぞっとするような行者《ファキール》の集団を思わせた。連中の吐き気のするような汚らしさは筆舌に尽くしがたく、巣穴のなかでどんな暮らしをしているのかと考えて身震いした。

地方自治が始まり、原住民たちの白人《サーヒブ》に対する尊敬の念は大部分消え去ってしまったとはいえ、当時はまだ目下の者からある程度礼儀正しく扱われることに慣れており、この集団に近づきながら、私の存在が認められるだろうと当然のように予期していた。じっさい、連中は私の存在を認めたものの、私が期待していたようにではなかった。

ぼろをまとったこの群衆は、私を笑ったのである――二度と耳にしたくないような笑い声だった。私が連中のただなかに進んでいくと、けたたましく笑い、叫び、口笛を吹き、吠えた。なかには邪悪な大笑いのあまり文字どおり地面に身を投げだした者たちもいた。今朝からの出来事で言葉にできぬほど苛立っていたので、私はポーニックの手綱を離し、近くにいた奴らを力いっぱい引っぱたきはじめた。殴られて、そいつらが九柱戯のピンのようにぶっ倒れると、笑い声は引っこみ、慈悲を求めるすすり泣きに変わった。まだ触ってもいない連中が私の膝にしがみついて、粗野なもろもろの現地語で許しを請うた。

この騒ぎのさなか、感情にまかせて暴力をふるってしまったことが恥ずかしくなってきたときに、背後からかん高い声がひそひそと英語で話しかけてきた。「旦那さま《サーヒブ》！　旦那さま！お忘れですか？　旦那さま、電信局長のガンガ・ダスです」

すばやく振り向いて、話し手を見た。

ガンガ・ダス（もちろん、彼を本名で登場させることになんのためらいもない）は四年前に知りあった、デカン高原出身のバラモン階級の男で、パンジャブ政府からカルシア州に出向していた。同地の電信局の支局をまかされており、最後に会ったときには腹の出た陽気で恰幅のいい政府職員であり、英語で下手なダジャレを連発する驚異的な才能の持ち主だった――そのせいで、彼が本業でどんな役に立ってくれたのかを忘れてしまったあとになっても覚えていたのである。英語でダジャレを言うヒンズー教徒など、めったにいない。

しかしいま、ガンガ・ダスはそれと分からないほどに変わり果てていた。額のカーストのしるしも、突き出た腹も、青灰色のズボンも、お世辞たらたらの喋り方も、ぜんぶ消えている。目の前にいるのは干からびた骸骨だった。ターバンも巻かず裸同然で、髪はぼさぼさで伸ばし放題、目は落ちくぼんでタラの目のようだ。左頬の三日月形の傷――これは私が原因となった、ある事故のためについた傷なのだが――がなければ、彼だと認識できなかっただろう。しかしまちがいなくガンガ・ダスであり――この点についてはありがたいことに――今朝から経験してきた出来事の意味を、少なくとも英語で説明してくれる原住民なのだった。

みじめな姿のガンガ・ダスと向きあい、くぼ地から出る方法を教えろと命じると、群衆は遠巻きになった。ガンガ・ダスは羽をむしり取ったばかりのカラスを持ち、私の問いに答えるかわりに、巣穴の前にある砂でできた台にゆっくりとのぼると、黙って火をおこしはじめた。乾いた芝草《ベントグラス》とケシと流木はすぐに燃えた。彼が普通の硫黄マッチで火を点けたことに、なんだか気持ちを慰められた。炎が明るく燃え、串刺しのカラスがきちんと火にかけられたところで、ガンガ・ダスは前置きもなく話しだした。

「世のなかには二種類の人間しかいません、旦那――生きてる人間と死んだ人間です。死んだら死んでるし、生きてるなら生きる」（ここで一瞬、カラスに注意を向ける必要が生じた。

火にあぶられたカラスがくるりと回転し、焦げて灰になりそうになったのだ）「もし家で死んだのに、ガート〔川辺にある火葬場〕に燃やしに行ったときに死んでなきゃ、ここに来るんですよ」

悪臭を放つこの村の正体が、いまや明らかになった。これまで見たり読んだりしてきたグロテスクなものや恐ろしいものは、もとバラモンだった男から伝えられた事実の前に、すべて色あせてしまった。十六年前、ボンベイに初めて上陸したとき、放浪中のアルメニア人から聞いたのだ——インドのどこかに、運悪くトランス状態や強硬症《カタレプシー》から回復してしまったヒンズー教徒が運ばれ、養われる場所があるのだと。その話を聞いたとき、大笑いし、旅人のほら話だと考えたことを覚えている。砂の罠の底にしゃがみこんでいると、ワトソン・ホテルの思い出が、前後に揺れる吊りうちわや白い服の召使たちや血色の悪いアルメニア人の姿とともに写真のように生き生きと甦ってきて、私は発作的に爆笑した。現在の境遇と、バカバカしいほど対照的だった！

ガンガ・ダスは、不潔な鳥の上に身を乗りだしながら、不思議そうにこちらを見つめていた。そもそもヒンズー教徒はめったに笑わないし、周囲の環境も彼をそんな気にさせるようなものではない。彼はおごそかな手つきでカラスを木串から外すと、おごそかにむさぼった。それから話を続けた。彼自身の言葉を借りよう——

「コレラの流行のときには、人は死ぬか死なないかのうちに茶毘《だび》に付されます。川辺の火葬場に来た時、冷たい空気が、もしかすると、死んだはずの人を生き返らせるかもしれません。ほんの少し生き返っただけなら、鼻と口に泥が押しこまれて、確実に死にます。さらにもう少し生き返ったら、さらに多くの泥が押しこまれます。ですが、もしすごく生き返ってしまったら、泥は押しこまれず、かわりに彼らは死者の束縛を解き、火葬場から連れだします。私はすごく生き返ってしまい、彼らが押しつけようとした侮辱に対して、怒りをこめて抗議しました。そのころ私はバラモンで、誇り高い人間でした。いまや私は死んだ人間で、カラスなんかを食べ――」と、彼はかみ砕かれた胸骨に目をやった。再会して以来初めて感情らしきものを浮かべている。「それ以外のものも……。彼らは、私がすごく生き返ったのを見ると、経帷子を脱がせ、一週間分の薬を寄こしました。私は首尾よく生きのびました。それから看護人をひとりつけられて、地元からオカラ駅に鉄道で送られました。オカラ駅に着くと他の二人の男と合流しました。夜になって、彼らは私たち三人をラクダに乗せ、オカラ駅からここに連れてきました。私は砂丘の上から突き落とされ、続いて残りの二人も同じように突き落とされました。それ以来二年半、ここで暮らしています。かつて私はバラモンで、誇り高い人間でした。いまはカラスを食べています」

「出ていく方法はないのか？」

「まったくありません。初めてここにやってきたときには、しょっちゅう試してみました。

他の連中もです。ですが私たちは結局、頭の真上から降ってくる砂に勝てませんでした」

「だがね」そこで口をはさんだ。「川沿いの場所は開けている。弾をよけてみるのも無駄ではないだろう。夜なら――」

私はすでに、おおよその脱出計画を練り上げていたのだが、利己的な本能から、それをガンガ・ダスに伝えなかった。しかしガンガ・ダスのほうは、口に出さない私の考えを、頭のなかに形づくられた途端に見抜いたようだ。そして驚いたことに、長く低い嘲笑を漏らした――まちがいなく、目上の者から目下の者に向ける――少なくとも同輩に向ける笑いだった。

「あなたはけっして」――最初に一度言ったきり「旦那」とは言わなくなっていた――「川のほうからは脱出できません。試してみなさい。私も試してみました。一度だけ」

名づけえぬ恐怖の感覚をなんとかねじ伏せようとしたが無駄で、私は完全に押しつぶされてしまった。長い絶食状態と――もう十時近かったが、昨日の昼食以来、何も食べていなかった――昨夜の騎乗の荒々しい興奮のせいで疲労困憊していた。いまにして思えば、しばらくのあいだ、私は狂人のようにふるまっていたにちがいない。砂の斜面に突進した。神をののしったり祈ったりしながら、馬蹄形の砂丘の麓をぐるぐる駆け巡った。川べりのカヤツリグサのあいだを這いまわっては、私の周囲の砂を切り刻むように撃ちこまれるライフルの銃弾への神経質な恐怖に駆られてうしろに飛びのき――おぞましい人々に囲まれて、狂犬のような死に方をするつもりはなかった——、疲れきって荒れ狂いながら、井戸囲いにもたれてへたりこんだ。いま思い返しても顔が赤らむこのドタバタに、誰ひとりとして、ほんのわずかな注意も向けようとしなかった。

息を切らしてぐったりした私の体を、水を汲みに来た二、三人が踏みつけていった。とはいえ、この種のことに慣れているのはあきらかで、私にかまっている時間などはなさそうだ。なるほどガンガ・ダスは、残り火に砂をかぶせてしまうと、カップ半分のくさい水をわざわざ私の頭にかけてくれた。関心を持ってもらったことにひざまずいて感謝してもいいところだが、彼だってその間ずっと——私が最初に浅瀬に向かっていったときから変わらず——陰気であえぐような調子で笑い続けていたのだ。こうして、なかば意識を失った状態で、正午まで倒れていた。それから、結局は人間でしかない私は空腹を覚え、そのことをガンガ・ダスに訴えた。彼のことを親さながらの保護者と見なすようになっていたのだ。衝動的に、外の世界で原住民を扱うときと同様、ポケットに手を入れて四アンナを取りだした。こんなところで金を渡すことの無意味さにすぐ気づき、引っこめようとした。

しかし、ガンガ・ダスは叫んだ。「その金を寄こせ、有り金ぜんぶ！　さもないと仲間を呼んで、あんたを殺すぞ！」

イギリス人ならこんな場合、とっさにポケットの中身を守ろうとするものだろう。だがちょっと考えて、この場所をいくらか居心地よくしてくれる相手――そして彼の助けを借りればここから脱出できるかもしれない相手――に逆らうのは愚かだと悟った。私は有り金すべて、九ルピー八アンナ五パイスを渡した。キャンプにいるとき、心づけ《バクシーシ》としていつも小銭を持っていたのである。ガンガ・ダスはコインをつかむと、あたりをうかがい、誰にも見られていないのを確認しながら、たちまちぼろぼろの腰布に隠した。

「それじゃあ、食べるものをやろう」彼は言った。

その金がガンガ・ダスにどんな喜びを与えたのかは分からない。だが、彼が喜んでいるのなら、金をすんなり手離したことに後悔はなかった。もし渡すのを拒んでいたら、まちがいなく私は殺されていただろうから。野獣たちのすみかでは、どんなことをされても抗議などしないものだ。あまつさえ、ここにいる連中は獣以下なのだ。ガンガ・ダスが用意してくれた粗末なチャパティと一杯の汚れた井戸水の食事をとっているあいだ、住人たちは興味を持つそぶりも見せなかった――普通ならインドの村の人々は好奇心でいっぱいなのだが。

ここの住人たちは私を軽蔑しているのではないかとすら思えた。いずれにせよ人々は私に冷たい無関心で接し、ガンガ・ダスの態度も同じくらいひどかった。この恐るべき死者の村について山ほど質問を投げかけたものの、まったく不満足な答えしか得られなかった。その範囲で推測するところ、村は記憶にないほどはるか昔から――ということは少なくとも一世紀以上前からだろう――存在しており、その間、誰ひとりここを脱出した者はいないという（これを聞いて、私は両手で自分を抑えなければならなかった。さもないと、またぞろ盲目的な恐怖にとらわれて、くぼ地のなかを狂ったように走り回っただろう）。ガンガ・ダスはこの点を強調し、すくみあがる私を見て邪悪な喜びを感じているようだった。また、どんな手を使っても、ガンガ・ダスをここに連れてきた謎めいた「彼ら」が誰なのかを聞きだすことはできなかった。

「命令なんです」と彼はかたくなに答えるだけだった。「これまで命令に背いた者はいない」

「私がいなくなったことに気づけば、召使たちが助けだしてくれるさ」私は反論した。「そうしたら、こんな場所は地表からきれいさっぱり消し去ってやる。それから、おまえに礼儀というものを教えてやるぞ」

「あなたの召使なんて、ここに近づく前に八つ裂きにされてしまうよ。それに、わが友よ、あなたはもう死者なんだ。そりゃあなたの落ち度じゃありませんよ、だけどあなたはやっぱり死者で、ここに埋められたんだ」

ガンガ・ダスの話では、食糧は砂丘の上から、円形劇場のようなこの砂の盆地に不定期に投げこまれるのだという。住人たちはそれを野獣のように奪いあう。死期が近づいたのを悟ると、住人はねぐらの穴に引きこもり、そこで死ぬ。死体は穴から引きだされて砂の上に放りだされることもあるし、そのまま穴のなかで朽ち果てるにまかされることもある。

「砂の上に放りだされる」という言葉が気になった。ガンガ・ダスに、そんなことをしたら疫病を惹き起こすのではないかと尋ねた。

「それについては」ガンガ・ダスは、またあえぐような含み笑いをしながら答えた。「どうなるのか、そのうち自分の目で見るだろう。これから、うんざりするほど観察の時間があるんだから」

これを聞いて、私はふたたびすくみあがり、ガンガ・ダスを喜ばせてしまった。急いで会話を続けた。「それで、おまえたちはどうやって毎日暮らしているんだ？　何をして過ごしてる？」この問いは、以前と同じ答えを引きだした——「この場所は、ヨーロッパ人の天国みたいなものだ」、めとることも嫁ぐこともない〔『マタイによる福音書』二二：三〇〕のだという一言を添えて。

ガンガ・ダスはミッションスクールで教育を受けていたのである。彼自身認めていたように、もし「賢い人のように」キリスト教に改宗していれば、こんなふうに生きたまま墓に葬られることはなかっただろう。とはいえ、私と一緒に過ごしているかぎり、彼は幸せだったのではないかと思う。

ここに白人《サーヒブ》がいる。支配的な民族の代表ながら、子供のように無力で、原住民である隣人たちのなすがままなのだ。わざとゆっくりしたやり方で、ガンガ・ダスは私をいたぶった——小学生が、半時間あまり夢中になって、串刺しにしたカブトムシの苦しむさまを観察したり、逃げ場のない巣穴でイタチがウサギの首筋を余裕たっぷりに注視するように。ガンガ・ダスの会話の要点は、「どんな種類の」脱出方法もないということ、そして私は死んで「砂の上に放りだされる」までここにいるということだった。地獄の亡者たちが新入りに話して聞かせる言葉を予見できるとしたら、その長い午後じゅうずっと、ガンガ・ダスが語ったようなものになるだろう。私はすっかり意気消沈して、抗弁も返答もできなかった。繰り返し私を押しつぶしそうになる説明不可能な恐怖と戦うことに、エネルギーを使い果たしていたのだ。この恐怖に比べられるのは、英仏海峡の船旅での、すさまじい吐き気との戦いぐらいだろう――私の苦悩は精神的なもので、はるかに恐ろしかったけれど。

時間が経ち、くぼ地の入口から斜めに差しこんできた午後の日ざしを浴びるため、住人たちがぞろぞろと出てきた。小さなグループに分かれて集まり、こちらにちらりと目を向けることもなく、仲間内で話していた。おそらく四時ごろだろうか、ガンガ・ダスが立ちあがり、自分のねぐらにもぐりこんだかと思うと、すぐに生きたカラスを持って現われた。あわれな鳥は泥だらけで悲惨な状態だったが、主人を恐れているようすはなかった。ガンガ・ダスは草むらから草むらへと移りながら用心深く川べりに向かい、ボートからの射撃にじかにさらされる平らな砂地まで辿りついた。ボートの連中は気づいていないようだ。ガンガ・ダスは足を止め、巧みに何度か手首を使って、運んできたカラスをあおむけにし、羽を広げた状態で地面に釘づけにした。当然のように、カラスはたちまちかん高く鳴きだし、足の爪を空中でばたばたさせた。ほどなく、数百ヤード離れた砂州で死体らしきものをついばんでいた野生のカラスの群れが、この騒ぎを聞きつけた。すぐに六羽のカラスがようすを見に飛んできて、磔になったカラスに襲いかかった。草むらに身を潜めていたガンガ・ダスは、静かにするようにと私に合図したが、これは無用な警告だった。一瞬のうちに、何が起きたのか見て取るまもなく、鳴きさけぶ無力なカラスにつかみかかっていた野生のカラスの爪がひっかかってとれなくなったかと思うと、ガンガ・ダスはすばやくそのもつれを解き、捕まえた野生のカラスを、もとから磔になっていたカラスの横に釘づけにしてしまったのである。どうやら残りのカラスも好奇心に駆られたらしく、ガンガ・ダスと私が草むらに引き返すまもなく、さらに二羽のカラスが、あおむけになった囮《おとり》のカラスたちの爪に絡んでいった。こんなふうにして狩り（そんな大層な呼び方をしていいのなら）は、ガンガ・ダスが七羽のカラスを捕まえるまで続いた。彼はただちにそのうち五羽の首をひねり、二羽は後日の狩りのための囮として生かしておいた。この斬新な食料の確保方法を目の当たりにして大いに感銘を受け、ガンガ・ダスの手際を賞賛した。

「どうってことない」彼は言った。「明日はあんたがかわりにやってくれ。あんたのほうが力が強いんだから」

あたりまえのように優越感をにじませたガンガ・ダスの態度にムッとして、私は断固として答えた。「なんだと、この悪党め。なんのために金をやったと思ってるんだ?」

「まあいいさ」とガンガ・ダスは動じない。「明日やあさってではないかもしれない、もっと先かもしれない。だがいつかはあんたも――その先はずっと何年も――カラスを捕まえて食べるようになるんだ。そして、捕まえて食べられるカラスがいることを、あんたのヨーロッパの神に感謝することになる」

この言い草を聞いて、彼の首を絞められるなら喜んでそうしただろうが、目下の状況では怒りを抑えるほうが賢明だと判断した。一時間後、私は捕まったカラスの一羽を食べていた。ガンガ・ダスの言うとおり、食べられるカラスがいることを神に感謝しながら。生きているかぎり、あの夜の食事は忘れないだろう。住人たちは全員、巣穴の前の固い砂の台にすわって、ごみと乾いたイグサを燃やした小さな炎を前に体を丸めていた。死神は、一度は手をかけながら命を奪うことをやめた結果、もはや彼らから距離を置いているように見えた。なぜなら、住人の大部分は、腰が曲がり、やつれて体も歪んだ年老いた男たちと、どう見ても運命の女神そのもののように年老いた女たちだったからだ。彼らは小グループに分かれ、低い平板な調子で――どうやって話の種を見つけているのやら――話していた。しばしばこちらの一日を台無しにする原住民たちの耳障りなおしゃべりと、それは奇妙な対照をなしていた。ときおり、朝方私を襲った突然の怒りの発作が、男や女に取りついた。そうなると彼らは絶叫し呪詛しながら砂の急坂に突撃していき、最後には挫折して血を流し、腕一本動かせないぐらいぐったりしながら砂の台に戻ってくるのだ。そんなことがあっても、他の住人たちは顔を上げもしない。仲間の試みが空しいことは分かり切っていて、その無益な繰り返しにあきあきしているのだ。その夜、こうした発作的な行動を四回も目撃した。

ガンガ・ダスは私の置かれた立場をきわだってビジネスライクな態度で見ていた。そして夕食のあいだ――いまなら笑い飛ばせるが、そのときは苦痛でしかなかった――私のために「やってもいい」と決めた事柄を提示した。彼が言うには、私の渡した九ルピー八アンナで、一日あたり三アンナとして五十一日、およそ七週間ぶんの食料を私に供給できるというのだ。つまり、その期間だけは食事を提供する。そのあとは、私は自力でなんとかしなければならない。さらなる報酬――すなわち、私のブーツ――を与えてくれるなら、隣のねぐらを使わせてやる、そして寝床用に乾いた草をできるだけ多く分けてやろう、と言う。

「いいだろう、ガンガ・ダス」私は答えた。「最初の条件は喜んで受け入れよう。だが、ここでおまえを殺して持ち物すべて（貴重な二羽の囮のカラスのことだ）を奪ってもいいんだぞ。ブーツは絶対に渡さないし、好きなねぐらを勝手に選ばせてもらう」

この大胆な反撃が功を奏したのを見て、私は満足した。ガンガ・ダスはすぐさま調子を改め、ブーツを欲しがるつもりなどないと否定した。公務員として十三年のキャリアをもつ土木技師、平均的なイギリス人であろう自分が、報酬めあてにせよ私を保護してくれた男を、殺すだけの暴力をふるうだのと冷静に脅しているのを、そのときはまったく奇妙なことだとは思わなかった。まともな世間を、もう何世紀も離れているように感じていた。これを書いている現在、私が私の存在を実感しているのと同程度に、そのときの私は、呪われたこの集落には、弱肉強食以外の法はないのだと確信していた。さらに生ける死者たちは、彼らを捨てた世間のあらゆるルールを捨てたということ、自分の生命は自分自身の力と用心深さで守るしかないと確信していた。この気持ちを理解してくれるのは、不運なミニョネット号の船員たちぐらいだろう〔一八八四年、嵐で遭難したミニョネット号の生存者たちは、仲間を殺して食べた〕。そしておのれに言い聞かせた。「いまのところ私は元気で、こいつら六人ぐらいなら相手にできる。自分のために、ここから逃れられるときまで、健康と体力を維持することが絶対に必要だ――もしそんなときが来れば、だが」

こうして決心を固めると、できるだけ飲み食いした。ガンガ・ダスに対しては、こちらが主人だということ、そして少しでも不服従の兆しがあった場合は、私が下せる唯一の罰――突然の暴力的な死に見舞われるのだということを理解させた。少ししてからベッドに入った。つまり、ガンガ・ダスが与えてくれた二抱えぶんの乾いた芝草を、彼のねぐらの右隣の穴に投げこみ、続いて足からもぐりこんだのだ。穴はいくらか下りながら砂のなかに九フィートほど続いており、材木の支柱で器用に支えられていた。川辺を望む私のねぐらからは新月の光に照らされたサトレジ川の流れを見ることができて、かろうじて寝られるくらいには心が落ち着いた。

　その夜の恐怖は一生忘れないだろう。ねぐらは棺のように狭く、それまで無数の裸の住人たちが寝てきたせいで、壁面はつるつるして脂じみていたし、おまけに臭いは吐き気がしそうなほどだった。私のように興奮した精神状態では、眠ることなど不可能だった。夜が更けていくにつれ、円形劇場の盆地全体が不潔な悪魔の軍勢に満たされているように感じられた。彼らは下の浅瀬から上陸して、巣穴にこもる不運な者たちをあざ笑っているのだ。

　私はけっして想像力豊かなほうではない――技師というのは往々にしてそんなものだ。だがいまは、まるで女のように神経質な恐怖に完全に打ちのめされていた。しかし半時間かそこらすると、ふたたび冷静になって、脱出の可能性を検討することができるようになっていた。急峻な砂の壁からの脱出はもちろん現実的ではない。しばらく前からそのことは思い知らされていた。それに対し、薄暗い月明かりのもとでなら、ライフルの射撃をかいくぐっていくことは、可能は可能ではないか。この地は恐怖に満ち満ちている。逃げだせるなら危険を冒す覚悟もできていた。だから、忍び足で川べりに這っていき、忌まわしいボートがいなくなっていることを発見したときの喜びは想像がつくだろう。あと数歩、前に踏み出せば自由なのだ！

　馬蹄形の左側の突き出た角の先端に広がる最初の浅瀬まで歩けば、川を歩いて渡り、くぼ地の脇を回りこみ、内陸に進むことができる。一瞬のためらいもなく、ガンガ・ダスが罠でカラスを捕らえた草むらを過ぎてずんずん進み、その先の細かな白い砂を目指した。乾いた雑草から砂地に足を一歩踏み出したとたん、しかし、脱出の希望がいかに空しいものかを悟った。砂を踏むと、引きずりこみ吸いこむすさまじい動きが足もとの砂から感じられたのだ。次の瞬間、ほぼ膝のところまで砂に呑みこまれてしまった。月の光に照らされた砂の表面は、私の失望を邪悪に喜んで震えているように見えた。恐怖と奮闘のせいで汗ばみながら必死でもがき、背後の草むらまでどうにか戻り、うつぶせに倒れた。

半円のくぼ地からの唯一の脱出口は、流砂で塞がれていたのだ！

どれほど長いこと倒れていたのかは分からない。だが、ガンガ・ダスが耳もとで意地悪く含み笑いをするのが聞こえ、私はやっと目を覚ました。「忠告しましょう、貧しき者の保護者よ（この悪党は英語を話していた）、ねぐらに帰りなさい。こんなところで寝ていたら体に毒ですよ。それにボートが戻ってきたら、あなたはライフルの的だ」夜明けのぼんやりした光のなか、彼は私を見下ろして立ち、ひとりで愉快そうに含み笑いしている。首根っこをつかんで流砂に投げこんでやりたいという気持ちを抑え、私は不機嫌に立ちあがり、彼のあとについて巣穴の前の台に戻った。

ふいに、言ってもどうしようもないことだと思いながらも訊ねた。「ガンガ・ダス、どうやっても脱出できないのなら、どうしてわざわざボートから見張っているんだ？」深い絶望の淵に沈みながらも、天然の流砂によってすでに守られている川辺を警備するために銃弾を無駄にしているのはなぜなのか、ぼんやりと考えていたのを覚えている。

ガンガ・ダスはふたたび笑って答えた。「彼らがボートを出すのは日中だけだ。それというのも、脱出方法があるからだ。だが、あんたにはできるだけ長く一緒にいてもらいたい。何年か暮らし、焼いたカラスを食べ続ければ、ここが悪くない場所だと分かる」

呆然とし、よるべない気持ちで、私はふらふらと割り当てられた臭いねぐらに戻り、眠りについた。一時間かそこらののち、鋭い悲鳴が聞こえて目を覚ました――激しくかん高い、苦痛にあえぐ馬の叫び声だ。一度聞いたらけっして忘れないような悲鳴。ねぐらから出るのに少し手間どった。外に出ると、ポーニックが、長年の愛馬であるあわれなポーニックが、砂地に横たわって死んでいた。住人たちがどうやって殺したのかは分からない。ガンガ・ダスいわく、馬はカラスより上等だ、そして「最大多数の最大幸福こそ政治の原則。私たちは共和国なんだよ、ミスター・ジュークス。あんたもこの獣の肉を分けてもらう権利がある。もしよければ、あんたに感謝する決議をしてもいい。提案しようか？」

そう、ここはじっさい共和国だった！　砂のくぼ地の底に閉じこめられた野獣たちの共和国、死ぬまで食べて争って眠るだけの場所なのだ。私は抗議しようともしなかった。ただしゃがみこんで、目の前の凄惨な光景を見つめていた。この文章を書くよりも短い時間のうちに、ポーニックの死体はけがらわしい方法で切り分けられてしまった。男も女も切れ端を台まで運び、朝食の準備を始めた。ガンガ・ダスは私のぶんを調理してくれた。疲れ果てるまで砂の壁に飛びかかっていきたいという新たな衝動が、またしても抗しがたいほど沸き起こってきて、全力でその気持ちを押さえつけなければならなかった。ガンガ・ダスは不愉快な冗談を言い続けていたので、これ以上何か喋ったらその場で絞め殺してやると脅した。彼は黙ったが、その沈黙が耐えがたくなってきて、今度は何か言えと命令した。

「あなたはここで死ぬまで暮らすんだ、もうひとりのヨーロッパ人《フェリンキ》のように」かじっている軟骨のかけらごしにこちらを見ながら、彼は冷たく言い放った。

「もうひとりの白人《サーヒブ》だと、ろくでなしめ。とっとと話せ、嘘はつくんじゃないぞ」

「あそこに住んでたんだ」ガンタ・ダスは私のねぐらから左に四つ目の穴の入口を指しながら答えた。「自分で見るがいい。彼はその穴で死んだ。そのうちあんたや私や、この村の男女、ひとりだけの子供がそうなるように」

「頼むからその人について知っていることを残らず話してくれ。誰なんだ？　いつここに来て、いつ死んだ？」

下手《したて》に出てみた。ガンガ・ダスは横目でこちらを見ると、答えた。「答えられませんね――まず何かをもらわないと」

ここがどんな場所だったかを思いだし、私はガンガ・ダスの眉間を、いくらか気を失うぐらいに殴りつけてやった。ガンガ・ダスはすぐに台から下りてぺこぺことへつらいはじめ、すすり泣き、私の足にしがみつこうとし、先ほど指さした巣穴に案内した。

「あの紳士のことは何も知らないのです。そのことはあなたの神もご存じです。あなたと同様、彼も逃げようと躍起になって、ボートから撃たれてしまいました。私たちはみんな、必死で彼を止めたんですが。ここを撃たれたんです」ガンガ・ダスは痩せこけた腹を手で押さえて体を曲げ、撃たれた真似をした。

「そうか、それでどうなった？　話を続けろ！」

「それから——それから、私たちは彼をねぐらまで運び、水を与え、濡れた布を傷口に当てました。彼は穴のなかに横たわり、それでおだぶつです」

「どれぐらい？　どれぐらいもったんだ？」

「傷を受けてから三十分くらいです。ヴィシュヌ神に誓って」とこの恥知らずな男は叫んだ。

「私は彼のためにあらゆる手をつくしました。できるだけのことはやったんです！」

ガンガ・ダスは地面に身を投げて私の足首をつかんだ。けれどもガンガ・ダスの善意のふるまいなど信用できなかったので、私は抗議の声を上げる彼を足蹴にした。

「おまえは彼の持ち物を残らず奪ったにちがいない。すぐに暴いてやるぞ。その白人《サーヒブ》はどれくらいここにいたんだ?」

「一年半近くいました。彼はきっと気が狂ってしまっていたにちがいありません。誓って申し上げます、貧しき者の守護者さま! 彼の持ち物に手を触れたりしなかったと誓って申し上げるのを、信じてもらえませんか? あなたは何をなさろうというので?」

ガンガ・ダスの腰をつかみ、放棄された巣穴の前の台に放り投げた。そうしながら、同じ白人の囚われ人が恐怖のうちに過ごした十八カ月間の言いしれないみじめさを思いやった。さらに、腹に銃弾を受けて穴のなかでネズミのように死んでいった、末期の苦しみを。ガンガ・ダスは私に殺されると思いこんで、あわれに泣きわめいていた。残りの住人は、新鮮な肉をたっぷり食べて満腹らしく、私たちのことを身じろぎひとつせず眺めていた。

「穴に入れ、ガンガ・ダス」私は言った。「遺体を運びだすんだ」

恐怖で吐き気がし、気を失いそうになっていた。ガンガ・ダスはまろび落ちるように台から降り、泣きわめいた。

「でも旦那さま、私はバラモンです――高位カーストのバラモンです。お願いです、後生ですから、そんなことはさせないでください」

「バラモンだろうとバラモンでなかろうと、お願いだろうと後生だろうと、とっとと入れ!」

私は言い、肩をつかんで彼の頭を巣穴の入口に突っこみ、体の残りの部分も足で蹴りこんだ。

そして腰をおろし、両手で顔をおおった。

数分後、がさごそ、きしきしと音がした。それからガンガ・ダスのすすり泣き、喉を詰まらせたような独り言。やがて、やわらかく「ドサッ」という音。私は顔から手を離し、目を開けた。

乾いた砂は遺体を黄褐色のミイラに変えていた。検分するあいだ離れていろと、ガンガ・ダスに命じた。遺体は——肩に革パッドのついた、汚れ、すりきれたオリーブ色の狩猟服に身を包んでいた——三十歳から四十歳の男性のものだった。中背より高く、明るい薄茶色の髪、長い口ひげ、伸び放題でぼさぼさのあごひげ。上あごの左犬歯は失われ、右の耳たぶの一部はちぎれていた。左手の中指には指輪——楯の形をしたブラッドストーンが金の台座にはめられ、そこに「B・K」とも「B・L」とも読めるモノグラムが刻まれていた。右手の薬指にはとぐろを巻いたコブラの形をした銀の指輪がはまっていたが、だいぶ古びて曇っている。ガンガ・ダスは死んだ男のねぐらから拾ってきたこまごました品々を、私の足もとに置いた。遺体の顔を私のハンカチで覆ってから、それらを調べることにした。不幸な男の身元が分かる一助となるように、遺品のリストを示しておこう——
一、ブライアーパイプのボウル。縁はギザギザ。非常に古びて黒ずんでいる。吸い口がついていた部分には糸が巻いてある。

二、パテント・レバー式懐中時計を巻く鍵二本。突起部は破損。
三、鼈甲《べっこう》の持ち手のついたペンナイフ、銀またはニッケル、「B・K」のモノグラムが刻まれたネームプレートつき。
四、封筒、消印は読めないがヴィクトリア女王の切手が貼ってある。「ミス・モン――（以下判読不能）――「ハム」――「ント」
五、模造ワニ革の手帳、鉛筆つき。最初の四十五頁は白紙。四ページ半は判読不能。残りの十五頁は、主に三人の人物――ミセス・L・シングルトン（何度か「ロット・シングル」と略されている）、「ミセス・S・メイ」、そして「ガーミソン」（ところどころで「ジェリー」や「ジャック」などと呼ばれている）――についての個人的な覚え書きで埋められている。
六、小サイズの狩猟ナイフの柄。刃はぽっきり折れている。鹿の角製、ダイヤモンドカットの浮彫、こじりには回り継ぎ手と環。木綿の紐の切れ端がついている。
ここに記したような完全な目録を、その場で作ったとは思わないでほしい。最初に注意を引いたのは手帳だった。あとでじっくり調べようと、私はそれをポケットにしまった。残りの品は、安全のために私のねぐらに運んだ。几帳面なたちなので、そこで目録を作った。それから遺体のところに戻り、ガンガ・ダスに手伝うよう命じて、二人で川べりまで運んだ。運んでいる途中、古い茶色の弾の破裂した薬莢がどこかのポケットから落ちて、私の足もとに転がってきた。ガンガ・ダスは気づいていない。私は考えた——人は普通、銃を撃つとき、使い終わった薬莢など持ち歩かないものだ。特に、再度装塡することができない「茶色」薬莢などは。要するに、この薬莢はこのくぼ地のなかで発射された銃のものだ。つまり、このくぼ地のどこかに銃があることになる。ガンガ・ダスに訊こうとしたが、すんでのところで思いとどまった。嘘をつかれるのは分かりきっていた。私たちは遺体を草むらのそばの流砂の縁に置いた。それを押しだして、流砂に吞みこんでもらうつもりだった——私が思いついた唯一の埋葬法だ。ガンガ・ダスには離れているよう命じた。

それから、慎重に死体を流砂に押しだした。そうしながら——死体はうつぶせになっていた——私はぼろぼろになっていたカーキ色の狩猟コートを引き裂いた。すると、背中のおぞましい穴が露わになった。すでに述べたとおり、乾いた砂のせいで遺体はいわばミイラ化していた。一目見るだけで、大きく開いたその穴が銃創によるものだと分かった。銃口を背中に触れるぐらいにして引き金を引いたにちがいない。狩猟コートは無傷だったから、瞬時に訪れたであろう死のあとで遺体に着せられたのだろう。あわれな白人の死の真相が、ぱっと頭にひらめいた。くぼ地のなかの誰か、おそらくガンガ・ダスが、白人自身の銃——茶色の薬莢に合った銃——を使って撃ち殺したのだ。ボートからのライフル射撃をものともせず逃亡を図ったわけではなかったのだ。

私は急いで死体を押しだした。文字どおり数秒で視界から消えて砂に沈んだ。見守りながら身震いがした。ぼんやりしたなかば無意識の状態で、手帳を読みはじめた。シミだらけで色あせた紙が一枚、背表紙の隙間に差しこまれていて、ページを開くとはらりと落ちた。そこにはこう書かれていた。「カラスの茂みから外に四、左に三、外に九、右に二、内に三、左に二、外に十四、左に二、外に七、左に一、内に九、右に二、内に六、右に四、内に七」紙には燃やされた跡があり、端が焦げていた。何を意味しているのか分からない。乾いた芝草の上にすわり、紙を何度も引っくり返していると、目をぎらつかせ、両手を伸ばしたガンガ・ダスがすぐうしろに立っているのに気がついた。

「手に入れたんですね?」彼は息を切らしていた。「私にも見せてください。誓ってお返ししますから」

「何を手に入れたって? 返すって何を?」私は訊ねた。

「あなたが手に持っているそれですよ。私たち二人を救ってくれるものです」ガンガ・ダスは長い鳥の爪のような手を伸ばしてきた。その手は興奮のあまりふるえていた。

「わたしには見つけられなかった」彼は続けた。「あいつはいつも身につけて隠しもっていた。だから私はあいつを撃ったんだ。だが、それでも手に入れられなかった」

ガンガ・ダスは、男がボートからライフルで撃たれたというさっきの作り話をすっかり忘れていた。私は彼の告白を冷静に聞いていていた。生ける死者たちと交わっていると、道徳心はすっかり麻痺するものだ。

「何をそんなに騒いでる？　何を渡してほしいって？」

「手帳のなかの紙きれ。それが私たち二人を救ってくれるんだ。ああ、あなたはバカだ！大バカだ！　それがどんな役に立ってくれるか分からないのか？　私たちは脱出できるんだ！」

彼の声はほとんど悲鳴に近かった。興奮のあまり、私の目の前で踊りはじめた。脱出のチャンスがあると聞いて、私も心を動かされたことを認めよう。

「つまり、この紙きれが私たちを救ってくれるっていうのか？　どういうことだ？」

「声に出して読んで！　読みあげるんだ！　どうかお願いしますから読んでください！」

私は読みあげた。ガンガ・ダスは嬉しそうに耳を傾けていた。そして、指で砂の上に不規則な線を描いた。

「さあ、これが銃床を除いた彼の銃の銃身の長さです。その銃身はいまも私が持っている。私がカラスを捕まえる場所から、銃身四つぶん、まっすぐ外に。いいですか？　それから左に銃身三つぶん。ああ！　あの男が夜な夜な計画していたのをよく覚えています。それから銃身九つぶん外、という具合。外というのは、流砂をよぎってまっすぐ北に向かっていく方向です。

私に殺される前、彼はそう言っていました」

「だが、それを知っているのなら、どうしてもっと前に逃げださなかったんだ?」

「私は知らなかったんです。一年半前、彼は計画していることを教えてくれました。ボートのいなくなったあと、毎晩計画していたことを。流砂の近くを安全に脱出できるんだと。それから彼は、一緒に逃げようと言いました。でも、計画を立て終わった夜に、私を置いてきぼりにするんじゃないかと不安になって、それで彼を撃ったんです。だいたい、一度ここに落ちた人間が逃げるなんてほめられたことじゃないんだ。逃げていいのは私だけ、私はバラモンなんだから」

脱出の希望が見えてきたことで、ガンガ・ダスは自信を取り戻していた。立ちあがり、うろうろ歩き回り、激しく身ぶり手ぶりをした。やっとのことで落ち着かせ、話を聞きだした。死んだイギリス人は六カ月かけて、毎夜毎夜、一インチきざみに、流砂を抜ける道を調査していたという。そして、馬蹄形の左側の突き出た角を回り、川岸を二十ヤードほど進むところまでは簡単そのものだと言っていた、と。白人が話を最後まで終えないうちに自分自身の銃でガンガ・ダスに撃ち殺されたのは明らかだった。

逃げ出せる可能性を知り、さっそくその夜、脱出に挑んでみようと決めたあと、喜びのあまり、ガンガ・ダスと手がちぎれるほどの勢いで握手をしたのを覚えている。午後のあいだずっと待っているのはじれったかった。

おそらく夜の十時ごろ、月がくぼ地のへりに顔を出したとき、ガンガ・ダスは自分の巣穴に行って、進路を計測するための銃身を持ちだしてきた。他の住人たちはとっくにねぐらに引きこもっている。見張りのボートは数時間前に下流に去っていた。私たちは、カラスの茂みのかたわらで完全に二人きりだった。銃身を持ったガンガ・ダスは、私たちを導いてくれる紙片を取り落とした。私は拾おうとして急いでかがんだ。その瞬間、ガンガ・ダスが私の後頭部を銃身で強打しようと狙っているのに気がついた。振り向こうとしたが手遅れだった。首筋のどこかを殴られたらしく、流砂のかたわらで気を失って倒れてしまった。

意識を取り戻したとき、月は傾きかけていて、後頭部に我慢できないほどの痛みを感じた。ガンガ・ダスの姿はなく、口のなかに血があふれていた。ふたたび倒れ伏し、これ以上苦しまずに死なせてほしいと願った。それから無性に激しい怒りに捉われて、ふらふらと川から離れ、砂丘の壁に向かった。私を呼ぶ囁き声が聞こえたような気がした――「旦那《サーヒブ》さま！　旦那さま！　旦那さま！」召使が朝に私を起こすときの声と、まったく同じだ。幻聴かと思っていたら、足もとにひとつかみの砂が落ちてきた。見上げると、頭がひとつ、くぼ地を覗きこんでいる――ドゥヌーだった。私のコリー犬の世話をしている少年だ。私が気がついたと分かると、彼は手を上げてロープを見せた。しばらくふらふらと右往左往しながら、ロープを投げるよう合図した。吊りうちわを吊るす革製の紐を何本か結びあわせたもので、端が輪になっていた。輪を頭からかぶって腋の下に通した。ドゥヌーが何かを駆り立てる声がした。顔を下に向け、砂丘の急斜面を引き上げられているのを感じ、次の瞬間には、息を詰まらせ、なかば気を失って、くぼ地を見下ろす砂丘の上にいた。ドゥヌーの顔は月明かりの下で灰白色に見えた。彼は、ここにいてはいけない、すぐにテントに戻りましょうと懇願した。

ドゥヌーはポーニックの足跡を、砂漠を越えて十四マイルも辿り、くぼ地にやってきたらしい。すぐに引き返し、他の召使たちに相談したが、彼らは、白人だろうとインド人だろうと、おぞましい死者の村に落ちた人間と関わることを断固として拒否した。そこでドゥヌーはポニーを一頭と吊りうちわのロープを持ってくぼ地に戻ってきて、さきほど書いたように私を引き上げてくれたのだ。

一介の少尉

ラドヤード・キプリング／大久保譲

……精力的に義務を遂行し、かつ軍務と不可分の困難と不自由とに常時忍従する。これを命令によって強制するだけでなく、模範によって奨励すること。

——ベンガル軍規

ボビー・ウィックは王立士官学校《サンドハースト》の卒業試験に合格した。彼は軍に任命される前にすでに紳士《ジェントルマン》だったので、「士官候補生《ジェントルマン・カデット》ロバート・ハンナ・ウィック」はクラブ・ボカール（架空の地名、意味は「ひどい熱」）のタインサイド・ティルツイスターズ連隊に少尉として配属される、とヴィクトリア女帝が布告したとき、士官でありまた紳士であることになった。羨むべき境遇である。ウィック家も喜びに満ちあふれた。母《ママ》ウィックと幼い弟妹ウィックたちはボビーを拝まんばかりにして彼の偉業に賛辞を送った。

父《パパ》ウィックはかつて小ブルダナ地方《ディストリクト》の長官として三百万人の頂点に立ち、その地の利益のためにいくつも大きな建造物をつくり、以前は一枚の葉しか生えなかった土地に二枚の葉を生やすべく〔『ガリヴァー旅行記』第二巻第七章〕尽力した。もちろん、いま隠居しているイングランドの小邑ではそんなことは知られておらず、ただの「ウィックおじさん」で通っていて、インド星勲位の受勲者だということも忘れていた。

父はボビーの肩を叩いて言った。「よくやったぞ、わが子《マイ・ボーイ》よ！」

そのあと、軍服が準備されるまでのあいだはひたすら楽しい一時期だった。女性たちが群がる村のテニスパーティやお茶会で、ボビーは「男性」として名誉進級を遂げ、あえて言うなら、もし入隊が延期されていれば、いっぺんに複数の女性と恋に落ちる羽目になっていただろう。本国の小さな村々には素敵な娘さんがあふれかえっているのだ。なにしろ、若者という若者が一財産築こうとこぞってインドに出かけてしまうのだから。

「インドこそ」パパ・ウィックは言った。「最高の場所だ。私は三十年を過ごしたが、いやはや、それでもまだ戻りたいくらいだ。テイルツイスターズ連隊に入れば、おまえは友人に囲まれることになる。もしかの地の人々が小ブルダナのウィックのことを忘れていなければな。わが家名のおかげで、多くの人がおまえに親切にしてくれるだろう。身支度については母さんのほうが私より詳しく教えてくれるはずだ。だが、これだけは覚えておけ。おまえの連隊にしがみつけ、ボビー——連隊にしがみつくんだ。まわりの連中はきっとインド政府軍将校団所属になろうとし、連隊に無関係なあらゆる種類の任務をこなすようになるだろう。* おまえも同じようにしたくなるかもしれない。おまえが自分の手当ての範囲内でやっているかぎり、そして私はその点で出し惜しみをしたことがなかったはずだから、歩兵正規軍にしがみつけ、歩兵正規軍の全員にしがみつけ、そして歩兵正規軍以外には目もくれるな。他のまぬけな若造の手形の保証人にならんよう気をつけろ、それからもし二十も年上の女と恋に落ちたときには、私には黙っていてくれ。それだけだ」

これらの忠告と、同じく価値あるその他多くの忠告を通して、パパ・ウィックはボビーの心構えを固めさせ、ポーツマスで過ごす出航前最後の恐ろしい夜にそなえさせた。その夜、士官宿舎に規則で認められている以上の人間がつめかけ、上陸許可を得た船員たちがインドに送られる兵士たちと衝突し、小競り合いはドックヤード・ゲイツから果てはロングポートのスラム街まで広がり、一方、フラットンのいかがわしい女たちが降りてきて女王陛下の士官たちの顔をひっかいた。

ボビー・ウィックは、そばかすだらけの鼻先にぶかっこうな打ち傷をこしらえながら、酔ってふらふらの一隊を船に乗せねばならず、しかもこちらを見下《くだ》す五十人からの兵士の妻たちにも気を配らねばならなかった。だから、やっとマラバール号が英仏海峡の半ばに達し、艦内の兵士の様子を見回ったり、その他多くのことがあって感情が高ぶったときまで、ホームシックを感じるひまもなかった。

テイルツイスターズはきわめて特殊な連隊だった。この連隊をほとんど知らない人々は、その軍人たちはお高くとまっていると評した。けれども、連隊員たちの慎み深さや連隊内部の取り決めは、概して自分たちを守るための戦術にすぎなかった。五年ほど前、連隊長が七名の太って活気ある少尉の十四個の不敵な目を覗きこんだ。彼らはみなインド政府軍将校団への転任を申し出ていた。連隊長は、一体全体どうして三ツ星をつけた歩兵正規軍の連隊長が、不良品のブリキの拍車をつけ、できの悪いロバにまたがって、見捨てられた原住民連隊のポンコツ頭の先頭に立つような、哺乳瓶をくわえた超罰当たりなガキどもの罰当たりな子供部屋を指揮しなければならないんだ、と問うた。彼は粗野で恐ろしい男だった。それゆえ残りの連隊員は対策を講じ（玉突きのキューをちらつかせて脅し、隊内の世論を動かして）、噂を広めた——テイルツイスターズを将校団への踏み台にしようとする不埒な若者たちは、もろもろの試練に耐えなければならないのだと。ともあれ連隊というものには、女性と同様、秘密を持つ権利があるのだ。

ボビーがデオラリからやって来てテイルツイスターズ連隊に着任したとき、心のなかには、この連隊こそが彼にとって父であり母であり、契りを交わした妻でもあるという思いが、静かにしかし確固として根づいていた。この世でこの連隊の名に泥を塗ることより恐ろしい罪はない。なにしろ七つの海のなかでもっとも射撃にひいで、もっとも訓練が行き届き、もっともゆるぎなく、もっとも勇敢で、もっとも輝かしく、あらゆる点においてもっとも理想的な連隊なのだ。ボビーは連隊の保有する宝物の由来を教えられた。北京の夏宮で手に入れた、にやにや笑う黄金の神像から、前任の部隊長（七人の少尉に説教した御仁）の残した、銀をあしらったマーコール山羊の角のかぎ煙草入れまで。それらの伝説のひとつひとつがボビーに教えてくれた。恐れを知らず孤立無援のまま長いあいだ戦われた戦闘の数々を。アラブ人のようにおおらかな歓待の精神を。海のように深く前線のように堅固な友情を。名誉のために苦難の道のりによって勝ち取られた名誉を。そして、ためらうことなく疑問の余地もない、連隊への献身を――連隊は全隊員の命を求め、永遠に生きるのだ。

ボビーはまた、一度ならず任務で連隊の軍旗に接した。それはぼろぼろの棒の先につけられたレンガ職人の帽子の裏地のように見えた。ボビーは軍旗にひざまずいて崇めたりはしなかった。イギリスの少尉はそんなふうにしつけられていないからだ。それどころかボビーは、軍旗によって畏敬の念やそれ以外のさらに高貴な感情をかきたてられたまさにその瞬間に、軍旗の重さをののしった。

でも最高だったのはある十一月の未明、テイルツイスターズの一員として閲兵式の隊形で行軍したときだった。任務中の兵士と病人を除いて連隊は千八十人、ボビーはそこに属していた。なんといっても自分は歩兵連隊の少尉ではないか――歩兵連隊の全員にしがみつき、そして歩兵連隊以外には目もくれない――二千百六十の頑丈な軍靴の足音が示すように、雲の柱〔『出エジプト記』一三・二一〕を巻き上げながら疾駆し、「全体、右！　全体、左！」と連呼する騎馬砲兵隊のディトンとも、騎馬大隊を、その価値を最大限に生かしながら――そのなかには蹄鉄の値打ちまでふくまれている――先導するホワイト・ハザーズ隊のホーガン＝エールとも、あるいは、ホワイト・ハザーズの騎兵馬《ウェーラー》の列の弾む足どりのあとを追ってベンガル騎兵隊の一軍の馬たちがギャロップで疾駆するあいだ、おそろしげな青と金のターバンに恥じぬ行動をしようとしているつけ払い《ティック》ボアローとも、立場を入れ替えるつもりはなかった。

晴れた涼しい日中、彼らは戦い続けた。一斉射撃のあと、銃の遊底から空になった薬莢が地面に跳ねるカラン、カラン、カランという音を聞いたとき、ボビーの背筋をちょっとした興奮が駆けぬけた。というのも、彼はこの音を実際の戦場で耳にするために生きなければならないと知ったからだ。演習は平原での勇壮な追跡で幕を閉じた――砲兵隊は轟音を響かせながら騎兵隊を追いかけてホワイト・ハザーズの不興を買い、一方タインサイド・テイルツイスターズ連隊はシク教徒の連隊を追撃したので、やせ細ったシン〔シク教徒の男子名〕たちはへとへとになってあえいだ。正午になる前にボビーは埃まみれの汗だくになったが、熱意は研ぎ澄まされる一方で

——いささかも衰えなかった。

彼は戻ると「スキッパー」すなわち中隊の長であるリヴィアの足もとにすわり、部下を指揮するという謎めいた技術と極意を教えられた。これこそ軍人という職業の大半を占めるものなのだ。

「もしこの方面にセンスがなければ」とリヴィアは両切り葉巻をくゆらしながら言った。「けっしてコツをつかむことはできないだろう。だがボビー、覚えておくんだ。教練は軍隊においてほとんどすべてと言ってもいいものだが、最高の教練をもってしても連隊に死地をくぐらせ、生きのびさせることはできない。それができるのは、いろいろな部下を操縦する方法を知る人間だけだ——山羊みたいな部下、豚みたいな部下、犬みたいな部下なんかをね」

「例えばドーマーとか」とボビーは言った。「彼なんかはバカみたいな部下、というグループに入るんでしょうね。病気になったフクロウみたいにふさぎこんでいる」

「さっそくまちがっているよ、きみ《マイ・サン》。ドーマーはまだバカではない。だが罰当たりなきたならしい兵士だ、それで兵舎の室長が、装具点検の前に靴下のことで彼をからかったんだ。ドーマーは、三分の二くらいは獣そのものなので、隅に引っこんで、ただ唸っていた」

「どうしてご存じなんです？」ボビーは尊敬のまなざしで尋ねた。

「中隊の指揮官はそういったことを知っていなければならないからさ——もし知らなければ、

犯罪が――そう、殺人が――鼻先で起ころうとしていても、それに気づかないことになる。ドーマーはいじめられて頭がおかしくなっている――あんなに大男なのに――そのことを恨むほどの知性もないんだ。ただ黙って酒をくらっている。だがねボビー、兵舎の部屋でいじめにあっている男が酒を飲んだり、一人で鬱々としていたら、そいつの気を引き立たせるような策を講じないとならない」

「策ってどんな？　部下たちをひっきりなしに甘やかして回ることなんてできません」

「ああ。そんなことをしても、部下はそのうち、余計なお世話だということを君にわからせるだろう。君がすべきなのは――」

ここで軍旗護衛下士官が書類を持って入ってきた。リヴィアが中隊の記録に目を通しているあいだ、ボビーはしばらく考えにふけっていた。

「ドーマーは何かやったか、軍曹」ボビーは中断された会話を続けるような口調で尋ねた。

「いいえ。自動人形みたいに任務を果たしてまさあ」軍曹は言った（小難しい単語が好きなのだ）。「きたない兵隊だもんで、新しく支給される装備に必要なぶんを給料から天引きされてるんで。うろこだらけなんですよ」

「うろこ？　うろこって？」

「魚のうろこでさあ。やつはいつも川べりの泥んなかをつっついてて、親指で魚臭い魚のうろこを落とし、内臓を抜いてるんですよ」リヴィアはまだ書類に没頭していた。軍曹はいかめしい様子ながらボビーに好意を抱いていたので、話を続けた。「やつは腹いっぺえになると——言葉が悪くてすみません——川に出かけて行くんで。なんでも酔えば酔うほど——酩酊《めいてい》すればするほど、魚をたくさん捕まえるんだとか。仲間内じゃ「中隊のいかれた魚屋」って呼ばれてます」

リヴィアは最後の一枚にサインをし、軍曹は退出した。

「ぞっとする娯楽だ」ボビーはひそかにため息をついた。それからリヴィアに向かって言った。「本当にドーマーのことがご心配ですか」

「少しな。病院送りにするほど狂っているわけじゃないし、独房に入れられるほど飲んでいるわけじゃない。だが、あんなふうに不機嫌にふさぎこんでいたら、いつ爆発してもおかしくない。自分に関心を向けられるときまって怒りだす。一度私が彼を連れだして狩りに行ったときなんて、うっかり私を撃つところだった」

「ぼくは釣りをします」ボビーは顔をしかめた。「土地の船を雇って、木曜日から日曜日まで川で過ごすつもりです。愉快なドーマーも連れて行きましょう——もしぼくたち二人に、同時に休暇をいただけるなら」

「君はまったくとんでもないバカ者だな」リヴィアはそう言ったが、心のなかにはボビーに対するもっとあたたかい言葉があふれていた。

ドーニ船〔地元民の船〕の船長となったボビーは兵士ドーマーを連れて、木曜の朝に川を下った——兵士は船首にすわり、少尉が舵をとった。兵士は落ち着かなそうに少尉をにらんでいたが、少尉は兵士の沈黙を尊重していた。

六時間後、ドーマーは船尾の方にやってきてお辞儀をし、言った。「すみません、少尉はダラム運河に行きなすったことがありますか？」

「いや」ボビー・ウィックは言った。「こっちへ来て、食べろよ」

二人は黙って食べた。夜になり、兵士ドーマーは突然口を開くと、自分に向かって語りだした——

「俺はダラム運河で、ちょうどこんな夜、来週で十二カ月になりやすが、つま先で水の底をかき回してました」ドーマーは煙草をふかし、寝るときまで何も言わなかった。

夜明けの魔法で、灰色に広がっていた川の一角が紫と金とオパール色に染まった。鈍重なドーニ船が、新たな天国の壮麗さのなかをゆっくり進んで行くようだった。

兵士ドーマーは毛布から頭を突きだすと、周囲の輝かしい眺めを見つめた。

「おい——すごいぞ——まぶしいぜ！」兵士ドーマーは畏怖の念をこめて囁いた。「こいつはまるで、すげえ人形影絵みてえだ」そのあとは一日じゅう黙りこくったままだったが、大きな魚の下処理をし、きたならしく血まみれになってしまった。

船は土曜の夕方に帰還した。昼ごろから、ドーマーは苦労して何かを話そうとしていた。釣り糸や荷物が下ろされている最中、ようやく言葉を見つけたようだ。

「すみません少尉」ドーマーは言った。「よかったら――よかったら握手してもらえませんか、少尉？」

「もちろんいいとも」ボビーは応じて握手をした。ドーマーは兵舎に、ボビーは士官宿舎に戻った。

「あいつに必要なのは静けさと釣りだったんでしょう」ボビーは言った。「それにしても薄ぎたないやつです！　あいつが「親指で魚臭い魚のうろこを落とし、内臓を抜いてる」のを見たことがありますか？」

「ともかく」三週間後、リヴィアは言った。「ドーマーは身の回りのものを精一杯清潔に保っているようだ」

春が終わり、ボビーは高原での休暇の争奪戦に参加し、本人も驚き、喜んだことに三カ月の休暇を手に入れた。

「部下として望みうる最高の若者だ」スキッパーのリヴィアは賛辞を送った。

「連隊のなかでもベストです」大佐の副官が言った。「役立たずの若造ポーキスのほうを居残らせて、リヴィアに鍛えてもらいましょう」

というわけでボビーは豪勢な服をつめたブリキの箱を抱え、足どりも軽くシムラ・パハール〔避暑に使われた高原都市〕に出発した。

「ウィックの息子——小ブルダナのウィック旦那の息子さん？　ディナーに招待しなきゃな、おまえ」年輩の男たちは言った。

「まあ、感じのいい人！」ご婦人がたやお嬢さんがたは言った。

「最高の場所だな、シムラは。ああ、すばらしい！」ボビー・ウィックは言った。そして調子に乗って新しく白いコーデュロイのズボンを注文した。

「こちらはひどい状況だ」二カ月が過ぎたころ、リヴィアがボビーに手紙を書いてよこした。「君が去ってから連隊に熱病がはやり、そのせいで完全に駄目になっている——二百人が入院中、独房に入っているのが百人ほど——熱病を避けるために酒を飲んでる——閲兵を受けている中隊はせいぜい十五列三十人。駐屯地周辺の村々でも病気が広がりすぎていて気に食わないが、私は私であせもの水疱がひどく、首をくくってしまいたくなるくらいだ。そっちで君がミス・ハヴァリーとかいう娘に言い寄っているという話はなんなんだ？　本気じゃないんだろうね？　首に結婚という碾臼〔『マタイ伝』一八：六〕をぶら下げるには、君はまだ若すぎる。万が一結婚しようなんて気を起こしたら、大佐は即座にそこから君を追い立てるだろう」

ボビーをシムラから追いたてることになったのは大佐ではなく、「はるかに尊敬するべき」司令官だった。駐屯地周辺の村々に病が広がり、兵営は立ち入り禁止になり、ティルツイスターズは野営することになったというニュースが広がった。高原の避暑都市《ヒル・ステーションズ》のあいだをメッセージが駆け巡る。「コレラ――休暇は中止――士官は帰隊すべし」ああなんたることか、しっかり閉じた箱に収められた白手袋、予定されていた遠乗りやダンスやピクニック、告白の途上だった愛、それに未払いの借金が、そっくりそのまま放り出されてしまった！　異議も疑問もなく、タンガ〔インドの一頭立て小型馬車〕が飛ばせるだけ、ポニーが走れるだけ速く、まるで結婚式に遅れまいとするように、各々の連隊や砲兵隊に戻るべく士官たちは急いだ。

ボビーが帰隊命令を受け取ったのは副王のロッジでのダンスパーティから戻る途中だった。ダンスの場でボビーは……いや、ボビーが何を言ったのかはハヴァリー嬢だけの秘密だ。次のパーティでボビーが何曲のワルツを一緒に踊る約束を申しこんだのかも。しのつく雨のなか、早朝六時にボビーがタンガの営業所に現れたとき、最後のワルツの旋律はまだ耳に残っていたし、ワインのせいでもワルツを踊ったせいでもない陶酔感が頭には残っていた。

「よう！」騎馬砲兵隊のデイトンが、霧雨ごしに声をかけてきた。「このタンガに乗るのか？　俺もご一緒するぜ。ちぇっ、ひでえ二日酔いだ、昨夜は飲まずに踊ってた時間だってあったのに。砲兵隊はとんでもない状況だってな」デイトンは悲しげに口ずさんだ。

なんとかは何やらのところに放っておけ
羊は野ざらしで放っておけ
死体は埋めずに放っておけ
花嫁は祭壇に放っておけ！
〔ウォルター・スコット 'Pibroch of Donald Dhu' の一節のもじり〕

「やれやれ！　この旅は、だけど、花嫁っていうより忌々しい死体のほうだな。さあ乗りなボビー。行け、御者！」

アンバラ駅のホームでは士官の一隊が列車を待ち、病に冒された駐屯地からの最新ニュースについて話しあっていた。ボビーはそこで初めて、テイルツイスターズの実情を知った。

「君の連隊は野営地に行った」マスーリーでホイストをしていたテーブルから病気の蔓延する原住民連隊へと呼び戻された、年輩の少佐が言った。「二百十人の病人を荷馬車に載せて野営地に入ったそうだ。熱病患者だけで二百十人、残りは悲しげな眼をした幽霊の集団みたいだとか。マドラスの一連隊が、彼らを通り抜けることだってできただろうさ」

「でも、ぼくが出発したときには、みんなバカみたいに元気だったのに！」ボビーは言った。

「なら、帰隊したら、連中をバカみたいに元気にしてやることだな」少佐はぶっきらぼうに言った。

列車が、水につかったドアブ〔川に挟まれた地域〕をごとごと進むあいだ、ボビーは雨に濡れた車窓に額を押しつけ、タインサイド・テイルツイスターズの健康を祈った。ナイニ・タル自治区は分遣隊を全速力で送っていた。ダルハウジー・ロードの泡汗まみれのポニーたちが、力の限りよろよろ進み、パタンコート入りした。曇ったダージリンからは、カルカッタ郵便列車が、小さな一隊の最後の一人を目のくらむようなスピードで運んでいた。彼らは勝利の勲章や栄光のためでなく、「真昼に襲う病魔」〔『詩編』九一：六〕にほかならない敵を倒すための戦いに向かうのだ。

士官たちはおのおの帰還を報告するとこう言った。「遺憾なことです」そしてただちに遺憾な状況にとりくんだ。なぜならこの駐屯地のすべての連隊と砲兵隊はテントを張って野営しており、疫病が彼らを仲間にしたからだ。

ボビーは雨をかいくぐってテイルツイスターズの仮の士官宿舎に向かった。リヴィアはこの不細工で健康な顔つきと再会した喜びで、首根っこに飛びつかんばかりだった。

「みんなを楽しませ、面白がらせてくれ」リヴィアは言った。「最初の二人の患者が出た後は、あわれな連中だ、全員が酒に走ってしまい、そのくせいっこうに元気にならない。ああ、戻ってきてくれて助かったよボビー！　ポーキスときたら……いや、気にしないでくれ」

デイトンが砲兵隊の野営地からやって来て士官宿舎の陰気な夕食に加わり、愛する砲兵隊の状況について泣き言を述べたてたので、全体の沈鬱なムードがいや増した。ポーキスはうかつにも、士官たちまでここにいるのは無意味だ、連隊を丸ごと病院送りにして「医者に面倒を見させる」ほうがいいんじゃありませんか、と遠回しに言った。ポーキスは恐怖ですっかり意気阻喪しており、リヴィアが次のように冷たく言っても、心の平安を取り戻さないままだった。

「へえ！　そんなふうに考えているなら、まず君が出て行くのがいいんじゃないかね。どんなパブリック・スクールだろうと、君の代わりに五十人の優れた人材を送ってくれるだろう。だがねポーキス、一つの連隊を作るには、長い長い時間と、それから金と、相応の苦労が伴うんだ。君のためにわれわれが野営することになったら、どうするんだ、え？」

そして、ポーキスはどしゃ降りの雨に打たれても鎮められないほどの背筋の凍るような恐怖に襲われ、二日後にこの世界を離れて別の世界——人はそこでは、肉体の弱さを大目に見てもらえると甘い希望を抱いているのだが——へと旅立った。この知らせが発表されたとき、上級曹長は疲れたように下士官テントのなかを見まわした。

「最低のやつがいなくなった」彼は言った。「今度は最高のやつがいなくなるだろう、それで、もしうまくいけば、この流行病も終わる」曹長たちは黙りこくっていたが、やがて一人が言った。「まさかあの人じゃないよな！」トラヴィスが誰のことを考えているのか、みんなわかっていた。

ボビー・ウィックは中隊のテントのあいだを駆けまわっていた。弱気な部下たちを激励し、叱咤し、軍規に反しないよう穏やかにからかった。雨のあいまには、湿った陽光のもとに健康な者たちを引っぱりだして、災厄はもうすぐ終わるぞ、元気を出せとはげました。灰褐色のポニーを走らせて野営地の周辺をめぐり、イギリス兵らしい天邪鬼を発揮して病気の蔓延する村々にふらふら入り浸っている部下たちや、雨であふれた沼の水をがぶ飲みしている部下たちを連れ戻した。パニックに襲われた部下たちをぶっきらぼうな言葉遣いで慰め、死の床にありながら友人がいない――同郷人がいない部下たちの世話をしたことも一度や二度ではない。バンジョーを持ち、焼きコルクで顔を黒く塗った合唱団を組織し、連隊内の音楽の才ある兵下たちに活躍の場を与えた。要するに、ボビーの言葉を借りれば、「あちこちでバカ騒ぎをして回った」のだ。

「君はわれわれ半ダース分の価値があるよ、ボビー」感きわまってリヴィアは言った。「いったいぜんたい、どうしてそんなにはりきっていられるんだ?」

ボビーは答えなかったが、リヴィアがボビーの外套の胸ポケットを覗きこんでいれば、そこにおそらくは若者の活力の源となっている、下手な字の手紙の束を見つけたはずだ。手紙は一日おきにボビーに届いていた。綴りこそ怪しかったものの、こめられた心情ははなはだ満足のいくものだった。手紙を受け取るとボビーの目は驚くほど和らぎ、やさしい物思いにしばしふけってから、刈りこんだ頭を振って任務に赴くのだった。

ボビーのどんな力が荒くれ者どもの心を惹きつけたのか――ティルツイスターズには荒削りのダイヤの原石が集まっていたのだが――は、スキッパーにも連隊長にも謎だった。彼らは、連隊づき牧師から、ボビーが病院テントではジョン・エメリー師よりもはるかに必要とされているのだと聞かされたのだ。

「隊員たちは君のことが気に入っているようだ。しょっちゅう病院テントに通っているのか？」大佐は言った。彼は日々の仕事をこなし、部下たちにしっかりしろと命じていた。あえて厳しい態度を取っていたが、その裏にある深い悲しみは隠しようもなかった。

「それなりには行っています」ボビーは答えた。

「私ならそんなに足しげく行かないようにするな。伝染はしないと言われているが、不要なリスクを冒すことはない。君が倒れるようなことになったら、我々が困るんだ」

六日後、手紙の入った袋を携えた郵便配達人が苦心惨憺して野営地までの道のりをざぶざぶとやってきた。どしゃ降りの雨が降っていたのだ。ボビーは一通の手紙を受け取り、テントにそれを持って行き、翌週の合唱会のプログラムが満足のいくかたちで片付いたので、腰をおろして返事を書きはじめた。扱いにくいペンを苦労して一時間ほど紙の上に走らせ、思いのたけがあふれかえらんばかりになったところで、ボビーは舌を突きだして深く息をついた。手紙を書くのは不慣れなのだ。

「失礼します、少尉」テントの入口で声がした。「ドーマーがおっそろしく悪いんでさあ。運び出されちまいました」

「ちぇっ、ドーマーときたら困ったやつだ。おまえもな！」ボビー・ウィックは半分書きかけの手紙に吸い取り紙を押しつけながら言った。「朝になったら会いに行くからと伝えてやれ！」

「おっそろしく悪いんでさあ、少尉」声はおずおずと繰り返した。重い軍靴がためらいがちにバシャバシャと音を立てた。

「それで？」ボビーはいらいらして訊いた。

「無礼を承知でとあらかじめ謝っていましたが、やつは少尉がつきそってくれれば落ち着けるだろうと言っています。もし――」

「タトゥーを牽いてこい！　ぼくのポニーを！　さ、入って出かける準備ができるまで雨宿りしてるんだ。まったく迷惑なやつだな、君は！　ここにブランデーがある。飲め。君にはこいつが必要だ。ぼくの鐙《あぶみ》の横にちゃんとついて来るんだぞ、早すぎたらそう言ってくれ」

指四本分の酒精を瞬きもせず飲んでシャキッとした病院の当番兵は、雨で足もとを滑らせ、泥だらけになってうんざりしたポニーが病院テントによろよろ向かうのに遅れずついていった。

兵士ドーマーは確かに「おっそろしく悪かった」。ほとんど虚脱状態になっていて、見ていて気持ちのいい姿ではなかった。

「いったいどうしたんだ、ドーマー?」ボビーは覗きこんで言った。「おまえはこんなところで死なないぞ。ぼくと一緒に、これから何度も何度も釣りに行くんだからな」

青ざめた唇が開き、かすかな囁き声が洩れた。「すいません、少尉、俺の手を握っててもらえませんか」

ボビーがベッドのわきに腰をおろすと、氷ほども冷たい手がボビーの手を万力のように固くしめつけた。小指にはめていた婦人用の指輪〔恋人から贈られたもの〕が肉に食いこむほどだった。ボビーは唇をかみしめてじっと待った。ズボンの裾から水がしたたり落ちた。一時間が過ぎたが、握る手は緩まなかったし、やつれた顔の表情も変わらなかった。ボビーは工夫して左手だけで葉巻をくわえた――右腕は肘まで麻痺していた――そして静かに一晩の苦痛を受け入れた。

夜明けの光が、病人の簡易ベッドの横にすわる、真っ青な顔の少尉を照らしだした。入ってきた医師は、ここで印刷するのにふさわしくないののしり言葉を口走った。

「なんてことだ、君はバカか、一晩中こんなところにいたのか!」医師は言った。

「まあそんなところです」ボビーは悲しげに言った。「こいつが凍ってぼくから離れなかったので」

ドーマーの口がカチッと音を立てて閉じた。そして頭を横に向けてため息をついた。固く握られていた手が開き、ボビーの腕は力なく脇に垂れた。

「ドーマーは助かるだろう」医師は静かに言った。「昨夜は五分五分だった。君の努力が報われたんだ」

「なんだって！」ボビーは言った。「こいつはとっくに死んだと思っていました。ぼくはただ――ただ、手を離す気になれなかっただけなんだ。腕をこすってください、お願いだから。なんてバカ力なんだ！ 髄まで凍えてしまいました」彼は震えながらテントを後にした。

兵士ドーマーは死神を追い払ったお祝いに酒を飲むことを許された。四日後にはベッドの端に腰かけ、周囲の患者たちに穏やかに語った。「あの人と話がしたかった――話しにいかにゃ」

しかしそのとき、ボビーは新しい手紙を読んでいた――野営地の誰よりも文通に熱心なのだ――そして、病気の流行は下火になり、せいぜいあと一週間もすれば収まるだろうと書こうとしていた。病気の男の手の冷たさが、心臓に突き刺さったように感じられる――その心臓が包みこめる愛の量については、手紙で縷々述べていた――ことは黙っているつもりだった。次の合唱会の絵入りプログラムは同封するつもりだった。彼の自信作だったからだ。われわれにはかかわりのないその他多くの事柄についても書くつもりだった。まちがいなくそうしただろう――もし彼が、食事の席でぼんやりして反応が遅くなるくらいの、ちょっとした発熱を伴う頭痛に襲われなければ。

「はりきりすぎなんだよ、ボビー」スキッパーが言った。「私たちのことを信用して、少しは仕事を任せてくれ。まるで一切合切を一人で背負っているみたいだぞ。無理するな」

「そうします」ボビーは言った。「なんだかくたくたです」リヴィアは心配そうに部下を見つめたが、何も言わなかった。

その夜、野営地にはランタンの火が点滅し、噂が流れて兵士たちは寝床から出てテントの入口に顔を出した。担架を運ぶ人々がはだしで水を跳ね上げる足音がして、馬がギャロップで走っていった。

「いったいどうした?」二十のテントで兵士たちが尋ねた。そして二十のテントに答えが返ってきた――「ウィック少尉だ。あの人が倒れた」

知らせが届けられるとリヴィアはうめいた。「よりによってボビーが！　彼以外の誰でもよかったのに！　曹長の言葉は正しかったんだ！」

「こんなことでくたばりませんよ」担架から下ろされるとき、ボビーはあえぎながら言った。「くたばりませんよ」それから、強い確信をこめて言った。「ぜったいにくたばるもんですか」

「大丈夫だとも、なんとか手が打てさえすれば！」軍医少佐は食事中だった士官テントから駆けつけて、そう言った。

軍医少佐と連隊付き軍医はボビー・ウィックの命を救うために力を合わせて死神と戦った。奮闘している最中に、青灰色の部屋着を着た、毛むくじゃらの亡霊のような男が邪魔に入った。彼は恐怖にかられた目で病床のボビーを見つめ、「ああ、ちっくしょう！　この人がこんな目にあうなんて！」と、怒った病院の当番兵に放りだされるまで叫んでいた。

もし人間による治療と生きようとする意志がすべてを決めるのだったら、ボビーは助かっただろう。しかしそうではないので、彼は三日間戦い続けた。軍医少佐は愁眉をひらき、「いまに助けてやる」と言った。連隊付き軍医のほうは、大尉に相当する階級だったにもかかわらず若々しい心の持ち主だったので、この言葉を聞くとテントを出て泥のなかを跳ねまわった。

「こんなことでくたばりませんよ」三日目の最後に、ボビー・ウィックはかすれ声で雄々しく言った。

「ブラボー！」軍医少佐は言った。「その意気だぞ、ボビー」

夜の訪れとともに灰色の影がボビーの口元をおおった。彼は疲れたように壁に顔を向けた。軍医少佐は眉をひそめた。

「すごく疲れました」ボビーは消え入りそうな声で言った。「どうして治療なんてするんです？　ぼくには――そんなの――いりません。放っておいてください」

生きようとする意志が失われ、ボビーは死の安らかな流れに運び去られてもかまわない、という気分になっていた。

「まずいな」軍医少佐は言った。「生きる意欲がなくなったんだ。もう長くないだろう。かわいそうに」そう言って鼻をかんだ。

半マイルほど離れたところで、連隊の音楽隊が合唱会のオープニング曲を演奏していた。隊員たちは、ボビーが危険を脱したと言われていたからだ。真鍮の鳴る音と管楽器の悲しげな響きがボビーの耳に届いた。

　ぼくがけっして知ることがない
　喜びや痛みがひとつでもあるだろうか？
　無駄だ、君は愛してくれない
　さよならを告げて、いなくなってくれ！

絶望的ないらだちの表情が青年の顔をよぎった。彼は首を横に振ろうとした。

軍医少佐がボビーの上にかがみこんだ。「どうした、ボビー」――「そのワルツは駄目だ」ボビーはつぶやいた。「それはぼくたちのものだ――ぼくたちだけのものだ……ああ、お母さん」

この言葉とともに彼は意識を失い、翌朝早く、そのまま息をひきとった。

リヴィアは、目の縁を赤くし、鼻を真っ白にして、ボビーのテントに入った。パパ・ウィックに手紙を書くためだ。知らせを受け取ったら、かつての小ブルダナ地方の長官は、生涯最大の悲しみに、白髪頭をうなだれてがっくりするだろう。ボビーの残した少しばかりの紙の束が机の上にちらばっていた。なかには書きかけの手紙が一通。最後の一文はこうだった。「だから愛しい人、怖がることはないよ。君がぼくを想ってくれているとぼくが知っていて、ぼくが君を想っているかぎり、何もぼくに手出しはできないんだから」

リヴィアはテントに一時間ほどとどまった。出てきたとき、彼の目はさらに真っ赤になっていた。


兵士コンクリンは逆さにしたバケツの上に腰かけ、いまでは耳になじんだハイドンの葬送曲を聴いていた。兵士コンクリンは回復期の病人であり、手厚く看護されてしかるべき立場だった。

「おやおや！」兵士コンクリンは言った。「また一人、ご立派な士官が死んだんだな」

尻の下のバケツが吹っ飛ばされ、コンクリンの目から火花が飛び散った。青灰色の部屋着を着た背の高い男が、不愉快そうにコンクリンを見下ろしている。

「恥を知れ、コンキー！　士官——ご立派な士官だと？　あの人のような人をまちがった名で呼んだら、思い知らせてやるからな。天使だ！　立派な天使だ！　それがあの人だ！」

病院の当番兵は、正しい罰が下されたことに満足して、兵士ドーマーにベッドに戻るようにと命じさえしなかった。

＊訳注——インド政府軍将校団に所属すると、インド政府軍の将校としてインド人兵士たちを率いることになる。加えてインド政府の外交官になれるなど、インド駐在イギリス軍——ボビーの所属するタインサイド・テイルツイスターズ連隊など——よりも有利な点が多いとされる。

4　インフルエンザ

蒼ざめた馬 蒼ざめた騎手

キャサリン・アン・ポーター／石塚久郎

眠りながらも、ベッドの中にいるのは分かった。なのに、この二、三時間横になっていたベッドではなかったし、同じ部屋でもない。それはどこかで見たことのある部屋だ。心臓は体の外、胸にのしかかる石であり、脈はのろのろと途切れ途切れだ。何か奇妙なことが起こっている。格子戸から流れ込む早朝の風はひんやりしていて、射し込む青い光はまだ暗く、家の者はみんな鼾をかいて寝ている時間だというのに。

さあ、起きなきゃ。みんなが寝静まっているうちに出かけないと。わたしの持ち物はどこ？　この家では物でも自分の意志があって、好き勝手に隠れるようね。そのうち日光が屋根をわっと照りつけて、家のみんなをびっくりさせて起こしてしまう。そしたら、みんな、にこにこ顔でこう訊くの。どこに行くんだ、何をしに、何を考えてるの、気分はどうだい、なんでそんなこと言うんだ、どういう意味なの、とかね。もう眠ってはいられないわ。わたしの乗馬靴《ブーツ》はどこ、どの馬に乗ろうかしら？フィドラーにしようか、グレイリーか、それとも長い鼻でいたずらっぽい目をしたミス・ルーシーにしようかしら？　みんなが起き出す前の、朝のこの家がとっても好き。だって、起き出したら、下手に投げられた釣り糸のように、みんなでもつれ合ってしまうから。この家ではほんとに大勢の人が生まれ、泣きに泣き、笑いに笑い、かっとなっては恥知らずなことを言い合った。このベッドで沢山過ぎるくらい人が亡くなり、まだまだ沢山の祖先の骨が炉棚の上にあって、椅子の背カバーもこの家にはうんざりするくらいある、と彼女は声高に言った。それに、一時《いっとき》もじっとしてはいられない、積もりに積もった埃の山のなんと多いこと。

それから、あの見知らぬ男はどうしたのかしら？　やせ細った緑っぽい顔の見知らぬ男は今どこなの？　わたしの祖父や大叔母、遠い親戚や老いぼれ犬と銀色の子猫に迎えられて、この辺をうろうろしていたのは憶えている。どうしてみんなはあの男のことが気に入ったのかしら？　それにしても、みんなは今どこにいるの？　あの見知らぬ男が、夕方、窓のそばを通り過ぎるのを見たわ。みんながいなければ、この世でわたしにあるものは何？　何もないわ。わたしのものなんて何にもない。あるのは無だけ、でもそれで十分、何にもないのは素敵なことだし、それだけは自分のものだもの。裸のままで歩き回ろうかしら、それとも、だらしなくないように何か着るものを借りてこようかしら？　さて、行く気のないこの旅に、どの馬を借りようか？ グレイリーかミス・ルーシーか、それとも暗闇にある溝をぴょんと跳びこえられる、あの暴れん坊のフィドラーにしようか？ わたしには朝早いのが一番。だって、木という木はすぐに木だって分かるし、石は石で、草だと分かる暗い茂みの中の石そのもの。人を惑わす物影もなければ、怪しい気配もない。それに、道路はまだ眠りの中で、露はしっかりと結ばれているのだから。グレイリーに乗って行こう。橋を怖がらないグレイリーに。

さあ、行くわよ、グレイリー。馬勒《ばろく》を手に取って彼女は言う。死神と悪魔から逃げるのよ。厩の戸口で鞍をつけられて立っている何頭かの馬たちに、あんたたちじゃだめなのと言う。その中には見知らぬ男の馬もあり、グレイリーと同じ葦毛で、色あせた鼻と耳がついている。見知らぬ男は自分の鞍に飛び乗り彼女と並ぶと、ぐっと体を傾け、意味もなく彼女を見やった。その虚ろで静かな視線は、心ない悪意を孕んでいるものの、脅かすことはなく、じっと時が来るのを待っている。彼女はグレイリーの手綱をぐっと引き寄せ、走れと促した。グレイリーが薔薇の低い垣根とその先にある狭い溝を跳び越えると、蹄の地響きとともに小道の埃がどっと舞い上がる。見知らぬ男は彼女と並んで、手綱をゆるく持ちながら、難なく軽やかに馬を走らせる。骨ばった体の上に薄黒いぼろ着をはためかせ、優雅に背筋を伸ばして。男は蒼ざめた顔に薄気味悪い恍惚の笑みを浮かべ、彼女をちらりとも見ない。ああ、この男を前に見たことがあるわ。どこで会ったか思い出せれば、誰だか分かるんだけど。この男は知らない人じゃない。

彼女はグレイリーを止め、鐙《あぶみ》を踏んで上体を起こすと叫んだ。今はあなたと一緒に行かないわ、先に行って！　見知らぬ男は立ち止まりも振り向きもせず、馬を走らせて行く。グレイリーの肋骨が彼女の脚の下で膨らむと、彼女自身の肋骨も膨らみしぼんでいく。ああ、どうしてこんなに疲れているの、起きなきゃ。「でも、まず思いっきりあくびをさせて」と彼女は言うと、目を開け、伸びをした。「冷たい水を顔にぱっとかけよう。だって、また寝言を言ってたみたいだから。自分でも聞こえていたけど、何言ってたのかしら？」

ミランダはゆっくりと、いやいやながらも、深い眠りから少しずつ身を引きずり起こし、ぼうっとしたまま一日が始まるのを待った。すると、ある言葉が頭に鳴り響いた。警告の鐘が鳴ったのだ。眠っている時、その時だけはミランダがうまく忘れていたものを、今日一日ずっと思い出させる、警告の鐘だ。戦争だと鐘が告げると、ミランダは首をふって嫌がった。部屋ばきをつっかけ、足を何ともなしにぶらぶらさせながら、新聞社の自分のデスクにいろんな同僚が腰掛けている様子を思い出した。毎日、誰かが自分の椅子ではなく彼女のデスクの上に腰掛けている。足をぶらつかせ、目をきょろきょろさせ、頭の中は重大な用件で一杯、何かにつけて噛みつこうと待ち構えている。「どうしても椅子に座ろうって気がないみたいね。「お願い、座るのはここ」っていう貼り紙でも椅子に貼ろうかしら？」

貼り紙をするどころか、彼女は訪れる同僚に嫌な顔ひとつしなかった。ミランダが同僚の相手をする気になるのは、たいてい、同僚たちの会おうという決意が彼女の会わないという決意より強くなった時だけだった。土曜は、と彼女はバスタブに心地よく浸かりながら思った、土曜はいつもの給料日だわ、というか、いつもしっかり貰えたらいいのに。日々の生活の悩みの種を一旦しっかり整理しようと、彼女はぼんやりと思いを巡らせた。日々生き延びることは、難しい手品を何度も成功させるようなものだ、ということは彼女にははっきりしていた。わたしには借金がある――ええと、ペンと紙があるといいんだけど――今、自由公債〔第一次世界大戦中に募集した戦時公債〕に五ドル使うとする、そしたら、とてもやっていけなくなる。おそらくだめね。週に一八ドルの収入だから、そこから家賃と食費を引いて、その他、細々としたものに五ドルくらいは使うとすると、二七セント残るわ。まあ、なんとかなりそうね。それとも、心配した方がいいかしら。現に困っているし。そうよ、困っているの、これ以上どうなるっていうの？　二七セント残れば、まずまずってとこじゃない。文字通りの純益よ。給料が二〇ドルに急に上がったとしたら、二ドル二七セント残る。でも二〇ドルなんかに上げてくれないわ。それどころか、自由公債を買わなかったら、わたしを追い出すつもりよ。耳を疑う。ビルに訊いてみよう（ビルは地方記事編集長だ）。そんな風に脅すのって一種のゆすりじゃないかしら。ラスク委員会〔一九一九年ニューヨーク州議会によって設立された「扇動的活動を調査するための共同立法委員会」の通称〕の人だってゆすりの罪を免れないわ。

昨日、彼女のタイプライターの両側に二組の脚がぶら下がっていた。両方とも高級そうな黒っぽい生地でできた、じょうごのような厚手のズボンに包まれていた。ひとりは年輩でもう一方は若い記者だと遠目で分かったが、どちらも同じところから拝借したとおぼしき、陳腐でもったいぶった態度はいかにも板についていない。二人とも十分過ぎるくらい栄養が行き渡り、若い方は口に四角いちょび髭をはやしていた。彼らのそんな様子からすると、用件がなんであれ、きっと面白くないものだろう。ミランダは二人に会釈すると椅子を引いて、帽子も手袋もつけたまま、一分も無駄にできないと言わんばかりに、編集デスクから回ってきた手紙と原稿の山に手を伸ばした。二人はそのままの姿勢で、帽子を上げての挨拶もない。とうとう彼女は「お早うございます」と二人に言うと、ひょっとしてわたしに用事でもおありですかと尋ねた。

二人の男が机からするりと降りると、彼女の机の書類はしわくちゃになっていた。年上の方の男が、どうして君は自由公債を買わないんだと訊いてきた。ミランダはその男を見て、なんていやな奴なんだと思った。脂ぎった顔に分厚い唇とどんよりとした小さな目がついている。国内で戦争の手助けをするよう選ばれた男どもが、えてしてこういう類の連中なのはどうしてかしら？　この男はとにかく何でもやりかねない――巡回興行の宣伝人、いんちき製油会社の発起人、新しいナイトクラブの開店を告げるバーの元経営者、自動車販売員――とにかく狡猾で場当たり的な仕事なら何にでも便乗できる。だが、今はこの男はお国のために身を粉にする愛国主義者以外の何者でもない。「分かってるのかな？　あんた」と彼は訊く。「今、戦争中だってことが？」

返事を期待しているってこと？　落ち着くのよ、とミランダは自分に言い聞かせた。想定内よ、遅かれ早かれこうなったわ。冷静になるの。男は彼女の鼻先で指を振り、まるで聞かん坊の口を開けさせんとばかりに「聞いてるのか？」としつこい。

「ええ、戦争ね」とミランダは声を上ずらせて、おうむ返しに答えると、この男に危うく微笑みそうになった。戦争という言葉を口にしたり、誰かが話すのを聞いたりすると、習慣で、精神が高揚したことを匂わす、もったいぶった作り笑いが自然に出る。フランス語が使えようが使えまいが、「戦争だ《セ・ラ・ゲール》」とフランス語で言う方がずっとまし。そして、人はそう言って、いつも必ず肩をすくめるのだ。

「ああそうだ、戦争だ」と若い方の男が嫌らしく言った。ミランダはその言い振りにはっとして男の目を見た。その視線は文字通り石のようで、残酷なくらい冷たく、人っ子ひとりいない街角で、ピストルを突きつける男の目のようだ。この目つきが、得体の知れない顔――自分自身の本業を持たない者たちの顔――にかりそめの意味をもたらした。「この国は戦争をやってるんだ。で、自由公債を買っている連中もいれば、それに手が回らないような連中もいる」と彼は言った。「俺たちが言いたいのはそういうことだ」

ミランダは急に不安な気持ちになり、神経質に眉をひそめた。タイプライターのカバーを開け、それをまた戻して、「あなた方は自由公債を売ってるんですか?」と訊いた。

「いや、俺たちは売っているわけじゃない」年上の男が言う。「あんたはどうして買わないのか訊いてるだけだ」押しつけがましい険悪な声だ。

お金がなくて、あてもないんです、とミランダが説明し出すと、年上の男がそれを遮ぎり、

「そんなのは言いわけにならんね。これっぽちもだ。分かってるだろ。今、あのドイツ野郎がかわいそうなベルギーを蹂躙してる真っ最中なんだ」と言った。

「我がアメリカの青年は、ベローの森〔一九一八年に米国海兵隊がドイツ軍のパリ侵攻を阻止したフランス北部の森〕で戦い死んでいってるんだ」と若い方の男が言う。「ドイツ野郎をぶちのめすのに、五〇ドルくらい出し惜しみする奴はいないだろ」

ミランダは慌てて言い返した。「わたしは週に一八ドルしかもらってません。ほんとにそれっきり。だから何にも買えないんです」

「週に五ドル出せば済む話だ」と年上の男が言った。(二人は立ったまま彼女の頭の上で、鴉が鳴くようにがーがーがなり立てた)。「このオフィスの連中はたいていみんなそうしてるし、よそのオフィスだって同じさ」

ミランダは黙り込む他にどうしようもなくなり、こう考えた。「もしわたしが勇気を出して

本心を言ったらどうなるかしら？ こんないけ好かない戦争なんてくそくらえって言ったら？ このチンピラどもにこう訊くの。どうしたって言うの？ あんた方、ベローの森でなんでくたばろうとしないの？ あんた方にも……」

彼女は手紙やメモを整理し出したが、指が言うことを聞かず、うまく取り出せない。年上の男はお決まりの演説を続けた。もちろん、大変なことは分かってる。みんな苦しんでる。当然だな。誰しも自分に課せられた務めを果たさなきゃならん。で、そう考えると、自由公債があんたの一番安全な投資先になる。銀行に預金するのとまるで変わりやしない。なぜって？ 政府の後ろ盾があるからさ。これよりうまい投資なんてあるかい？

「おっしゃる通りですわ」とミランダは言った。「でも投資するお金がないんです」

それにむろん、と男は続けた。君の五〇ドルで何が変わるってわけじゃない。君に愛国心があるってことの証しになるだけだ。君が忠誠なるアメリカ人で自分の義務をきちんと果たしているっていう証しにね。それに公債は教会と同じくらい信頼できる。そりゃ、百万ドル手元にあったら、喜んで公債に丸々つぎ込むだろうね……。「損はしないから」と情けをかけるかのように彼は言った。「投資しなければ、それこそ大損さ。よく考えるんだな。この新聞社広しと言えど、まだ買ってないのはあんただけなんだから。この都市にある会社ならどこだって百パーセント加入してる。あそこの『デイリー・クラリオン』紙の連中なんか、二度手間を取らせる奴はひとりもいないよ」

「あそこはうちより給料がいいんです」とミランダが言った。「でも、来週ならどうにかできるかもしれません。今は無理です。来週にはなんとか」

「来週だぞ」と若い方が言う。「笑いごとじゃ済まされんからな」

二人はのらりくらりと、社交欄担当デスクの前を通り、地方記事編集長であるビルのデスクの前を通って、ベテラン記者ギボンズの長い編集デスクを通り過ぎて行った。ギボンズはそこで徹夜して、時折「ジャージ！　ジャージ！」と大声を上げると、原稿係のボーイがすっ飛んでやって来るのだった。ベテラン記者のギボンズからミランダはこう教わっていた。「「人間《パーソンズ》」を意味する時は「人々《ピープル》」を決して使うんじゃない。「実質上《ヴァーチャリー》」と言いたければ「実際に《プラクティカリー》」とは言わんことだ。で、俺の目が黒いうちは、どんな場合であっても、あの野蛮な、「の限りに《インファズ》おいて《マッチ》」は断じて使わないでもらいたい。さあ、頭に叩き込んだら、もう行ってよろしい」ミランダの尋問官たちは、こせこせした自尊心と虚栄心に満ちた態度のまま、階段を昇ったところで立ち止まり、葉巻に火をつけ、帽子を目の高さまで深くかぶり直した。

　ミランダは心地よいお湯の中で寝返りをうちながら、このままここで眠ってしまいたい、目覚めても、また、まどろみの中に戻っていければいいのにと思った。緩慢だが焼けつくような頭痛がした。今さらながらそれに気づいたのだが、思い起こせば、目覚めた時から頭痛はしていたし、これは確かに前の晩から始まっていたのだ。着替えをしながら、知らない間に忍び寄った頭痛がいつ始まったのか思い出そうとした。すると、戦争と共に始まったと考えるのがもっとものような気がした。「これまでも頭痛はあった、確かに。でも、こんなんじゃなかった」

昨日、委員会の連中が去った後、更衣室に行くと、ひとりで何かに苛々している、社交欄担当のメアリー・タウンゼンドに会った。彼女は、中央が畝になっている、みすぼらしい柳細工の寝椅子の端っこにちょこんと腰掛け、薔薇色の編み物をしていた。時折、編み物から手を放し、頭を抱え体を揺らしながら「なんてこと」と、驚いたような、もの言いたげな口振りで独り言ちた。彼女の担当欄は「この町の噂っ子」と称されていたので、もちろん、みんなは彼女のことをタウニーと呼んでいた。ミランダとタウニーには共通点が多く、気の合う仲間だった。二人ともかつてはれっきとした記者で、以前、スキャンダルな駆け落ち事件をスクープするためそろって取材に出されたことがあった。結局、その駆け落ちは成就せず、連れ戻された娘は顔を涙ではらし、母親と一緒に座っていたが、母親も毛布を頭からかぶり、悲しみの呻き声をずっと上げていた。母も娘もしゃくり上げながら、二人の若い記者にどうかこの事件のみっともない部分は表に出さぬようにと懇願したのだった。ミランダとタウニーは言われた通りにしたのだが、次の日、ライバル紙に事件の全容をすっぱ抜かれた。おかげで二人とも懲戒処分をくらい、女性の担当の定番部署、ミランダは演劇、タウニーは社交の担当へと公然と降格させられたのだ。二人とも他にどうやりようがあったのか分からなかったし、他の社員からは馬鹿扱いされている――かわい子ちゃんだがお馬鹿さんだと思われている――のも知っていた。ミランダの姿が目に入るとタウニーは頭から湯気を出し言うのだ。「できっこないわ、お金の工面なんて無理よ、そう言ったの、できない、できないって。なのに、聞く耳を持たないの」

ミランダはこう答えた。「この新聞社で五ドル工面できないのは自分だけじゃないって知ってた。だから、わたしもできないって言ってやったの。実際そうなんだから」

「ひどいのよ」とタウニーは口調を変えずに言った。「首になるかもって言うの……」

「ビルに話してみるわ」とミランダ。「ビルはそんなことしないはずだもの」

「ビルにはどうしようもないわ」とタウニー。「奴らにどうしてもって頼み込まれたら、応じるしかないでしょうね。ムショにでも入れるつもりかしら?」

「さあね」とミランダ。「そうなっても、わたしたち一緒だから寂しくないわ」ミランダはタウニーの横に座り、自分の頭を押さえた。「どんな兵隊さんのために編んでるの? とっても明るい色ね、兵隊さんを元気づけるのにもってこいね」

「とんでもない」とタウニーは言って、また編み針を動かし始めた。「自分のために編んでるのよ。そういうこと」

「そうなの」とミランダ。「ほんと、わたしたち寂しくなんかないし、睡眠不足だって取り戻せるわ」ミランダは顔を洗い、化粧を直した。清潔なグレーの手袋をポケットから取り出し、カントリークラブのダンスパーティや朝のトランプ遊びの会、チャリティバザーや赤十字の作業室から出てきたばかりの女性グループに加わるため出かけた。お国のためのご奉仕にどっぷりつかっている女たちである。午後にダンスパーティを開いて金をせしめ、その金でお菓子やフルーツやタバコや雑誌をどっさり購入して、兵営病院にいる男たちに持って行くのだ。これらの戦利品を携えて、女たちは今から出発しようとしている。派手に化粧をした女たちの高性能の車を連らねてのにぎやかな列。祖国を守る中、早くも倒れてしまったと言ってもいい、勇敢なる青年たちを元気づけに行くのだ。あの坊やたち、こんな風に寝かされているなんて、ぞっとするほど辛いはずだわ。すぐにでも海外に送られて塹壕に飛び込みたくて仕方ない人たちなんだから。あら、中にはとびっきりハンサムな男もいるのよ。この国に美男子がこんなにいただなんて知らなかった。あらまあ、どこのお生まれなのかしらねぇ……。それなら、ご自分で訊いてみるといいわ、誰かあの人たちの出身をご存じですかって。ほんとその通りね。わたしはこんな風に思うの。あの人たちを満足させるためなら、わたしたちは何でもしなきゃならない。でもね、あの人たちと口をきくのはお断りよ。で、下士官兵のためのダンスパーティでお目つけ役《シェペロン》にこう言ったの。わたくし申し込まれたら、相手がどんなにのろまな男でもお相手するわ、けど口は絶対にきかないからって。たとえ戦争中でもね。だから、一言も口をきかないで何百マイルも踊ったの。ひと言、どうか膝を引っ込めていてください、って言う以外はね。こんなダンスパーティなくなって清々するわ。ええそうよ、とにかく、兵隊さんは来なくなったものね。でも、下士官兵のほとんどは大変な家柄の出だって聞いたわ。名前を聞き取るの苦手なの、それに、覚えてる名前も全然聞いたことない名前で、だからよく分からないわ……でも、良家の出かどうかは、分かる気がする。あなたでも分かるわよね。つまり、育ちのいい人なら、相手の足を踏んだりしないでしょ？　少なくともそんなことはしないわ。この手のダンスパーティに行く度にサンダルを台無しにしてたんだから。ええ、今の社交生活ってどれもみんな品がないわね。戦争が続いている間は、ひとり残らず赤十字の帽子をかぶり続けたらいいんだわ——。

バスケットと花束をぶら下げて、ミランダは若い娘たちに混じって進んで行った。娘たちは病院へ着くと散り散りになり、きゃーきゃーと笑い声を上げながら病棟へ駆け出した。それは、はつらつとした、いかにも陽気な笑い声だったが、その声には、聞く者の血をわざと凍らせようとする、冷酷で断固たる響きが聞き取れた。自分の使命の馬鹿さかげんに惨めなほど困惑して、ミランダは、狭い通路にぴたりと並んだ、背の高いベッドの長い列の間を足早に歩いて行った。人前に出しても差し支えない、選ばれし男たちがシーツを顎までかぶって横になっていた。重症とは言えない男たちは、退屈でそわそわしているらしく、たいていは、どんなものにでも嬉々として食いついて来るのだった。彼らのほとんどは腕や頭にこれ見よがしに包帯を巻きつけている。体のどこも目に見えて負傷していない男たちは、そそっかしい娘からどこがお悪いんですのと訊ねられると、そろって「リウマチ」です、と答えるのだった。娘たちは二度とこういう質問をしないようにと釘を刺されていたのだが、ついうっかりやってしまう。愛想のいい男たちは、相手に飢えているのか、堅くて狭いベッドから笑い声を上げたり呼びかけたりして、すぐに娘たちに取り囲まれた。ミランダはしおれた花束、お菓子とタバコの入ったバスケットを手に持って辺りを見回すと、敵意に満ちた突き刺すような視線にぶち当たった。それは、右足を滑車付きギプスに吊るし、仰向けに寝ている若い男からの視線だった。ミランダは彼のベッドの足元で立ち止まりこの男を見続けた。すると、彼は敵対心に満ちた表情を少しも変えずに彼女を見返した。何もいらない、ありがたいけど、何もかもうんざりだとその目はミランダにはっきりと告げていた。君がくれたそのゴミみたいなもの、お願いだからベッドから取っ払ってくれないか、とも。というのも、ミランダは屈みこんで、彼が手を伸ばせば届きそうなところにもうそれを置いていたからだ。一旦置いたものを今更持って帰ることもできず、顔をほてらせながら、慌てて部屋を飛び出し、長い通路をわたって一〇月のひんやりとした陽射しの中に出た。外には剝き出しの兵舎がさびしく並んでおり、兵舎には、あっちこっち動きまわる灰褐色の虫けらのように、当てどない生が蠢《うごめ》いていた。ミランダは例の兵士が横になっている窓のそばに回り込み、彼の様子をそっと伺った。彼は目を閉じて横たわり、ひどく悲しそうに眉をしかめている。ミランダはこの男が何者なのか分からないし、どこからやって来たのかも、「シャバ」でどんな風に生きていたのかも想像できない、と独り言ちた。顔は若く、きりっとした目鼻立ちだが人並みで、手は労働者のような手でも、手入れが行き届いているような手でもなかった。ちょうどよい格好の器用そうな手で、掛布団の上に置かれてある。この青年を見つけたのは運が良かったのかもと、ふとミランダは思った。何でもぱくつく、おしゃべり好きの、剽軽で飢えた若造《ガキ》なんかじゃなくて。それはまるで、ああだこうだと思い悩みながらもやっとトンネルを抜け、自分自身の偽わらざる感情と面と向かったようなものだ。「これで、この件に関するわたしの考えは固まった。もう二度とここには来ない。こんなことわたしのやることじゃない。吐き気がする」ときっぱりと自分に言い聞かせた。「もちろん、あの兵士を選んだのはこのわたし」とミランダは乗ってきた車のバックシートに乗り込みながら考えた。「当然の報いね。いい勉強になったわ」

病棟から女の子がひとり、疲れ切った顔をして出て来て、ミランダの横に乗り込んだ。しばらく黙っていたが、その娘が困惑しながら、「これって本当に役に立ってるのかしら？　何ひとつ受け取ろうとしない兵隊さんもいるのよ。好きになれないわ、あなたはどう？」と言う。

「わたしも嫌い」とミランダ。

「でも、これでいいのかもね」とこの娘は用心して言う。

「たぶん、そうね」とミランダは言って、警戒して目をそらした。

これは昨日の出来事だった。ふと、ミランダは昨日のことを考えても何にもならないと思った。ただ、真夜中過ぎにアダムとダンスをした時間は別だ。アダムのことで頭が一杯になり過ぎて、いつ彼のことを考えているのか分からないくらい。アダムの面影が多少なりとも頭の中に漂い続け、それが、時折、頭の中で現実のアダムとなって現れる。アダムのことを考えるだけでミランダの心は最高にときめき、アダムのことがなかったら、彼女に楽しみなどなくなってしまうだろう。ミランダは、窓と窓の間にある鏡で自分の顔をしげしげと眺め、このところの不快感は何も気のせいばかりではないと思った。少なくともこの三日間、気分も悪いし、顔もいつもと違っている。でも、どうにかして公債のための五〇ドルを工面しなければならない。さもないと、とんでもないことになりかねない。取るに足らない出来事、ミランダが公債を買わなかった、というか買うのを拒んだのと同じくらい些細な出来事からでも話が大きくなって、個人が迫害されたり、悪意に満ちた非難や途方もなく厳しい罰を受けたりする、といった噂は聞き飽きていた。嫌だわ、こんな顔、見られやしない。火照って脂っぽい。髪の毛までわたしに逆らうつもりね。何とかしなきゃ。アダムにこんな姿見せられない。というのも、ミランダは知っていたからだ。今この瞬間、彼女がドアノブを回す音にアダムが耳を澄ましていて、部屋から出て来る彼女をまったくの偶然を装って廊下か玄関で待っているのを。真昼の太陽が冷たい斜めの影を部屋に投げかけていた。ここでわたしは生きていくのね、とミランダは言った。今日の始まりは惨めだったけど、理由はどうあれ、今ではどの日もみんな同じ。寝ぼけまなこで香水を髪の毛に振りかけ、モールスキンの帽子とジャケットを着た。二つとも二冬目になるが、まだ丈夫で着心地がよい。目の玉が飛び出るほどのお金を払ったけれど、買ってよかったと改めて思った。帽子もジャケットもこのところずっと気に入って身につけている。今では、あんなお金はどうやっても手に入らないだろう。が、公債を買うためのお金は何とかなるかもしれない。鍵が見当たらなかったので、身を屈めて探し出した。それから、後々ひどく困ることになる大切な何かを忘れているのではないか、という思いに捉われ、一瞬、どっちつかずで立ちすくんだ。

アダムは廊下にいた。自分の部屋からちょうど一歩出たところだ。ミランダを見てさもびっくりしたかのように振り向き、「やあ、今日は結局、キャンプに戻らなくてよくなったんだ。ついてるだろ?」と言った。

ミランダはアダムを見て、うれしそうに微笑んだ。彼の姿を目にすると必ず機嫌がよくなるのだ。アダムは新調した軍服を着ている。全身がオリーヴとカーキの軍服色ずくめ、頭の天辺から足の爪先まで干し草色と砂色だった。アダムは会うといつも最初は微笑みかけるのだが、その笑みが段々と消えていき、目は薄暗いところで読書しているかのように一点に集中し、考え込んだ風になっていくのに、ミランダは何となく気がついていた。

二人は晴れた秋空の下、一緒に歩いて出かけて行った。煌めく落ち葉を足で蹴散らしながら、真っ青で雲ひとつない広々とした空を見上げた。最初の曲がり角で二人は葬列が通り過ぎるのを待った。会葬者は、誇らしげとでも言うかのように背筋をぴんと伸ばして車の席に座り、己の悲しみを甘受していた。

「遅刻するわ」とミランダが言った。「いつものことだけど。今何時かしら?」

「一時半を過ぎるところ」アダムが腕を大げさに上に突き上げ、袖を引っ張り上げながら言った。若い兵士たちは腕時計をつけているのをまだ気にしていた。ミランダの知り合いの兵士にもそういう青年がいたが、彼らは大西洋沿岸から遠く離れた、南部や南西部の町の出身で、軟弱な男だけが腕時計をしてるんだと信じて疑わなかった〔当時、腕時計は女性だけの装飾品であり、女々しさの印だった〕。寄席芸人が相方に「あんたのいかす腕時計、ぽんと叩きゃ、女々《めえーめえー》鳴くぜ」とにやにやしながら言っていたが、これは必ず受けるうまい冗談《ねた》で、いまだに笑いが取れる。

「腕時計をつけているのはとても賢明なことよ」とミランダ。「恥ずかしがることなんてないわ」

「ようやく慣れたところなんだ」とテキサス出身のアダムは言う。「常備軍の猛々しい男どもはみんな腕時計をつけているものだと何度も聞かされているんだ〔第一次大戦で兵士が腕時計をすることで、かつての女々しさが払拭され、終戦後、男でも腕時計をつける習慣がもたらされることになる〕。戦争のもたらした憂鬱だな。へこんでるかって？　その通りだよ」

「へこんでる」というのは軍人で流行っている隠語のひとつだ。「そう見えるわ」とミランダはからかった。

アダムは背が高く、肩はがっしりと隆起し、腰と脇腹はほっそりしていた。これでもかというくらいのボタンと革紐で締めつけ、拘束服をつけるかのようにぎゅっと軍服に体を押し込んでいた。もっとも、生地は上等でしなやかだったが。知ってる中でも一番の仕立て屋にこの軍服を作ってもらったんだと、ある日、アダムはミランダにそっと打ち明けた。すると彼女は、新しい軍服に締めつけられているのに、あなたの体はとても柔らかそうねと言った。「とにかく、この軍服一式で格好をつけるのは難しいからね」とアダム。「浮浪者のような格好でうろつかないのが、我が祖国のためにやれるせめてものことだから」アダムは二四歳になる工兵隊の少尉で、彼の所属する部隊が間もなく派遣されることになっているため、休暇を得ていたのだ。「遺書を書くつもりでこの町にやって来たんだ」とミランダに言った。「それと、歯ブラシと剃刀の刃をもらいに。それにしても、たまたま選んだ下宿に君が住んでるなんて、心憎い星のめぐり合わせってもんだね。こんな出会いがあるなんて思いもしなかったよ」

二人は歩調を合わせて、ぶらぶら歩いた。ぴかぴかに磨かれたアダムの上等で頑丈なブーツが、黒いスエードでできたミランダの薄底の靴の横にしっかりと並んでいた。二人は今この瞬間が終わるのをできるだけ先に延ばそうと、たわいもないおしゃべりを続けた。会話は、脳の薄い上皮に刻み込まれた小さな溝を行ったり来たりしながら、阿吽の呼吸で交わされ、話すにつれて二人は元気づいていった。その会話も、アダムとミランダという名の男女がともに二四歳であり、この世に同じ瞬間に生きているという、単純で素晴らしい奇跡——その奇跡の回りを戯れ飛び交う光を乱すことはなかった。「ダンスしたい気分じゃない、ミランダ？」と言われ、「いつでもダンスしたい気分よ、アダム！」と返す。だが、この願いが成就するにはいくつも障害があり、ダンスで一日が終わるのは、まだまだ先の話だった。

今朝のアダムは本当に、元気で健康な男児《リンゴ》のように見えるわ、とミランダは思った。二人の会話の中で何度かアダムの自慢話を耳にしたことがあった。僕はこれまでの人生で苦痛ってものを経験したことがないんだ。ミランダはこの怪物振りにびっくりするどころか、彼の怪物的な珍しさを褒めたたえた。彼女自身はどうかと言えば、これまで数えきれないくらいの苦痛を経験していたので、いちいち挙げることもできない。三年間、朝刊紙で働いた後、自分はいっぱしの経験も積み成熟したのだと錯覚したが、それは不摂生と彼女が教え込まれたもの——ふと立ち寄ったむさ苦しいレストランで食事をしたり、まずいコーヒーを飲みながら徹夜したり、タバコをうんと吸ったりしたこと——からくる疲労に過ぎないのだと分かった。ミランダがアダムにどんな生活を送ってきたか話すと、彼はまるで見たことのない顔を見るかのように、彼女の顔を数秒じっと見つめ、「いいや、何にも顔に出ていない。君はきれいだよ」と大真面目に言うのだったが、この人、わたしが褒めてほしいとでも思ったのかしらと、何とも落ち着かない気分になった。彼女は実際、褒めてほしいと思っていたのだが、この瞬間にというわけではなかった。アダムも同様に不健康な生活を送っていた。いや、二人が知り合ってからの一〇日間がそうで、彼女を夕飯に誘って夜中の一時まで起きていたり、始終タバコを吸っていたりした。それどころか、ミランダが彼を止めないのをいいことに、タバコが肺にどんな害を及ぼすのかを淡々と彼女に言って聞かせたがった。「でもね」とアダムが言う。「戦争に行くっていうのに、そんなのはどうでもいいことさ」

「そうね」とミランダは言った。「それに、国内に残って靴下を編んでいるなら、もっとどうでもいいわね。タバコ一本ちょうだい？」二人は角をもうひとつ曲がったところの、葉が半分落ちている楓の樹の下で立ち止まったが、近づいてくる葬式の行列にはほとんど目を向けなかった。薄い褐色のアダムの目にはオレンジの斑《まだら》があり、髪の毛は干し草色で、天日にさらされた干し草の表面をひっくり返して、下に隠れているきれいな藁が出てきた時の色だった。アダムはタバコケースを取り出し、銀のライターをカチンと鳴らしミランダのタバコに火をつけてやると、今度は自分の顔の前で何回かライターをカチカチ鳴らした。そうして、二人はタバコをふかしながら歩き続けた。

「靴下を編んでいる君の姿が目に浮かぶよ」とアダムが言う。「まったく君にお似合いさ。編み物なんかできないって百も承知なんだろ」

「もっと悪いことしてるわ」ミランダは神妙な顔をする。「だって、世の女性に編み物したり、包帯を巻いたり、砂糖無しの食事をするようにしなさい、それが戦争に勝つのを助けることになるのよっていう文章を書いてるんだから」

「だって、それは」アダムは男らしい懐の深さを見せる。「単に、君の仕事というだけの話じゃないか。深刻になることはないよ」

「ええ、そうね。あなた、休暇の延長をどうやってもらえたの？」

「ただ単にもらえたのさ」とアダム。「理由なんてないよ。とにかくキャンプでは人がハエのようにばたばた死んでる。この新しい変てこりんな病気でね。これに罹ったらいちころさ」

「中世の時代からやって来たペストみたい」とミランダ。「あなた、こんなたくさんの葬式、今まで見たことある？」

「ないね。でも、気を強く持ってそいつを追っぱらおうじゃないか。思いがけず、もう四日間、休みをもらえたんだ。この休暇のチャンスを逃す手はないね。今夜はどうする？」

「いつもと同じでいいわ。でも、今夜は一時半まで一緒にいましょう。今日はいつもの仕事の他に特別な仕事を任されてるの」

「どんな仕事があるって言うんだ？　馬鹿らしい娯楽を次々と追っかけて、それについて文章を書くっていうだけのことだろ」

「ええ、あまりに馬鹿らしくて話にもならないわ」とミランダは言った。二人が立っていると、また葬列が通り過ぎて行ったが、今度は二人とも口をつぐんで葬列が通り過ぎるのを見つめていた。ミランダは帽子を少しだけ下げ、明るい陽射しの中でまばたきしたが、頭がゆっくり揺れ、「金魚みたい」とアダムに言った。「頭がふらふらするの。起き抜けだもの。コーヒーを飲まなきゃだめね」

二人はドラッグストアのカウンターに肘をついて寄りかかっていた。「国内の人間にはもうクリームなんてないわ」とミランダは言った。「あるのは角砂糖一個だけ。わたしは二個もらうわよ、でなきゃひとつもいらないわ、って、こんな風に殉教者ぶってね。これからは、茹でキャベツで糊口を凌ぎ、バッタ物を着て、健康になって次の戦争に備えようって思ってるの。そうすれば、戦争なんて二度とわたしに忍び寄ってきやしないわ」

「もう戦争なんか起きないよ。新聞にもそう書いてあるだろ？」アダムが言う。「今回、奴らを徹底的にやっつけて、二度と立ち上がらせない。これで決着というわけさ」

「みんなそう言ってるわね」とミランダは生ぬるく苦いコーヒーを口にし、浮かぬ顔をしながら言った。二人は笑顔を交わし、考えが一緒なのを確かめた。二人とも精神状態は良好、戦争をうまく受けとめているのだ、と思った。とりわけ、とミランダは考えた、ぎりぎりと歯ぎしりする必要も、髪をかきむしる必要もない。そんなのは騒々しくて見苦しいだけ。何にもならないわ。

「もっと飲めよ」アダムが自分のカップをぞんざいに押しやりながら言う。「君の朝食はこれだけなんだろ?」

「これでも多いのよ」

「僕なんか、ソーセージとメープルシロップつきのソバ粉のパンケーキとバナナ二本にコーヒー二杯を朝の八時に食べたのに、今また、腹を空かせている。ゴミ箱に捨てられた飢えた孤児のような気分だ。さあ食うぞ。グリルのステーキにフライドポテトとそれから——」

「もうよして。正気の沙汰とは思えないわ。わたしがいなくなってから平らげてちょうだい」

ミランダは高い椅子から滑り落ち、椅子に軽く寄りかかって、丸い鏡で顔を覗き込んで、唇に口紅を塗ったのだが、ああ、気分が悪いのは回復しそうにないわ、と思った。

「何だか、ものすごく具合が悪いみたい」とミランダはアダムに言った。「ひどく気分が悪いの。天気や戦争のせいだけじゃないみたい」

「天気は言うことないし」とアダムが言う。「戦争も信じられないくらいうまく行き過ぎてる。でも、具合が悪いのはいつから？　昨日はそんなことなかったのに」

「憶えてないわ」とミランダはゆっくり言ったが、消え入りそうな声だった。二人は開いた戸口の前でいつものように立ち止まった。そこから散らかった階段を昇って新聞社の二階へと行くのだ。ミランダは一瞬、上階から聞こえるタイプライターのカタカタ鳴る音や、地下から聞こえて来る印刷機のゴロゴロいう振動音に耳を傾けた。「午後の間中、公園のベンチで一緒にいられればいいのに」とミランダは言った。「でなきゃ、山にドライブに行きたいわ」

「僕もだよ。明日やろうじゃないか」

「ええ、明日ね。何か特別なことが起きない限り。走って逃げだしたい気分」とミランダはアダムに言う。「あなたと一緒に」

「僕もかい？　でも、僕がこれから行くところじゃ、話すに足るだけの逃走劇なんてないんだ。腹ばいになって瓦礫のあちこちを這って行くのがせいぜい。有刺鉄線やらなんやらの下をね。一生で一度、経験するかしないかぐらいのことだろうけど」アダムはここでちょっと考え込み、こう続けた。「戦場のことは本当に何にも知らない。でも、とんでもないくらい滅茶苦茶だって言うんだ。耳にタコができるくらい聞かされて、もう戦場に行って戻って来たみたいな感じがする。向こうへ行ったら、拍子抜けになるだろうね。行きたい場所の写真を何回も見たせいで、実際そこに行ったら何も見た気がしないのと同じようにね。僕は生まれてこのかたずっと軍隊にいるみたいだ」

六ヶ月間が永遠に見えると言っているのだ。今のアダムは色つやもよく、こんなに生き生きとしている。それに、人生で一遍も苦痛を感じたことがないと言う。ミランダは戦場から戻って来た兵士たちを見たことがあったが、今のアダムとは似ても似つかなかった。「もう英雄的帰還兵になったというわけね」とミランダ。「でも、本当にあなたがそうだったらいいのに」

「初めての訓練キャンプで銃剣の使い方を教わった時は」とアダムが言う。「サンドバッグや干し草の袋から数えきれないくらいの腸《はらわた》をえぐり出した。「奴らを、あのドイツ野郎を突き刺せ。やられる前にやるんだ」って怒鳴られっぱなしで。で、僕らは稲光のようにサンドバッグに向かって行くんだ。砂がざらざらしたたり落ちるのを見ると、正直、こんなにいきんでやってるのが、時にまったく阿呆らしくなるんだ。こんな馬鹿なことって考えると、眠れなくなることもある」

「分かるわ」とミランダが言った。「まったく無意味ですもの」二人はさよならを言いたくなくて、ぐずぐずしていた。しばらく間があったが、アダムは会話を続けたいと思ったのか、「塹壕部隊が塹壕を夢中になって掘り始めてから、平均どれくらい生きられるか知ってる?」と訊いた。

「多分、短いでしょうね」

「たったの九分さ。君のところの新聞がそう言ってたよ、一週間ぐらい前のやつ」

「一〇分に延ばしてくれれば、わたしも認めるわ」とミランダが言った。

「一秒たりとも無理だね。九分きっちり。信じられないならご勝手に」

「ひけらかすのはよしてちょうだい。誰がそんな数字はじき出したの？」

「ある非戦闘員。くる病で骨が曲がった奴」

これが二人にはとても滑稽に聞こえて、笑いながらお互いに体を寄せ合ったが、ミランダは自分の笑い声にキーッというちょっと擦れたような響きがあるのに気づいた。彼女は涙を払い、「なんてまあ、おかしな戦争だこと。そうよねぇ。考えるだけで笑えちゃうわ」と言った。

アダムはミランダの手を自分の両手に取り、手袋の指先をちょっと引っ張って、その匂いをかいだ。「なんて素敵な香水をつけてるんだ。それもこんなにたっぷり。僕は手袋や髪に香水がたっぷりついているのが好きなんだ」と言ってまた匂いをかいでいる。

「多分、つけ過ぎだわ。今日のわたし、匂いがしないの、目も耳もだめ。きっと、ひどい風邪なんだわ」

「風邪なんかひいちゃだめだよ」とアダムが言う。「僕の休暇はそろそろ終わろうとしているし、これが最後、ほんとに最後の休暇になるだろうからね」ミランダの指が手袋の中でもぞもぞし出すと、アダムはその指をぐっと引き寄せ、彼女の手を裏返した。彼はその手を、まるで見たこともない、好奇心をそそる貴重なものであるかのように見ているので、ミランダははにかみ、口を閉ざした。彼女は彼のことが好きで好きでたまらなかった。この先どうなるのだろう？ だが、先のことを想像してもまったく無意味なのだ。なぜなら、アダムは彼女のものでもなければ、他の女のものでもなく、もはや経験の及ばないところにいて、自分でもわけも分からず、何もなさず、死という運命に委ねられているのだから。ミランダは手を引き戻し、

「さよなら、また今夜ね」という言葉をようやく口にした。

ミランダは階段を駆け昇り、上がったところで振り返った。アダムはまだ彼女を見つめていた。そして、にこりともせずに手を上げた。ミランダはこれまで、さよならを言った後でうしろを振り返る人はほとんど見たことがなかった。さっきまで話していた人をもう一目見たくて、うしろを振り返らざるを得なくなることがある。そうすることで、ほんのかすかな絆でさえ、あまりに乱暴にまた突然、ぷつりと断ち切られるのを避けられるような気がするからだ。だが、相手はもう表情を変え、顔をこわばらせ、気を引き締めて、次の目的地へと向かって急ぎ足で去って行く。その頭の中はこれから何をしようか、誰と会おうかで早くも一杯になっているのだ。でも、アダムは待っていてくれた。彼女が振り返るのを待っていたかのように。険しい眉の下にある目はひどく暗く見えた。

ミランダはジャケットも帽子も取らずに自分の机に座ると、封筒を切って開け、中の手紙を読むふりをした。その日、彼女の机にやって来たのは、スポーツ記者のチャック・ラウンシベールと「この町の噂っ子」だけだったが、ミランダはその二人がいてくれて嬉しかった。ミランダも気が向けば、この二人の机に腰掛けるのだ。タウニーとチャックはおしゃべりの真っ最中で、止む気配はなかった。

「噂では」とタウニーは言った。「それって、ボストン行きのドイツ船が持ち込んだ細菌で起こったんですって。もちろん、偽装した船で、偽の国旗を掲げてね。あきれた話よね」

「多分、潜水艦だな」とチャック。「真夜中に海の底からこっそり入り込んできた。こっちの方がもっともらしい」

「ええ、そうね」とタウニー。「噂って、細かいところはどこか必ず間違って伝わるし……みんな、菌が街中にばらまかれたって思ってる――最初はボストンからね――で、誰かが見たって言うの、奇妙な脂ぎった厚い雲がボストン港から立ち上って、街の端までゆっくりと広がっていくのを。見たのはどこかのお婆さんね」

「ああ、そうに違いない」とチャック。

「ニューヨークの新聞で読んだの」とタウニー。「だから、まず間違いないわ」

これを聞いたチャックとミランダが大きな笑い声を上げたので、ビルが腰を上げ、こちらをにらみつけた。「タウニーが新聞各紙を読み比べ中で」とチャックが釈明した。

「なんだってそんなにおかしいんだ?」とビルがまた腰を下ろし、目の前の騒ぎに眉をひそめながら言った。

「その雲を見たのは非戦闘員ね」とミランダが言う。

「もちろん」とタウニー。

「ラスク委員会のメンバーかも」とミランダ。

「モンスの天使〔モンスはベルギー南西部の都市で、英国遠征軍が最初に戦闘を行った地。どこからか弓兵が現れてイギリス軍の窮地を救ったという事実とは異なる超自然現象は、ウェールズの作家アーサー・マッケンの短編「弓兵」（一九一五）――初出のタイトルは「モンスの天使たち」（一九一四）――によって流布されたと言われている〕か、でなければワンダラーマン〔戦争時に政府の公共機関などで一ドルという名目上の報酬で働く民間人。政府のお先棒かつぎともなった〕だ」とチャックが言った。

ミランダは話を聞くのも話すのも止めて、ほんの五分でいいから、ひとりでアダムのことを、本当にアダムのことを考えたかったのだけれど、その時間はなかった。彼女がアダムと出会ったのは一〇日前のことで、それからというもの、トラックやリムジン、手押し車や農家の荷車の間を縫うように走りながら二人で通りを横切ったり、揚げ物油の嫌な臭いのするこぢんまりとしたレストラン――アダムが先に待っていた――で一緒に食事をし、ジャズ・オーケストラからせがむように鳴り響く泣きの音《ね》に合わせてダンスをしたり、ミランダが記事を書くために二人で退屈な芝居を見たりもした。一度、車で山まで出かけた。石ころだらけの小道を昇って行き、平らな岩棚のところまで行くと、二人でそこに腰掛け、渓谷に降りそそぐ日の光がまざまざと変わっていくのを眺めた。つくり物に違いないわ、とミランダが口にする――「本物かどうかなんて関係ない。さながら素敵な一編の詩ね」とミランダがアダムに言うと、二人は互いの肩にもたれ合い、じっとそこに座ったまま景色を眺めた。日曜は二度とも地質学博物館へ出かけて行き、隕石のかけらや岩層、牙や木々の化石、インディアンの矢や銀と金の鉱脈を掘ってできた洞穴に二人して目を輝かせ、夢中になって見物した。「昔の鉱夫が小川のそばで、小さな選鉱鍋を揺らしてお宝を洗い落としていたのを考えてごらん」とアダムが言った。「ところが、地面の下にはこんなにもお宝が……」また、完成するまで時間のうんとかかるものの方が好きだとも、木や石の彫刻、飛行機や機械と名のつくものなら何でも好きだとも語った。アダムはこういったものについてあまり知識がなかったが、見れば、それが何であるかを言うことはできた。工学関係の本は別として、それ以外はどんな本でも一冊読み通すことがどうしてもできないんだ、と打ち明けた。読書は彼を死ぬほど退屈させるのだ。彼の愛車ロードスター〔二人乗りのオープンカーで折りたたみ式の幌がある〕をいなかから持ってこなかったのを、今では後悔している。必要だとは考えなかったのだ。ドライブは好きだった。僕が一日に何百マイル車を飛ばせるか君には信じられないだろうと言って、ロードスターのハンドルを握っている姿や、ヨットに乗り四方八方から風に吹かれ自由気ままにロープを操っている姿のスナップ写真を見せた。アダムは空軍に入隊したかったのだが、それを言うと母親がいつも逆上するのだ。彼女には戦闘機での空中戦の方が、塹壕部隊が夜中に地面を掘る作業よりもずっと安全だということが理解できないようだった。だが、アダムは口答えしなかった。母親には塹壕部隊の何たるかは分かりっこなかったから。それで彼は今、愛車を故郷に残し、ヨットを遊ばせる海もない、標高一マイルの高原〔小説の舞台であるコロラド州デンヴァー、ロッキー山脈のふもと〕で腐っているのだが、そうでなければ、二人でそれこそ本当に楽しい思いをしていたに違いない。アダムは自分のことを分かってほしくて、自動車やヨットに乗っている時のことを話しているのだ、ということがミランダには分かった。だが、彼女は彼がどんな人間かよく分かっていると思っていたので、アダムが故郷にヨットや自動車と一緒に本当の自分というものを残してきたと考えているなら、それは大きな間違いだと言ってやりたかった。電話があちこちで鳴っている。ビルが誰かを怒鳴っていたが、その誰かは、「まあ、それでもだ、聞けよ、聞くんだ——」と言い続けている。もちろん、聞こうとする者は誰ひとりいやしなかった。ベテラン記者のギボンズが「ジャージ、ジャージ——」とやけになってわめきちらしていた。

「でもやっぱり」とタウニーはのうのうと、自分は愛国主義者ですよと言わんばかりの調子で言った。「兵舎にご奉仕するのはいい考えだわ。わたしたち女はいらないって言われても、みんな進んで志願すべきだわ」ミランダはよく言うわと思った。というのも、昨日の更衣室で派手な薔薇色のセーターを編みながら、反抗心満々で顔をひきつらせていたのに、今やタウニーはすっかり無邪気な顔をして、大得意、進んでお国のために身を捧げると言っているのだ。「結局」とタウニーは言う。「素人芝居だったらわたしだって上手に歌って踊れるわ。それに代筆だってできるし、いざとなったら救急車だって運転できる。何年もフォードを乗り回してるんだから」

ミランダも話に加わった。「ええ、わたしも歌ったり踊ったりできるわ。けど、誰がベッドメーキングしたり床掃除をやったりするの？　兵舎って手入れが大変なの。そんな汚れ仕事やらされたら、わたしたち惨めそのものよ。それに、わたしは今でもつらい汚れ仕事をやらされて惨めそのものなんだから、家にじっとしてるわ」

「女性は戦争に関わるべきじゃないな」とチャック・ラウンシベールが言った。「悲惨な戦争にかわいい娘たちを献上するだけだ」チャックは肺が悪いせいで兵役の機会を逃し、そのことをひどく気に病んでいた。「俺も健康なら今頃、戦地で片足を失くして帰ってきていたかもしれないな。その方が、俺の親父にいいきみだって思えるんだがなあ。だって、そうなったら、親父はどうしても、密売酒を自分で買うか、それができなきゃ素面《しらふ》でいるってことになっただろうからね」

ミランダは、給料日に密売酒の飲み代を父親にあげているチャックを見たことがあった。父親は陽気でご機嫌取りのうまい与太郎だけに、かえって救いようがなかった。父親は息子の背中をぽんと叩き、父親らしい愛情溢れる、うるんだ目で顔をにんまりさせながら、最後の五セントを巻き上げるのだ。

「戦争を台無しにしたのはフローレンス・ナイチンゲールだ」とチャックは続けた。「どういうつもりで、兵士をいたわったり、傷を包帯で巻いたり、熱のある額を冷やしてあげたりするんだ？　そんなのは戦争じゃない。ぶっ倒れたところでくたばればいいんだ。そのために奴らは戦場に行くんだ」

「何とでも言えるわ」タウニーはチャックをちらりと横目で見やりながら言った。

「何だって？」とチャックは顔を火照らせ、背を丸くすぼめながら返した。「いいかい、俺の肺はこんなんだ。半分はもうだめになっててもおかしくない」

「ぴりぴりし過ぎじゃない」とタウニー。「わたしそんなことひと言も言ってないわよ」

ビルは半分吸いかけの葉巻をかみながら、ずっとがなり立てている。髪はもじゃもじゃに逆立ち、目は優しく輝いているが、雄鹿のようにひどく興奮気味だ。この人、この調子で生きたら、百年生きても（まあ、できっこないけど）、一四歳以上にはなれないわ、とミランダは思った。ビルはまさに映画の中の地方記事編集長さながらに振る舞っていた。葉巻をかむ様まで同じだ。映画を見て自分のスタイルをこしらえたのだろうか？　それとも、映画のシナリオライターの方が、ビルという文句のつけようのない見本に飛びついたのだろうか？　ビルはチャックに大声で叫んでいる。「でだな、もし奴がここに来たら、そいつを路地に連れ出して、その手で首をちょんぎるんだ！」

チャックは「心配しなくても逃げはしませんぜ」と言うと、もう別の話題に関心が移っていたビルは、声の調子を下げて「ああ、ちょんぎるんだ」と返した。タウニーは自分のデスクに戻って行ったが、チャックは新しい寄席演芸《ボードビル》のショーに誘ってもらおうとにこにこしながら座って待っていた。ミランダはチケットが二枚あれば、毎週月曜に記者の誰かを誘うのだった。スポーツ記者としてのチャックは、いかにもドライで、プロ意識が高かったが、ミランダには、スポーツなんて俺には知ったこっちゃないんだ、この仕事があれば外に出ていられるし、親父に密売酒を買ってやるぐらいの給料がもらえるからだ、と言っていた。スポーツより演劇の方が好きなチャックは、演劇の担当になるのはいつも決まって女性なのは何故なのか首を捻っていた。

「今日のビルは誰の首をちょんぎりたいの？」とミランダが尋ねた。

「あんたが今朝の新聞でこき下ろしたあのダンサーだよ」とチャック。「朝早くからここに来て、誰があのショーの記事を書いたんだと訊いてきた。で、そいつが言うには、それを書いたアホンダラを路地に連れてって、鼻に一発がつんとくらわしてやるんだって。それから……」

「町から消えてほしいわ」ミランダが言う。「今頃、列車の中だとどんなにいいか」

チャックは立ち上がり、栗色のタートルネックを整えると、男性がスポーツ用にはく、濃い黄色のツイードの半ズボンと黄褐色の重たい鋲打ちブーツにちらりと目をやった。この二つを身に着けていたのは、肺が悪いことやスポーツが好みではないことをうまく隠せるのではと思ったからだ。チャックは続けて言った。「そいつは今頃遠くにいるよ。心配なさんな。もう、出よう。君はいつも遅れるんだから」

出かけようとしてミランダが後ろを振り向くと、あやうく誰かのつま先を踏みそうになった。そこに山高帽をかぶったさえない小柄な男がいたのだ。昔は粋な男だったのかもしれない。だが、今は口をだらしなく開け、その中の歯は横から抜け落ち、悲しそうな目は縁が赤く腫れ、かつての色気は見る影もなかった。薄茶のウェーブがかった髪は艶出しのポマードで整えられ、山高帽の縁のところで巻き上がっていた。彼は足をどけようとはせず、無気力な反抗心を見せるかのように、そこにただ突っ立っていた。「あなたが、このいなか新聞の演劇評論家とやらですかい?」とこの男はミランダに尋ねた。

「そのようですわ」とミランダは答えた。

「なら」と小男は続けた。「貴重な時間をちょっとだけあたしに割いてもらえませんかね」下唇を突き出しながら、震える手でチョッキのポケットの中をがさごそやり出した。「あたしはね、お前さんに知らんぷりしてほしくないだけなんです」くしゃくしゃになった新聞の切り抜きの束を指でめくりながら、「これを読んでもらえませんか？　で、読んだら、聞かせてもらいたいですな。あたしが、このちっぽけないなか町の評論家先生にコケにされて黙っていられる男かどうか」と、抑揚のない声で言った。「さあこいつだ。ここにあるのはニューヨークの他に、バッファロー、シカゴ、セントルイス、フィラデルフィア、サンフランシスコの新聞だ。この業界で一番上等な雑誌の『ヴァラエティ』や『ビルボード』もありますぜ。そいつがどうです、みんな、参りましたとばかりに、ダニー・ディッカーソンはこの道の達人だって認めてなさる。なのに、お前さんはそう思わないときた。どうなんです？　あたしは、これが訊きたかっただけでね」

「ええ、わたしはそうは思いません」とミランダはできるだけそっけなく言った。「その件に関してあなたとお話ししている時間はありませんわ」

小男は体を曲げて更に近づくと、ずっと苛立っていたかのように声を震わせながら言った。「なあ、お前さん、あたしのどこが気に入らないんだ？　聞かせてもらいたいな？」

「気にする必要なんてまったくないですよ。わたしがどう思うかなんて大したことないですもの」

「お前さんの考えは気にしちゃいませんって」と小男が言う。「だがね、こういう噂は広がるんだ。で、東部の興行師はこっちの事情を分かってない。こっちでこっぴどくコケにされる、とそれがシカゴでコケにされたのと同じだと受け取られる。なんせ連中はいなかと都会の違いを分かっちゃいませんからね。それと、演技が高級になればなるほど、いなか者の批評家はそれをコケにしがちだってことも分かっちゃいない。でもね、あたしはこの業界で最高の評論家からこの道の達人だって太鼓判押されてる。で、聞きたいんです、あたしのどこがまずいのか」

チャックが割って入り「ミランダ、もう行こう。幕が開いちまうぜ」と言った。ミランダは小男に新聞の切り抜き——そのほとんどが一〇年ものだった——を返し、彼の横を通り抜けようとした。小男は再びつめ寄って、自信なさげに「お前さんが男だったら、ぶん殴ってるところだ」と言った。これを聞くと、チャックがのらりくらりと立ち上がり、ポケットから手を出してこう言った。「さあ、あんた十分御託を並べたんだから、もう帰りな。今すぐ出てかないと、階段へぶん投げるぜ」

小男は自分のネクタイの先を引っ張った。赤い水玉模様の小さな青のネクタイで結び目のところが少しすり切れている。小男はそれを稽古してきたかのように何度も真っすぐに引っ張り、「表に出やがれ」と言った。彼の赤らんだ厚ぼったい瞼には涙があふれ出ていた。チャックは

「うるさい、黙れ」と言って、階段の方へ走って行くミランダの後を追いかけた。歩道で彼女に追いつくと、「あいつは鼻水垂らして、切り札出そうと記事の切り抜きをごちゃごちゃやってたが、放ってきたよ」と言った。「哀れなげす野郎だ」

ミランダが言った。「今はもう何もかもうんざりだわ。この道端に座り込んで死んでしまいたい。もう誰にも会わずに――記憶を一切失くして、自分の名前も忘れてしまいたい……わたしは――」

チャックが答えた。「しっかりするんだ、ミランダ。落ち込んでる暇はないぜ。あんな奴忘れろ。ショービジネスの世界じゃあ、百人に九九人はあの男と似たりよったりだ。でも、やっぱり君のやり方はまずかった。身から出た錆だな。やるべきことはただひとつ、花形スターを喧伝することだ。他の凡才どもには一切触れる必要はない。リピンスキーがこの町のショービジネスを牛耳っているのを頭に入れておくんだ。リピンスキーを満足させろ。そうすりゃ、うちの宣伝部もご満悦。両方満足すりゃあ、君の給料が上がるってわけさ。まさに、持ちつ持たれつだ。分かった？　のろまなお嬢さん。いつになったら憶えるのかな？」

「わたし間違ったことだけ憶えてきたみたい」とミランダは諦め顔で言った。

「その通り」とチャックは気さくに彼女に返した。「君はその点にかけちゃ、誰にも負けないよ。さあ、もう気持ちは晴れたかな？」

「よくもまあこんなひどい芝居に誘ってくれたね」とチャックが言った。「で、この芝居をどう書くつもりだ？ もし俺が原稿を書くとすればだな――」

「書いてちょうだい」とミランダ。「今回はあなたが書いてよ。どっちみち、わたしは辞めるつもりでいるの。でもまだ誰にも内緒よ」

「本気かい？ もちろん黙ってる」とチャック。「俺は地方紙の演劇評論家っていうやつに憧れててね、これで俺にもチャンス到来ってわけか」

「チャンスを逃さない方がいいわ。最後のチャンスかもしれないから」とミランダはチャックに言った。これは何かの終わりの始まりだわ、と彼女は思った。何か恐ろしいことがわたしに起こっている。わたしがこれから行こうとしているところには、飯の種は必要ない。わたしはいなくなるからチャックに譲るわ。彼には密売酒を買ってあげなきゃならない大切な父親がいるんだから。会社の人がそうさせてくれればいいんだけど。ああ、アダム、わたしの身に何が起ころうとも死ぬ前に一度あなたに会いたいわ。「戦争なんて終わればいいのに」とミランダは、さっきまで戦争について話していたかのように、チャックに言った。「戦争が終わればいいのに。それでもう起こらなければいいのに」

チャックは自分のメモ帳と鉛筆を取り出し、講評を早くも書き始めていた。ミランダは自分が危ういことを言ったようには感じなかったが、チャックはどう受け取るだろうと思った。「戦争がどう始まるとか、いつ終わるとかなんて気にやしない」とチャックは走り書きしながら言う。「どうせ戦争には行かないんだから」

兵役を免除された男はみなそんな風に言うのだ、とミランダは思った。彼らにとって戦争とは、行くことができないと分かると、行きたくなるようなもののひとつなのだ。そんな男の中にもおそらく、ひどく行きたがった者もいるだろう。そういう男たちはみんな、戦争のことを話し合っている女たちを僻んだ目で見る。目に映る用心深い怨み心はこう告げる。「俺を臆病者だと思わんでくれ、血に飢えた女どもよ。俺は俺で自分の肉を鴉に分け与えているのに、やつらが食おうとしないんだ」内地に残っている人が戦争になって一番やりきれないと思うのは、話す相手がひとりもいなくなるということだわ。油断すれば、それこそラスク委員会に捕まえられる。パンの節約で戦争に勝とう。労働で、砂糖で、桃の種で戦争に勝とう。そんなこと言ってるけど、馬鹿げている。いや、ほんとは馬鹿げてなんかいない。だって、桃の種からそれはそれは貴重な炸薬が作れるから。それで、瓶詰の季節になると、おめでたい主婦のみなさんが、こぞって桃の種の入ったバスケットをぶら下げて、お国の祭壇にお供えしに行くって寸法。そうすれば、自分たちはせっせと働いて、役に立っていると感じられるから。夫が出征してやりたい放題の女たちは、ちっちゃなおつむで悪さを考え出さないよう何かを与えられなきゃ、みんな危なっかしい。未来の母親たる無垢な娘たちは、赤十字の頭巾がとてもよく似合う、清廉で真面目くさった顔をして、包帯を不格好に束ねているけど、そんなの基地の病院には絶対に届くとは思えない。せっせと編んでいるセーターも戦場の男らしい胸を暖めることはなさそう。彼女たちの頭の中は、血と泥でまみれた男たちや、航空部隊の士官のために次に開かれるアカンサス・クラブでのダンスパーティのことでいじらしくも一杯になってる。でも、黙ってじっとしていることも戦争を勝たせることになるのよ。

「俺はどうしたって戦争には行けないな」とチャックが原稿に夢中になりながら言った。でも、アダムは行くのだわ、とミランダは思った。椅子にするりと身を沈め、頭を埃だらけのビロードの背もたれに預け、瞼を閉じ、一生と感じられる一瞬の間、アダムと自分にはもう未来はないのだという、動かしようのない、恐ろしい認識に圧倒された。先に何もない。ミランダは目を開け、両手をそろえて手のひらを上にし、その手のひらをじっと見つめ、忘却って何かしらと頭を巡らせた。

「さあ、これを見てごらん」とチャックが言った。というのも、照明がつき観客がざわざわと話し始めたからだ。「主役が登場する前にもう書き終えたんだ。主役は大ベテランのステラ・メイヒュー〔アメリカの歌手で喜劇女優（一八七五―一九三四）〕だからね、いいに決まってる。四〇年も第一線にいたんだから。彼女が歌うのは「ああ、ブルースは気楽な心の患い」〔ターナー・レイトンのヒット曲（一九一八）の出だし〕さ。彼女について知るべきことはこれのみ。それはともかく、これをざっと見てくれないか。で、読んだら君の署名がほしいな」

ミランダはメモ書きを受け取り、つくづく目を凝らすと、丁度よいと自分が思う頃合いで原稿をめくりめくりした後、チャックに返した。「ええ、チャック、いいできだわ。わたし署名はできるけど、しないでおくわ。これを書いたのはあなただってビルに言うべきよ。だって、これがあなたの最初の仕事になるかもしれないんでしょ」

「少しも分かっちゃいないな」チャックは言った。「読むのが早過ぎる。いいかい、俺が言いたいことは――」と興奮気味にぶつぶつとやり出した。チャックがメモ書きを読んでいる間、ミランダは彼の顔をじっと見つめた。生命の煌めきともいうべきものが感じられる気持ちのよい顔だった。鼻の上にある肉感的な額には、よい意味での厳しさが感じられた。チャックと知り合って初めて、彼は一体何を考えているのかしらと思った。彼は何かに取りつかれ、つらそうに見えたが、口ほどに軽薄な男ではなかった。観客は通路にどっと詰めかけ、ロビーに出たらすぐにマッチで火をつけようとタバコケースを取り出していた。ウェーブ髪の女性たちはショールをつかみ、男性は顎を上にあげて窮屈な襟首をゆるめた。「われわれも出ようじゃないか」とチャックが言うと、ミランダはジャケットのボタンを留め、蠢《うごめ》く群衆の中に入って行った。すると、この人たちの何を知っているのかしら、と思うのだった。この中にはわたしと同じように考えている人が大勢いるはずだわ。なのに、誰もが感じているやり切れなさについてひと言も話し合おうとしない。わたしたちは自滅を待っている言葉を持たない動物。どうしてなの？　わたしたちがお互い口にすることを信じる人が、ここには誰もいないの？

更衣室にあるうねうねした柳細工の寝椅子に、うかない気分で横になりながら、ミランダは時間が過ぎ行くのを待った。アダムと一緒にいるのを夢見て。時間はいつもと違う突飛なスピードで進んで行っているようで、頭をぼーっと朦朧とさせる三〇分がほんの一瞬のように思えたのだが、反対に、激しい閃光がパッパッと煌めき、腕時計をくっきり照らし出すと、まるで親指だけで吊るされて拷問にあっている時のように、三分がとてもとても待ち切れないほどの長さに感じられた。アダムが黄昏の薄暗がりに包まれた家から、もうすぐ雨になりそうな青みがかった靄の中へ出て行く姿を、ようやく想像できるまでになった。アダムはこちらに向かっている途中だろう。もう彼について考えることは何ひとつなかった。あるのはただ彼に会いたいという願いと、彼に会えなくなるという不安、というか今ここにある脅威だ。というのも、一歩一歩踏み出すその歩みは危なっかしく、力の限り水を掻いているにもかかわらず、潮の流れでゆっくりと後ろに引き戻されるように、その歩みは、二人を結びつけるのではなく引き離してしまうようであったからだ。「わたしは愛したくない」ミランダは心ならず思った。「アダムを愛したくない、時間がないの、二人ともまだその時ではないわ。でも、わたしたちにあるのはこれだけ——」

するとアダムが下の歩道に来ていて、階段に足を踏み入れていた。ミランダは彼に会おうと駆けるように階段を降りて行った。アダムはミランダの手をつかむと「もう元気になったかい？　お腹は空いていない？　疲れてるんじゃない？　芝居を見た後ダンスしたいかい？」と訊いてきた。

「ええ、全部オーケーよ」ミランダは言った。「いいですとも。もちろん……」頭が羽のようにふわっとしたので、アダムの腕の上で身を落ち着かせた。外の靄はいまだ靄のままで、もうすぐ雨になりそうだった。彼女の口に入る空気は刺すように冷たく清らかなものだったが、それで呼吸が楽になるというわけではなかった。「芝居が面白ければいいわ。少なくとも笑えるものならね」と彼女はアダムに言った。「でも、あてにしないでね」

それは長ったらしくて退屈な芝居だった。が、アダムとミランダはほとんど何もしゃべらず、芝居が終わるのを辛抱強く待った。アダムは恭しくも慎重に彼女の手袋を外し、劇場では彼女の手を握り慣れているかのように握った。一度、二人は向き合い目を合わせたが、そうしたのはこの一度きりで、それからは二人とも目を合わさず、素知らぬ顔をしていた。すると、ミランダは体の奥から震えが襲って来るのを感じ、迫り来る嵐に備えて窓とドアを閉めカーテンをしっかり降ろすように、ひとつひとつ手順を踏みながら、自分の体へ抵抗を試みた。アダムは単調な芝居を顔を微動だにせず見ていたが、その顔は奇妙な興奮で明るく輝いていた。

第三幕の幕が上がったというのに、芝居はすぐには始まらなかった。その代わりに、アメリカの国旗でほぼ覆われた背景幕が登場した。それはいかにもだらしなく不敬な姿で吊るされていた。というのも、国旗は上の両角が鋲づけされ、真ん中にしわができて、そこを再度鋲づけしているのに、だらんとたわんで埃まみれだったからだ。国旗の前に地元のワンダラーマンが陣取り、自由公債売りとしての自分の務めを果たそうとしていた。彼は中年過ぎの平凡な男で、ズボンとチョッキにきつく押し込められたポッコリお腹と、自説を梃《てこ》でも曲げない四角四面の口元が目立った。顔と体つきからは、五〇年にわたる馬鹿げた肉欲の記録以外、何も読みとることはできない。だが、人生でただ一度、ひとかどの人間となったこの男は、目の前の人の心を動かそうと、役者気取りの声で嬉々として自説をまくしたてている。

「ペンギンみたいだな」とアダムが言った。二人は体を動かし微笑み合った。ミランダがアダムから手を離し、アダムが自分の両手を重ねると、二人は、陳腐で黴臭い相も変わらぬ幕を背にした陳腐で黴臭い相も変わらぬ演説を、最後まで嫌でも聞こうとした。ミランダは聞くまいとしたのだが、耳に入ってくるのだ。あの下劣なドイツ兵——栄光のベローの森——われわれの合言葉は犠牲だ——蹂躙されたベルギーよ——とことん出し尽くせ〔大戦中、赤十字の募金のポスターで使われた標語〕

――戦地にいる我が勇敢な若者たち――ベルタ砲〔第一次大戦で用いられたドイツの長距離巨砲〕――文明の滅亡――ドイツ野郎――。

「頭が痛いわ」ミランダはささやく。「どうして黙ってくれないのかしら」

「黙りゃしないさ」アダムが耳打ちする。「アスピリンを買ってきてあげるよ」

「フランドルの戦場では連なる列の十字架の間に、ケシが生い茂る」――「話も大詰めに入ったな」とアダムがささやいた――残虐行為の数々、例えば、ドイツ兵の銃剣で吊るし上げられた無垢なる赤子――あなたの子かもしれない、わたしの子であるかも――われわれの子供たちがこんな残虐行為にあっていないとすれば、畏敬の念を込めて言おうじゃないか、戦場の死者たちは無駄に死んだのではないと――戦争、この戦争は戦争を終わらすための戦争、民主主義と人類のための戦争だ、平和な世界が永遠に続くための――また、我が民主主義の信念を互いに、そして世界にはっきり証明するために、一丸となって自由公債を買おうじゃないか、そして砂糖もウールの靴下も我慢しようじゃないか――そう言ったのかしら？　ミランダは自問した。もう一回言ってちょうだい、最後のセリフが聞き取れなかった。アダムのことは言った？　言ってないなら興味ないわ。アダムのことは置き去りなの、この子豚ちゃん？　で、今度は何を歌わせる気？「遥かなティペレアリー」〔第一次大戦で英国軍の行軍歌として愛唱された〕、それとも「大いなる遥かな道のり」〔第一次大戦で愛唱された大衆歌〕？　ああ、芝居を続けて早く終わらせてちょうだい。アダムとダンスに行く前にこの芝居の記事を書かなきゃいけないの。時間もないのよ。石炭や油、鉄や金に国際金融――どうしてこういうことは話さないの？ ケチな嘘つきさん。

観客は立ち上がり唄い出した。「遥かな、遥かな、曲がりくねった道のりよ」観客の大きく開いた口は黒く、舞台のフットライトで照り返された顔は青白かった。中には顔をゆがませて涙を流す者もいて、頬にはカタツムリが通った跡みたいにてかてかと筋ができていた。アダムとミランダは観客と一緒になってあらん限りの声で歌い、声をこれでもかとばかりに張り上げたが、一、二度、目を合わせ恥ずかしそうに苦笑いした。

通りに出ると、二人はいつものようにタバコに火をつけ、ゆっくりと歩いて行った。「若者が殺されるのを見たがっている、いけ好かない親父がもうひとり現れただけだわ」とミランダは声をひそめて言った。「雄猫が小さい雄の子猫ちゃんを食べようとしているみたい。あなた、ほんとに騙されていやしないわよね、アダム？」

この頃までには、若者たちはこうした厄介な事柄について、そんな風に話をしていた。奴らの魂胆などとっくにお見通しだと彼らは思っていた。ミランダが続けて言った。「あんな太鼓腹の禿げ親父たちは嫌いよ。太り過ぎて、年取り過ぎて、臆病だから戦争に行かせてもらえない。で、自分が安全なのは知ってる。連中の代わりに戦地に行かされるのはあなたよ――」

アダムは目を白黒させて彼女を見た。「ああ、あいつのことか。あんなとろい連中、戦地に連れて行かれたって、何の役にも立たないさ。それは奴らのせいじゃないんだ」アダムは説明した。「奴らはしゃべることしか能がないんだから」アダムの若さに対する誇り、ああした不幸な者どもに対する忍耐力と寛容さと侮蔑が、肩の力を抜き背をぴんと伸ばしながら力強く歩く度に、毛穴という毛穴から噴き出ていた。「あんな奴らに一体何が期待できるっていうんだ、ミランダ?」

ミランダはアダムを名前で呼ぶことが多かったが、アダムが彼女を名前で呼ぶことはめずらしかった。彼の口からついて出た自分の名前の快い響きにちょっとドキッとし、言葉をつまらせた。しばらくためらったあと、非難の矛先を変えて言った。「アダム、戦争の最悪なところはね、出会う人たちみんなの目に、恐怖や不信や怯えがあることなの……自分の考えや感情にシャッターを下ろして、もし相手がすぐには分からない身振りや言葉をちょっとでも出そうものなら、いつでも噛みついてやるんだって、じっと周りを伺っているみたい。それって怖いことよ。わたしだって怯えながら生きているけど、恐怖の中で生きなきゃならないなんて法はないわ。こんなだから、みんなこそこそしたり、嘘をついたりするのよ。これが人の考えや感情に戦争が与える影響よ、アダム、この二つを切り離すことはできないの——戦争が心に与える影響の方が体に与える影響よりずっと恐ろしいの」

少し間があって、アダムが改まって言った。「ああ、かもね。でも、戦地から無傷で戻って来られたとしたらどうかな？ 心の方はこれから運をつかむことだってできるかもしれないが、哀れなこの肉体に何か起きれば、それこそ運の尽き、一巻の終わりだ」

「ええ、そうね」ミランダはアダムの言葉をおうむ返しした。「運の尽き、一巻の終わりね」

「もし僕が行かないようなことになったら」とアダムが淡々とした口調で言った。「自分の顔を鏡で見られないだろうね」

あなたの問題は解決済みってことね。ミランダは指をアダムの腕にぴったり寄せて、無言のまま彼のことを考えた。憤慨も反抗心も彼の中にはない。純粋なんだ、と彼女は歩きながらずっと考えた。まさに生贄の子羊のように、疵ひとつなく、一点の曇りもない。この生贄の子羊は呑気に闊歩している。大股の歩きを彼女の歩くペースに合わせ、アメリカ人の良き習慣に倣って、歩道の内側を彼女に譲り、街角を横切る時は彼女の体が不自由であるかのように彼女の体を支える――「泥のぬかるみがなければいいのだけど。あったら彼がわたしを抱き上げてしまう」――アダムはタバコの煙をふうっとはき出し、無香料の石鹸、磨いたばかりのレザー、洗ったばかりの肌から漂う男くさい匂いを放ちながら、鼻で息をし、楽々と胸を広げる。アダムは勢いよく顔を上げ、今にも雨が降りそうな靄のかかった空を見上げて微笑んだ。「やれやれ」と彼は言った。「なんて夜なんだ。ねえ、早く出かけたいから、急いで芝居の記事を片づけられないかい？」

アダムは彼女の仕事が終わるのを、印刷室の隣の通称「揚げ物食堂」でコーヒーを一杯飲みながら待った。ミランダがようやく仕事を終え、顔を洗い髪をとかし化粧を直して、下に降りて行くと、アダムの姿がまず目に入った。大きな薄汚い窓のそばに座り、顔は通りに向けていたが、目は下を見ていた。みすぼらしい灯りの中、なめらかで美しく黄金色に輝く、稀に見る顔だった。だが、今は、先の見えぬ憂鬱に取りつかれ、不安と幻滅で苦しげな表情をしている。ミランダはほんの一瞬、年老いた将来のアダムの顔――彼がその年齢まで生きることはないだろうが――を垣間見た。アダムが彼女を見つけ立ち上がると、その顔には明るい光が戻っていた。

アダムは二人の椅子を引き寄せ、テーブルに並んで座った。熱い紅茶を飲みながら、ジャズ・オーケストラが「悩みはみんなしまい込みな」〔第一次大戦の行軍歌〕をかき鳴らすのを二人して聞いた。

「なじみの背嚢に詰め込んだら、笑うんだ、にっこり、にっこり」徴兵年齢前の六人の青年が叫んでいた。彼らはオーケストラの近くのテーブルを陣取り、とりとめのない言葉をわめき散らし、いかにも楽しそうに、ヒステリックな笑い声をどっと爆発させ、透明な液体の入った平べったいボトルをテーブルクロスの下で回し――というのも、うるさい酔いどれ炭鉱夫どもが作り上げたこの西部の町では、誰も人前でアルコールを飲むことは許されていなかったからだが——ジンジャーエールのタンブラーにその液体をバシャバシャとそそぎ、「遥かなティペレアリーへの道」を歌い続けた。曲が「マデロン」〔第一次大戦時のフランスの大衆歌〕に変わると、アダムが「踊ろう」と誘った。そこは安ぴかの狭い店で、混み合い、熱苦しく、タバコの煙がもうもうと立ち込めていたが、ここよりましな店はなかった。音楽は陽気だし、どうせ、生活は完全にとち狂っているんだから、どうってことないわ、とミランダは思った。これがわたしたち、アダムとわたしの今の現実、これ以上は何も望めない、こうやってわたしたちは生きていくのだ。彼女はこう言いたくなった。「アダム、夢から覚めてわたしの言うこと聞いてちょうだい。わたし、胸も頭も痛いの、それに心も痛いわ——すべて本物の痛みよ。体中が痛い。あなたはひどい危険の中にいるのよ。それを考えるとわたしは耐えられない。わたしたちどうしてお互いを救うことができないのかしら?」ミランダがアダムの肩をぎゅっと握りしめると、すかさずアダムは彼女の腰に回していた腕に力を込め、そのまま動かないで、彼女をひしと抱きしめた。二人は無言で、笑みを交わし続けたが、それは、刻々と移り変わる奇妙な笑みで、二人はまるで新しい言語を発見したかのようだった。ミランダはアダムの肩越しに、色黒の若いカップルが隅のテーブルに座っているのに気づいた。互いの腰に腕を回し、頭を寄せ合い、目の前に漂っている同じもの——それが何であれ——をじっと見つめていた。テーブルの上に置かれた女の右手の上に男は自分の右手を重ね、女の顔は涙でぐしょぐしょになっていた。時折、男は女の手を取り口づけし、そっと下に降ろし握りしめると、女の目はまた涙で溢れるのだった。二人は恥知らずというわけではなく、単に、自分たちが今どこにいるのかを忘れているだけか、あるいは、他に行き場がなかったのだろう。二人は一言も言葉を発さず、まるで何度も何度も単調に流される物悲しい短編映画のように、短い無言劇《パントマイム》を繰り返すのだった。ミランダはこの二人を羨ましく思った。この娘が羨ましい。少なくとも彼女は泣いて楽になるなら泣くこともできるし、男は彼女に「どうしたんだい？　言ってごらん」などと訊く必要もないのだから。二人の前に置かれていたコーヒーは、かなり時間がたって——ミランダとアダムがダンスをして席に戻るのを二度繰り返した後——すっかり冷めてしまったが、二人はやにわにそれを飲むと、一言もしゃべらず目もほとんど合わせることなく、以前のように抱き合った。少なくとも、二人の間で何かがなされ、けりはついていた。羨ましいわ、本当に羨ましい。黙ったまま一緒に座って同じ表情を浮かべているのに、彼らの目が覗き込んでいるのは二人が分かち合っている地獄であり、それがどんな地獄であれ、二人のものであることに変わりはなく、二人は一心同体なんだから。

アダムとミランダの一番近くのテーブルには、若い娘が片ひじをついて前のめりになって、連れの若い男に話を聞かせていた。「あの男が好きじゃないの。だってなれなれしいったらないんだもの。一杯どうってしつこいの、で、わたし、いやよって断り続けるんだけど、あの男がこう言うの、なあいいかい、俺はどうしても飲みたくてしょうがないのに、俺と一緒に飲めないなんて、あんたつれないじゃないか。俺はここに座ってひとりで飲んでなんかいられるか、ってね。わたしはこう言ってやったわ。そもそも、あんたはひとりじゃないじゃない。よく言うわ、って。で、飲みたきゃ、どうぞ飲んでちょうだい、でも、このわたしを引き込むのはよしてねっ、て言ったの。そしたら、この男はウェイターを呼んでジンジャーエールとグラスを二つ頼んで、わたしはいつものようにジンジャーエールを生《き》で飲んだんだけど、あいつは密造酒を自分のグラスにちょっとだけそそぐの。その密造酒がめっぽう自慢らしく、ジャガイモから自分で作ったんだって言ってた。うまい手製のアルコール、樽から取りたてのほっかほか、こいつを三滴たらせばあんたのジンジャーエールは「マム・エクストリ」〔マム・カルト・クラシックの超辛口白シャンパン〕の味がするぜって言うから、私は、いやよ、いやっだってば、あんたおつむが弱いんじゃないのって言ってやったわ。奴はもう一杯飲んでこう言うの。ねえ、かわいこちゃん、そう強情をはらずに。これを飲めば、きっとシミー〔腰や肩を揺すって踊るジャズダンス。流行は第一次大戦後〕が踊りたくなるんだから。それで、この男とあーだこーだ言い合うのにうんざりして、シミーを踊るのに、そんなもの飲む必要はありません、紅茶で十分自分の踊りを見せつけられるわ、って言ったの。なら、やってもらいましょう、どんなものか見てみたいな、ってあいつが言うから、わたしはあいつに

――」

ミランダは自分が長いこと眠っているのに気がついた。と、足音の気配もドアの蝶番がきしむ音の気配もなく、アダムが突然、部屋に入って来て明かりをつけた。彼女は最初、明かりに目がくらみ顔をそむけたが、それがアダムであるのは分かった。彼はすぐに彼女のところに近づき、ベッドのわきに座って、以前から話していた話題を続けるかのように話し始めた。彼は四角い紙切れをくしゃくしゃにして、それを暖炉に放り投げた。

「僕のメモは見なかったんだね」アダムが言う。「ドアの下に入れておいたんだけど。急にキャンプに呼び戻されて、予防接種をたんまり打たれたよ。思ったより手間取って遅くなったんだ。新聞社の方に電話したら、君は今日休みだって。で、ミス・ホッブに電話したら、君は寝込んでいて電話には出られませんって言われてね。彼女から僕の伝言聞かなかった？」

「いいえ」とミランダは眠そうに言った。「でも、一日中ずっと眠っていたようね。ああ、そうそう、思い出した。ここにお医者さんが来たわ。ビルが呼んだのよ。わたし、一度電話で話したの。ビルが救急車を呼んで、わたしを病院に連れて行くって言うから。お医者さんはわたしの胸をポンポンって叩いて、処方箋を書いて、戻るって言ってたけど、まだ来てないみたいね」

「どこにある？ その処方箋？」アダムが訊いた。
「分からない。でも、置いて行ったのは確か、見たもの」アダムはテーブルや炉棚の上をあちこち探し回った。「ここにあった」とアダム。「すぐ戻ってくるからね。夜通しやってるドラッグストアを探さなきゃ。もう夜中の一時過ぎだ。じゃ、またね」

またね、またね。ミランダは彼が消えて行ったドアを長い間見つめていたが、やがて目を閉じ、考えに耽った。この部屋に一年近く住んでいるのに、ここにいない時は、この部屋のことを何ひとつ思い出せない。ただ、カーテンが薄っぺらで朝日を遮るものが何もないってことだけは別。その日の朝、ミス・ホッブがもっと厚めのカーテンをくれるって約束したのに、ちっとも来やしない。その日の朝、ミランダが部屋着のまま電話で話をしていると、ミス・ホッブがトレイを運びながら前を通り過ぎた。赤毛で小柄な彼女は、人をいらいらさせるくらい人懐っこい女将だったが、その物腰を見れば、この下宿が儲かっているどころか、火の車なのは一目瞭然だった。「まあ、あなたったら」ミス・ホッブはミランダの身なりを一目見て、とげとげしい声で言った。「どこか悪いの？」

ミランダは受話器を耳にあてたまま言った。「インフルエンザみたい」
「おおー、こわっ」ミス・ホッブは小声で言うと、手に持っていたトレイを震わせた。「すぐベッドにお戻りなさい……今すぐに！」

「その前にビルと話さないといけないわ」とミランダが言うと、ミス・ホッブは急いでその場を立ち去り、もう戻って来なかった。ビルは大声で彼女にいくつも指図を出し、みんな俺に任せろ、医者も看護婦も救急車も病院も、あんたの毎週の給料もいつも通りだ、でも、まずベッドに戻ってそこにじっとしてるんだ、と言った。興奮すると髪を本当にかきむしる人を見たのはビルが初めてだ、と思いながらミランダはベッドに倒れ込んだ……いなかに帰してもらうよう頼まなきゃ、と彼女は思った。できうるなら、自分の死を家族に看取ってもらいたい。それは古くからの立派な習慣だから。いいや、ここに残るわ。これはわたしの問題。でも、この部屋じゃいや、どこか別のところ……雪深い冷たい山の中がいいわ、そこが一番わたしにお似合いね。すると、彼女の周りに、万年雪を戴いたロッキーの荘厳な山並みが、青い月桂冠状の壮麗な雲とともに現れ、突き刺すような息吹が骨の髄まで彼女を震え上がらせる。いや、だめ、暖かさが必要だわ――彼女の記憶は向きを変え、最初に知り一番愛したもうひとつの場所を求めてさ迷った。その場所は今の彼女には、断片となって漂う、棕櫚やヒマラヤ杉、暗い影や暖めてくれるが眩しくはない空の中にしか見出せなかった（眩しくさせるだけで暖めてくれないこの異郷の空とは正反対だ）。もの憂いオークの木陰に灰色の苔が長くゆったりと揺れ、頭上ではヒメコンドルが悠々と飛び回り、川岸には踏みならされた水草の匂いが漂う。と、突然、彼女の知っている川という川が合流する、清冽な大河が現れた。部屋の壁がゆっくりと音もなく両側にゆるやかに傾くと、近くに背の高い帆船が停泊しているのが見えた。それは、雨風に晒され黒ずんだ渡り板《タラップ》で彼女のベッドの脚につながれていた。船の後ろにはジャングルがあったが、目の前に現れる前から、それが、ジャングルについてこれまで本で読んだり話を聞いたり、感じたり考えたりした通りのものであるのが彼女には分かっていた。そこは、悶えながら活発に動き回る死の秘密の場所であり、そこには、斑点のある蛇や不吉な目をした虹色の鳥、人間に似た賢そうな顔をした豹や仰々しい鬣《たてがみ》のライオンらがもつれ合いながら這いまわり、キーキー鳴き叫ぶ手長猿が、肉厚の大きな葉——硫黄色の光で輝く、死の膿をじくじくと出している葉——の中で転げ回っていて、また、見慣れない樹々の腐りかけた幹が、虫酸が走るようなヘドロの中でだらしなく広がっていた。驚きもせず、枕に頭を乗せたままこの景色を眺めていると、ミランダは、自分が渡り板《タラップ》を足早に通って傾いたデッキへ渡っていくのが見えた。彼女はそこに立って、手すりに寄りかかり、ベッドで寝ている自分に楽しげに手を振っている。すると、ほっそりとした船が翼を広げジャングルの中へ滑り込んで行く。空気は、耳をつんざくような叫びと、一斉に上がった耳障りな怒鳴り声とで震え、もうもうとした嵐雲のように、彼女の頭上で転がりぶつかり合う。すると、声がたった二つの言葉となって、彼女の頭の周りで、上よ下よと騒ぎ立てるのだ。危険、危険、危険とその声は言う。戦争、戦争、戦争とも。

気がつくと、彼女の部屋のドアが半分開いていて、アダムがドアノブに手をかけて立っていた。ミス・ホッブは恐怖で顔を引きつらせ、金切り声で叫んでいる。「なんてこと、いいかい、今すぐにこの人を連れて行くのよ。でなきゃ、通りに放り出すからね……大変だ、これは疫病よ、疫病。なんてことなの。それに、うちには気にかけなきゃいけない人が大勢いるんだ」

アダムが言う。「分かってます。明日の朝、彼女を迎えに来ますから」

「明日の朝だって。とんでもない、今、来なきゃ困るよ」

「救急車が足りないんです」とアダム。「それにベッドも足りてない。医者も看護婦も見つからないんです。みんな大忙しで、どうすることもできないんです。後は僕が看ますから、部屋には近づかないようにしてください」

「ええ、あんたに看病してもらいますよ。もちろん」とミス・ホッブはいかにも不愉快そうな調子で言った。

「ええ、そうしますとも」アダムはそっけなく答えた。「だから、出て行ってください」

彼はそうっとドアを閉めた。不格好な包みをいくつか手にぶら下げ、顔は驚くほど無表情だった。

「話聞いてた？」と身を乗り出し落ち着き払ってアダムが訊ねた。

「ええ、大体ね」ミランダが言った。「この先あっかるくなりそうね、ほんとに」

「君の薬を持ってきたよ。今すぐこれを飲むんだ。追い出されやしないよ」

「じゃあ、今言ってたみたいにひどい状況なのね」

「最悪だね」アダムが言う。「劇場という劇場、それに店やレストランのほとんどが閉まっているし、通りは昼間は葬式、夜はずうっと救急車でごった返しさ——」

「でも、わたしのところには一台も来てくれないのね」とミランダは、頭をぼーっとさせながら、茶目っ気たっぷりに言った。ベッドに起き上がり、枕を叩いて形を直すと、部屋着に手を伸ばした。「あなたがいてくれて嬉しいわ。うなされていたから。タバコ一本ちょうだい。あなたもひとつ自分で火をつけて、窓を全開にしたら、窓のそばにいるのよ。うつるかもしれないから」と彼女はアダムに言う。「分かってるでしょ？　もうそばにいなくても大丈夫よ」

「構やしないよ」とアダム。「さあ、薬を飲むんだ」そう言って彼女に二つのサクランボ色の大きな丸薬を差し出した。彼女はすぐにその丸薬を飲み込んだが、途端に吐き出してしまった。

「本当にごめんなさい」と言って笑い出した。「ほんとに悪いわ」アダムはとても心配そうな顔で、無言のまま彼女の顔を濡れたタオルで拭いてあげ、持ってきた包みのひとつから砕いた氷を取り出し彼女に与えると、もう一度無理にでも飲むよう薬を二粒差し出した。「いなかではみんなこうしたわ」とミランダがアダムに説明する。「で、効き目があるの」と言い、恥ずかしさで小さくなりながら、両手で顔を隠し、つらそうにまた笑うのだった。

「まだ二種類あるよ」アダムは彼女の手を顔から離し、彼女の顎を持ち上げた。「まだまだ序の口だよ。他に、オレンジジュースやアイスクリームもあるんだ――アイスクリームを君に食べさせろって言われてるし――それに魔法瓶にコーヒーも入ってる。体温計まである。君はこれを全部、いやでも済ませなきゃならないんだから、せいぜい時間をかけてやるんだね」

「昨夜《ゆうべ》の今頃はダンスしてたわね」とミランダは言い、スプーンで何かを口にした。目はアダムの姿を部屋中、追いかけていたが、アダムはその間、自分ひとりしかいないかのように、ぼんやりとした表情で彼女の世話をしていた。時々ベッドに戻って来ては彼女の頭の下に手を滑り込ませ、コップやタンブラーを彼女の口にあてがった。ミランダはそれを飲むと、何が起きているのかはっきりとは分からないまま、また目で彼の姿を追うのだった。

「アダム、思いついたことがあるの。みんな、聖ルカ病院を忘れているんじゃないかしら。そこのシスターに電話して、あの粗末な古臭い病室をケチらないで空けてって頼んで。こう言うの。暗くて狭くて汚い部屋でいいから、二、三日空けてって。言ってくれない、アダム」

自分に多少は正気が残っているとアダムに思われているようだ。というのも、電話口で落ち着いて説明している彼の話し声が聞こえて来たからだ。が、アダムはすぐ戻って来て、言うのだ。「どうも今日はついてないみたいだ。つむじ曲がりのオールドミスばかり相手にしなきゃならないなんて。シスターが言うには、部屋が空いていたとしても医者の許可がなければお貸しできかねますだって。でも、とにかく部屋は空いてないんだって。ひどくご機嫌斜めだったよ」

「でも」とミランダはかすれ声で言う。「それってものすごく失礼で意地の悪いことじゃない?」彼女は両腕を大きく振って起き直ると、再び激しい吐き気を催した。

「そのまま、こらえるんだ」とアダムは大声で言うと、洗面器を持ってきた。彼女の頭を支え、顔と手を氷水で洗い、頭を枕にまっすぐに寝かせると、そばを離れて窓の外を眺めた。ようやく「ああ」と口を開くと、アダムは彼女のそばに戻って言った。「部屋はひとつもないってさ。ベッドもないし、シスターの口振りじゃあ、ベビーベッドさえないみたいだ。この点は間違いない。だから辛抱して待つしかないのかも」

「救急車は来てくれないの?」

「多分、明日」

アダムは軍服の上着を脱いで椅子の背にかけた。暖炉の前に膝をつくと、その真ん中に小さな紙を置き、焚き木を立てかけ、それを慎重に積み上げて、インディアンのテント小屋のような形にした。それに火をつけると、焚き木をもう何本かつけ足し、更にもっと大きめの焚き木を加えた。焚き木がうまく燃えると、もっとずっしりとした焚き木を加え、石炭をいくつか一斉にくべた。すると、再び火をつける必要がないくらいに、炎が赤々と上がった。彼は立ち上がり、両手の埃を落とした。炎は背後から彼を照らし出し、髪の毛は明るく輝いていた。

「アダム」ミランダが言う。「あなたとっても美しいわ」アダムは思わず吹き出し、彼女にまさかと首を振る。「一体、何てこと言い出すんだ。この僕に」「わたしがこんな風に思ったのはこれが初めて」ミランダは暖炉の火で暖まろうと肘をついて、起き上がりながら言った。「上手に起こせたわね、この火」

アダムはベッドに再び腰を下ろし、引っ張ってきた椅子の桟《さん》の上に足をかけた。二人はその夜、彼がここに来て初めて笑みを交わした。「今の気分はどうだい？」とアダムが訊いた。

「いいわ、前より随分よくなってる」とミランダが彼に言う。「お話しましょう。何をしたいと思っていたか、お互いに言い合いましょうよ」

「君から始めて。君のことが知りたいから」

「わたしがとっても惨めな人生を送って来たと思ってるんでしょ」ミランダが言う。「多分それは本当ね。でも、また、喜んでそんな生活やってみせるわ。もう一回、同じ人生を送ることができたら、多分、どんなことでも幸せだってすぐに思うでしょうね。嘘かもしれないけど、今のわたしの気持ちはそうなの」少し間があって、彼女は言った。「結局、話すことは何もないわ、人生がここで終わるなら。だって、わたしはこの先、時期が来れば起こるかもしれないものごとについて、ずっと覚悟ができていたんだから。今となっては、わたしの人生にあまり

「でも、今までだって、君の人生は生きるだけの価値はあったはずだよ、違うかい？」アダムはそれが是非とも知る必要のあるものであるかのように真剣に訊いた。

「違うわ、もし人生がこれで終わりなら」と彼女は頑なに繰り返した。

「君は今まで——幸せじゃなかったの？」とアダムは尋ねたが、彼は明らかにこの「幸せ」という言葉を口にするのを恐れていた。この言葉を口にできないのと同じように、この言葉を口にするのをためらった。恥ずかしくて愛という言葉を口にしたことがないらしく、その語の響きや意味もはっきりとは分かっていないようだった。

「分からないわ」ミランダは言う。「ただ生きて来ただけで、幸せかどうかは考えなかった。でも、好きだったことは憶えているわ。それと、やりたかったこともね」

「僕は電気技師になるつもりだったんだ」とアダムが言うと、不意に言葉を切り、ややあってから「だから、戻って来たらやり遂げるつもりなんだ」とつけ加えた。

「生きているってことは好きでしょ？」ミランダが尋ねる。「天気や一日の中で移り行く色合いとかも好きでしょ？　隣の敷地できゃあきゃあ言っている子供たちの騒がしい声や自動車のクラクション、通りから聞こえる小さな楽隊の音や料理の匂いも」

「泳ぐのも好きだ」とアダム。

「わたしもよ」とミランダ。「一緒に泳いだことはなかったわね」

「お祈りは何か憶えている？」彼女は唐突に訊いた。「日曜学校で何も教わらなかったの？」

「あまりね」アダムは悪びれた様子もなく白状した。「まあ、主の祈りってとこかな」

「そう。アヴェ・マリアもあるわ」とミランダ。「それから、本当に役に立つ祈りも。始まりはこうよ。全能の神と永遠の処女である聖母マリアと聖なる使徒ペテロとパウロに告白する――」

「カトリックだな」アダムが口をはさんだ。

「祈りはどこも同じよ、このご大層なメソジストさん。あなたはきっとメソジストに違いないわ」

「いや、長老派だ」

「ふーん、それなら他にどんなお祈り憶えてる？」

「今われ、横たわりて眠らんとす〔『ニューイングランド初等読本』の有名な祈り。子供の就寝前のお祈りの歌〕――」

「そうそう、それね。それから、いとも恵み深きイエスよ――ほら、わたしの宗教の素養もまんざらじゃないでしょ。おお、アポロ、で始まるお祈りも知ってるのよ。聞きたい？」

「いいや、からかってるだけだろ？」

「からかってなんかないわ。眠らないようにしてるの。眠りに落ちるのが怖いの、もう目を覚まさないかもしれないから。わたしを眠らせないで、アダム。ねえ、これは知ってる？ マタイ、マルコ、ルカとヨハネ、わが横たわる床に神の恵みを〔一七世紀イングランドの医師 Thomas Ady, “A Cradle in the Dark” (1656) から〕……」

「われ目覚める前に死なば、主よ、わが魂を導きたまえ。〔『ニューイングランド初等読本』の祈り、先の一節の続き〕これじゃないのか？」とアダムが訊く。「だが、どうも違うような気もするな」

「わたしのタバコに火をつけてちょうだい。そうしたら、向こうへ行って窓のそばにいて。新鮮な空気をずっと忘れっぱなし。あなたにはそれが必要よ」アダムはタバコに火をつけ、それを彼女の口元に持って行った。ミランダはタバコを指の間に挟んだが、枕の角に落としてしまった。アダムはタバコを拾うと、水飲み用のタンブラーの受け皿でもみ消した。ミランダは頭がふらふらっとし一瞬目の前が真っ暗になったが、それが収まると、掛け布団をはねのけ、慌てふためいて身を起こした。彼女の体から汗がどっと出た。度肝を抜かれたアダムは飛び起き、大急ぎでコーヒーのカップを彼女の口元に持って行った。

「あなたも飲まなきゃよ」とミランダは彼に言うと、再び口をつぐみ、二人はベッドの隅に身を寄せ合って静かにコーヒーを飲んだ。

アダムが口を開いた。「また横にならなきゃだめだよ。すっかり目が覚めてしまってるから」

「歌いましょうよ。古い黒人霊歌を知ってるの。歌詞をいくらか覚えてるわ」ミランダは普段の調子で話した。「もう大丈夫」彼女はしゃがれ声でささやき始めた。「「蒼ざめた馬、蒼ざめた騎手が、わたしの恋人を連れ去った……」この歌知ってる？」

「ああ、知ってる。テキサスの油田で黒人たちがそれを歌っているのを聞いたことがある」

「わたしは綿畑で黒人たちが歌ってるのを聞いたわ」とミランダ。「いい歌ね」

二人はこの一行を一緒に口ずさんだ。「でも、この先の歌詞が思い出せない」とアダムが言う。「『蒼ざめた馬、蒼ざめた騎手が』」とミランダ。「（粋なバンジョーが是非ほしいところね）

「わたしの恋人を連れ去った……』」澄んだ声で続ける。「でも、どんどん続けましょう。次のセリフは何て言ったっけ？」

「先はもっとたくさんあるよ」とアダム。「四〇行くらいは。騎手は、恋人だけじゃなく、お父さんもお母さんも、お兄ちゃんもお姉ちゃんも、家族のみんなを連れ去るのさ――」

「でも、歌い手は連れて行かないわ、まだね」とミランダ。「死は嘆き悲しむ歌い手を必ずひとり残すの。『死は』」と彼女は口ずさむ。「『ああ、嘆き悲しむ歌い手をひとり残し――』」

「『蒼ざめた馬、蒼ざめた騎手が』」アダムがリズムに乗って歌に加わった。「『わたしの恋人を連れ去った！』（僕たちうまいじゃないか。舞台で披露すべきだ――）」

「兵舎での奉仕に行って」とミランダ。「戦地で危険に晒されている可哀そうな英雄たちを楽しませてあげましょう」

「バンジョーを奏でてね。バンジョーを弾きたいとずっと思ってたんだ」

ミランダはため息をつき、枕に頭を沈め、もうだめ、これ以上もたないわと思った。あるのはこの痛み、この部屋、そしてアダムだけ。幾重にも重なり合った生は消え、記憶と希望の強い糸もなくなり、糸が前や後ろに引っ張り合ってミランダをしっかり支えることはない。あるのはこの一瞬、夢のような時間だけ。間近にあるアダムの顔――その目はこっちをじっと見つめている――も幻のよう。それ以上はもう何も……。

「アダム」ミランダはずるずると彼女を引き降ろす、重く柔らかな暗闇の中から言った。「あなたを愛してるわ、だから、愛してるってあなたにも言ってもらいたかったの」

アダムは彼女の肩の下に腕を回し添い寝しながら、つるりとした顔を押し当て彼女の涙をぬぐった。彼の口が彼女の口元に近づいて行き、ふっと止まる。「僕の言おうとしていることが聞こえるかい?……君に会って以来ずっと僕が君に何を言いたかったか分かるかい?」

ミランダがアダムの方に顔を向けると、目の前の靄が晴れ一瞬彼の顔が見えた。アダムは掛布団をミランダの体にかけ、彼女を抱きしめるとこう言った。「さあ、お眠り、僕の可愛いミランダ。今から一時間眠ったら、起こして、熱いコーヒーを持ってきてあげる。明日になれば、誰か助けに来てくれるから。愛してるよ。お眠り――」

ほとんど何の前触れもなく、ミランダはアダムの手を握ったまま暗闇の中に押し戻され、眠りについたが、それは眠りというより、小さな緑の森の中で煌々《こうこう》と輝く黄昏の光だ。その森は怒り狂った危険な森で、矢がヒューっと飛ぶような、人間とは思えぬ鋭いうなり声がどこからともなく辺り一面に聞こえる。見ると、このヒューヒュー飛んでくる矢の一本がアダムを突き刺す。矢は彼の心臓を貫き、金切り声を上げるように、木の葉を突き抜ける。アダムは彼女の目の前でパタリと倒れるが、再び起き上がると、傷もなく生きている。すると、目に見えぬ弓から矢がもう一本放たれ、アダムを再び貫き、彼は倒れる。が、またもアダムはミランダの前に無傷でいて、そうして死と復活を永遠に繰り返す。ミランダはと言うと、アダムの前で怒りに震え、自分のことしか目に入らないらしく、彼と矢の通り道の間にすっくと立って、遊戯でごまかされた子供のように泣き叫ぶ。だめ、だめ、今度はわたしの番よ、どうして死ぬのはいつもあなたなの？　すると、何本かの矢が彼女の心臓を見事に貫き、同時にアダムの体を貫く。アダムは死んで倒れるが、ミランダはまだ生きている。森はヒューと歌うような音を立て、叫び声を上げる――枝という枝、葉という葉、草という草が思い思いに持っている、ぞっとする非難の声だ。それからミランダが走ると、アダムも走って部屋の真ん中で彼女を捕まえ、言う。

「ねえ、僕もつい眠ってしまってたみたいだ。ひどい呻き声を上げてたけど、一体どうしたの？」

アダムに助けてもらい落ち着くと、ミランダは両膝を顎の下に寄せて座り、頭を組んだ腕の上に乗せて、慎重に言葉を探し始めた。彼に分かるようにきちんと説明すべきだと思ったからだ。「とってもへんてこりんな夢だったわ。どうして怖くなったのか分からないんだけど。古風なヴァレンタイン・カードによく描かれていたものよ。一本の木に二つの心臓があって、同じひとつの矢で射貫かれてるやつ――知ってるでしょ、アダム――」

「ああ、知ってるとも」彼はこれ以上ない穏やかな声で言うと、彼女の横に座り、頬と額にキスをしたが、それはまるで何年もやり続けているかのような、手慣れた仕草だった。「例のレースペーパーの飾りがあるやつだろ」

「そうよ。でも、二人は生きてて、それはわたしたちだったの、分かるでしょ――まったくその通りっていうわけじゃないかもしれないけど、何か似てたの。森の中だったわ――」

「さあ」と言ってアダムが起き上がると、上着を着て魔法瓶を拾い上げた。「もう一度そこの売店に行ってアイスクリームとコーヒーを買って来るよ。五分で戻って来るからじっとしてるんだ。五分だけさよならだ」と言って、アダムは自分の手のひらに彼女の顎を乗せ、視線を絡めようとした。「いいかい、じっとしてるんだよ」

「さよなら」とミランダは言った。「また目が覚めちゃったわ」だが、彼女はじき眠りに落ちた。やがて、群営病院から送られた、きびきびとした若い二人のインターンが彼女の部屋に上がって来た。ブルー・マウンテン・ニュース社の喧しい地方記事編集長に、警察の救急車を使って運ぶんだと、これでもかとせっつかれたからだ。だが、二人のインターンはミランダの様子を見て、階下に戻って担架を持って来た方がよさそうだと判断した。二人のインターンの声でミランダは目を覚まし、起き直ってすぐにベッドから出て立ち上がり、目を輝かせて辺りを見回した。「おや、君は大丈夫なのか」二人の若者のうち色黒で頑丈そうな方が言った。二人ともすこぶる元気で有能そうな若者で、白衣のボタンホールには一輪の花が挿してあった。「さあ、僕が抱いて行くからね」そう言って、若いインターンは白い毛布を広げミランダをくるんだ。ミランダは毛布の襞をかき寄せ、彼の腕をつかみながら尋ねた。「でも、アダムはどこ？」インターンは彼女の汗でびっしょりの額に手をあて首を振ると、怪訝な視線を彼女に向けた。「アダムだって？」

「そうよ」ミランダは内緒話でもするように小声で彼に言う。「ここにいたんだけど、いなくなったみたい」

「ああ、あの人なら戻ってくるよ」インターンは気軽に彼女に言う。「タバコを買いにちょっと向こうの角まで行ってるだけだから。彼のことは心配しないで。ちっとも気にする必要はありませんよ」

「わたしがどこにいるか彼には分かるかしら？」と言ってミランダはなおも引き止める。

「なら、メモを残しておきましょう」インターンが言う。「さあさあ、もう、ここから出なきゃいけません」

彼はミランダの体を持ち上げるとひょいと肩に担いだ。「すごく気分が悪いの」とミランダ。「どうしてか分からないけど」

「そりゃそうでしょう」と彼は言って、前を行くもうひとりのインターンの後に続いて、慎重に足を踏み出し、階段の最初の段を足で探った。「腕を僕の首に回して」と彼女に指示を出す。「この方が安全ですし、そうしてもらうとこっちも助かります」

「お名前はなんて言うの?」ミランダが尋ねると、もう一方のインターンが玄関のドアを開け、そこを通って、彼らは霜の降りる清々しい空気の中へ足を踏み出した。

「ヒルデスハイムですよ」と彼は子供をあやすような口調で言った。

「ああ、ヒルデスハイム先生、とんでもないことになってませんこと?」

「まさにその通りです」ヒルデスハイム医師は答えた。

二番目の若いインターンは、まだ真新しく見える白衣をパリッと着込み――胸のカーネーションは端っこが萎れていたが――屈みこんで、聴診器越しにミランダの胸に耳を澄ましながら、「大いなる遥かな道のり」をそうっと口笛で吹いていた。口笛を吹きながら時々、二本の指で彼女の肋骨をぽんぽんと軽く叩く。ミランダは少しの間彼を眺めると、彼女から四インチと離れていない、くるくる動くぱっちりとしたハシバミ色の目に釘づけになった。「意識はないわけじゃないの」と彼女は説明した。「自分が何を言いたいか分かってます」ところが、自分でも恐ろしいことに、何とも意味のないことが口からついて出ているのが自分の耳にも聞こえてきた。何を言っているのかは聞き取れなかったが、それが、意味のない戯言であるのは分かった。そばにいる医師の目に一瞬、はっとするものがあったが、すぐに消え、この二番目のインターンは、小声でヒューっと口笛を漏らしながら、胸を叩いたり胸の音を聞いたりし続けた。

「口笛やめてくださらない」とミランダははっきりと言った。口笛の音は止んだ。「嫌な曲なの」と彼女はつけ加えた。自分を人間の生存に少しでも繋ぎとめてくれる何か、それが何であれ、遠のいて行く世界と自分とを繋ぐ、意思伝達のためのはっきりとした絆がほしかった。「ヒルデスハイム先生に会わせてください」彼女が言う。「先生にお話したい大事なことがあるんです。今、話さなければならないの」二番目のインターンが姿を消した。彼は歩いていなくなったのではなく、音もなく空中に消えてしまったのだが、その代わりにヒルデスハイム医師の顔が現れた。

「ヒルデスハイム先生、アダムのことが訊きたいんです」

「あの若い男かい？　彼なら今ここに来て、メモを残して、また行ってしまったよ」とヒルデスハイム医師。「明日と明後日、またやって来るそうだ」彼の話振りはいかにも楽しそうで軽薄そのものだ。

「あなたの言うこと信じられないわ」とミランダが口を尖らせて言うと、唇と目を閉じ、泣かないといいんだけどと思った。

「ミス・タナー」医師が呼んだ。「あのメモ持ってるかい？」

ミス・タナーがミランダの横に現れ、封のされてない封筒を一旦渡し、またそれを取り上げると、メモを開いてミランダに渡した。

「読めないわ」ミランダは黒インクでびっしり殴り書きされたメモを必死で目で追った後、そう言った。

「じゃあ、わたしが読んであげる」とミス・タナー。「こう書いてあるの。「僕がいない間にあの人たちが来て君を連れて行った。今は君に会わせてもらえない。多分明日になったら会わせてもらえるだろう。愛を込めて、アダムより」」ミス・タナーはしゃがれた太い声で、一語一語はっきりと読んだ。「これで分かったでしょ？」彼女はなだめるように言った。

ミランダは一語一語耳にしながら、それを次々と忘れて行った。「お願い、もう一回読んでちょうだい。何て書いてあるの？」と声を張り上げ、重苦しい沈黙を破ると、揺らめく言葉を捉えようと手を伸ばすのだが、捕まえられそうな瞬間にそれは逃げていくのだ。「もういいでしょう」とヒルデスハイム医師が冷静に有無を言わせぬ口調で言う。「あのベッドはどうした？」

「まだベッドは空いてません」とミス・タナーは言うが、それはまるで、オレンジは切らしてます、という言い振りだった。ヒルデスハイム医師が「なら、なんとかしましょう」と言うと、ミス・タナーは、交叉した光った金属の柱に小さなゴムの車輪がついた狭い架台を動かし、廊下の奥の出っ張りへ押し入れた。白衣姿の人たちが無言のまま、トンボのようにすばしっこく動いたり、ぐるぐる回ったり、すれすれに通って行くのを邪魔しないようにと。白い壁が絶壁のように両側からそびえ立ち、霜で覆われた一二個の月が涼しい顔で次々と現れ、白い小径を下って雪の奈落へとひとつひとつ音もなく落ちて行った。

この白さと静寂は何なの？　でも痛みはないわ。ミランダは横になりながら、楽になった指でそっと白い毛布のけばを持ち上げ、枠状に張られた衝立用の大きなシーツの陰で、背の高い人影がゆっくりと動き、踊っているのを見ていた。それは彼女のそば、壁のこちら側にあり、目にはっきりと映り、目を楽しませてくれた。あまりにも美しかったので、どんな意味があるのか知ろうとも思わなかった。二つの薄暗い姿が頷き、身を屈め、お辞儀し合い、後ろに下がってもう一度頭を下げ、長い腕を持ち上げ、ぼうと白く浮かび上がる衝立に向かって大きな手を広げた。それから円がひとつぐるっと描かれシーツが巻き返されると、そこに現れたのは、白衣を着た二人の男だった。二人は無言のままそこに立っていたが、もうひとり、同じ白衣の物言わぬ男が鉄製の白いベッドの上、剝き出しにされたスプリングの上に横になっていた。スプリングの上の男は頭から足まですんべんなく白い包帯が巻かれてあり、顔には折りたたまれた布がかけられ、可笑しなウサギの耳に似た、硬くて大きな弓形のものが頭のてっぺんにぶら下がっていた。

二人の生きている男は、壁に立てかけられてあったたわんだマットレスを持ち上げ、それを死んだ男の上にそうっと、きれいにかぶせた。無言の白い姿の二人は、車輪つきのベッドを押しながら廊下に消えて行った。それはうっとりするような、気も和らぐ光景だったが、もうそれも終わった。二人の通った跡から何かを仄めかすかのように蒼白い霧が立ちのぼり、ミランダの目の前に漂う。この霧の中に隠されているのは、あらゆる恐怖と倦怠、虐待され凌辱された生者の、打ちひしがれた顔と捩れた背中とへし折られた脚、そして、あらゆる種類のわけの分からぬ痛みと疎外された心だ。霧はいつ何時でも裂けて、そこから人間の苦悩が群れとなって解き放たれるかもしれない。ミランダは両手を上げ、「いや、まだよ、まだ」と言うが、後の祭りだった。霧は裂け、白装束の二人の死刑執行人が、驚くほど器用な慣れた手つきで、汚いぼろをまとった、でき損ないの老人の体を押しながら、彼女の方にやって来た。死刑執行人によって用意された運命に抗い、その時が来るのを遅らせようと、老人が腰を曲げたり足を踏ん張ったりする度に、老人のまばらな顎髭が、ぽかんと開いた口の下で揺れる。老人は激しくわめきながら、俺が責め立てられている罪は今から受けようとしている罰には値しないぞ、と死刑執行人に釈明していた。だが、この哀れな泣き声を除けばまったくの静寂——死刑執行人はその中をつき進む。老人はひび割れた汚らしい手をお椀のようにして前に差し出し、一生のお願いですと訴える物乞いのように、「神に誓って無罪です」と言うが、死刑執行人は老人の腕を捕まえて引き立て、ミランダの前を通って去って行った。

死への道とは、あらゆる害悪にとり囲まれた長い行程であって、心は新しい脅威に出会うごとに少しずつ挫け、骨という骨は一歩進むごとに反発し、精神は精神で激しい抵抗を試みるが、何の役にも立たない。防壁はひとつひとつ沈み、目隠しも外れ、災厄の景色にも、そこで犯される罪の光景にも目を閉ざすことはできない。野原の向こうからヒルデスハイム医師がやって来る。ドイツ軍のヘルメットの下に見える顔はされこうべで、もがき苦しむ裸の赤子を銃剣の先に刺してぶら下げ、ゴシック体で「毒」と書かれた巨大な石の壺を持っている。彼は井戸の前で立ち止まったが、その井戸はミランダが父の農場の牧場で見たもので、かつては涸れていたその井戸から今はこんこんと水が湧き出ている。ヒルデスハイム医師がその井戸の澄んだ水底に赤子と壺を投げ捨てると、冒瀆された水は音もなく地中に浸み込んで行った。ミランダは悲鳴とともに、両腕を高々と挙げて走り出すと、その声は狼の咆哮のように反響《こだま》となって彼女のところに戻ってくる。ヒルデスハイムはドイツ野郎、スパイ、ドイツ兵だ。やつを殺せ、殺すんだ、やられる前に……。ミランダは自分の悲鳴で目を覚ますと、ヒルデスハイム医師を罵る汚い言葉が自分の口からぼろぼろとこぼれ落ちるのが聞こえた。目を開けると白い小部屋のベッドにいて、そばでヒルデスハイム医師が二本の指でしっかりと脈を取っていた。医師の髪はブラシでなでつけられ艶々と光り、ボタンホールに挿してある花は瑞々しかった。窓から星の煌めきが見えていたが、首に聴診器をぶら下げたヒルデスハイム医師は、夜空を何の感慨もなく見つめているようだった。ミス・タナーがベッドの足元に立ってカルテに何か書いていた。

「やあ」とヒルデスハイム医師は言う。「大声を上げて苦痛を散らすことができたようだね。でも、ベッドから飛び出て走り回ったりしないでくれよ」ミランダは必死になって目を見開き、医師の物憂い辛抱強そうな顔をしっかりと眺めたが、意識はまたよろめき滑り落ち、土台から外れて溝に投げ出された車輪のようにぐるぐる回り始めた。「そんなつもりじゃなかったの。あんなこと思ってないわ、ヒルデスハイム先生。ですから忘れてください——」と言ったきり、また意識は遠のき、相手の返事を待つこともできなかった。

ミランダがしでかした過ちは彼女につきまとい夢にまで現れた。この過ちは恐怖の漠とした形を取り、彼女の胸はその姿を見てすくみ上ったが、その正体を見極めることも名づけることもできなかった。彼女の心は二つに分裂し、こちらで認めたと思えばあちらで否定するのだった。というのも、不平をもらす真っ暗な奈落を挟んで、彼女の明晰で理性的な自己が、狂乱する奇妙なもうひとつの自己を冷ややかに見つめ、もうひとつの自己の目に映る光景や、もうひとつの自己に取りつく執拗な悔恨と絶望を、真実だと認めまいとしていたからだ。「これがあなたの手だって分かってるわ」とミランダはミス・タナーに言う。「でも、わたしには白いタランチュラなの。だから、わたしに触らないで」

「目を閉じるんです」とミス・タナー。

「ああ、それはいや。だって、閉じたらもっと悪いものを見ちゃうから」とミランダは言うのだが、その目は自分の意志に逆らって閉じられ、苦悶する心の真っ暗な闇に閉じ込められるのだった。

目に見えないものや知り得ないものを表現する際に教わった、いろんな言葉を記憶の中に辿りながら、忘却というのは、とミランダは思った。忘却とは永遠にぐるぐるとひとりで回っている灰色の水の渦だ……永遠とは多分、一番遠い星よりもずっと遠くにあるのだろう。自分は、得体の知れない奈落に張り出た、狭い岩棚の上に横たわっているのだが、その奈落が底無しであるのはよく分かる。岩棚は子供の頃の夢では危険を告げていた。ミランダは肩側にある花崗岩の壁に、これだけが頼りとぴたりと体を押しつけながら、奈落に目を凝らし、ここだ、ここにあったんだ、なんて簡単なの、と思った。忘却とか永遠とかいう、入念にかたどられた甘い言葉は、完全な無の前に垂れ下がる幕でしかない。それがいつ起こるのかは分からないし、その時は感覚も記憶もなくなるだろう。なのに、今どうして、自分が失われ、自分には何の希望もないことに同意できないのか？　ほらご覧なさい、と自分に言う。ここにあるわ、これが死よ、恐れることなんてないのよ。だが、ミランダは同意することはできなかった。子供時代の夢では安全を意味した花崗岩の壁に、尻込みしながらも体を押しつけ、息を無駄にしないようにとゆっくりと呼吸をしながら、しゃにむに言うのだ。見なさい、怖がらずに、これは何でもないのよ、単に永遠っていうことなの。

花崗岩の壁も、渦巻も、星も、すべて物だ。そのどれも死じゃないし、死のイメージでもない。死は死だわ、とミランダは言った。死んだ者にとって死は何の特徴もないんだから。無言のまま彼女は暗闇の深淵のそのまた先にある深みへするすると沈んでいき、生の最果ての底に石のように横たわると、目も見えず、耳も聞こえず、口もきけず、体の四肢を感じることもできず、あらゆる人間的な関わりからすっかり切り離されているのに、奇妙にも精神は明晰で一貫した思考を持って生きているのが分かった。頭の中で作られるあらゆる概念も、筋道立った疑念の追及も、あらゆる血縁のつながりも、心の欲望も、みな溶けて行き、彼女から遠ざかる。彼女に残っているのは激しく燃える生命の微粒子のみで、その粒子は自分しか意識せず、力にかけては自分以外何も頼りにしていない。それは、たったひとつの動機、是が非でも生きようとする意志のみで作られていて、どんな訴えにもどんな誘惑にも負けなかった。この炎のような不動の粒子は、誰の手も借りず懸命になって、破壊に抵抗し、生き延び、生きようという狂おしいまでの思いを叶えようとするのだ。この絶対的なひとつの願い以外、動機も計画もない。わたしを信じなさい、と動かず点滅もしない、怒り狂った光の粒子が言う。わたしを信じるのだ。わたしは持ちこたえているから。

するとと急に、その光の粒子は大きく平べったく薄くなって、美しい輝きを放つと、大きな扇のように広がり、弓形になって一条の虹を作った。その虹を通してミランダは、深く澄み渡った景色を――海と砂の、そして雨に洗われたばかりの、透き通るような青さで輝いている、なだらかな草原と空の光景を――うっとりと、すっかり信じ込んで眺めた。ええ、もちろん、もちろん信じるわ、とミランダは驚きもせず、当の昔に諦めていたある約束がずっと守られていたかのように、静かに心躍らせて言った。ミランダは狭い岩棚から起き上がると、燃えるような青い海と爽やかな緑の草原とを雄大に跨ぐ、大いなる虹の門を軽やかに駆け抜けて行った。

小さな波が急ぐでもなく打ち寄せ逆立ち、音もなく砂を洗い引いて行く。草は音のしない微《そよ》風《かぜ》に揺らめく。かすかに光る大気の中を雲のように悠々と、人間の大群がミランダに向かってやって来る。彼らを目にしたミランダは仰天して喜んだ。全員が自分の知っている生きている人であったからだ。その人たちの顔は、彼女の記憶にあるものとは違い、形は変わっていたが、それぞれが独自の美しさを表し、瞳は晴れ渡った空のように澄んで一点の濁りもない。それに、彼らには影というものがなかった。彼らは紛れもなくその人自身であり、名前を呼ばなくとも、自分との関係を思い起こさなくともひとり残らず誰なのか分かった。彼らは足音も立てず、そーっとミランダを取り囲むと、また、うっとりとした顔を海に向けた。ミランダはその人たちに混じって大波に揺られる小波のように楽々と動いて行く。漂う人の輪は裾野を広げ、ばらけて、それぞれひとりっきりになったが、寂しそうではなかった。ミランダもまたひとりっきりだが、何も疑わず何も望まず、静かな恍惚に浸りながら、今いる場所に留まっている。その目は、呑み込まれそうな深い青空——そこではいつも時間は朝なのだ——を凝視していた。

頭の下に両腕をやり、海と空と草原から途切れることなく流れてくる、惜しげもないぬくもりの中にゆったりと寝転がる。周りには穏やかに微笑む、顔見知りの人々が、すぐそば、触れられるところにいるのに触れないでいると、突如、ある漠とした不安に慄き、一抹の不信に喜びが打ち消される。淡い霜がこの自信に満ちた静寂《しじま》の端にそっと降りる。何かが、誰かがいないわ。わたしは何かを失い、もうひとつの国に何か大切なものを置いてきてしまった。ああ、それって一体何なの？　ここには木が一本もない、まったくない、とミランダは言って、背筋を凍らせる。何かをやり残しているんだわ。ひとつの思いが頭の奥の方でもがき、自分の耳にはっきりとした声となって聞こえて来た。死んだ人たちはどこ？　私たちは死んだ人たちを忘れてしまっている、ああ、死んだ人たちはどこにいるの？　幕がぱっと落ちたかのように、明るい光景が突然翳り、ミランダはひとり、凍てつくように寒い、見たこともない石だらけの土地にいて、雪でつるつると滑る険しい道を用心深く歩きながら、ああ、戻らなきゃ！　と叫ぶ。でも、どの方角に？　と、痛みがぶり返す。激しい砲火を浴びるように、抗いがたい恐ろしい苦痛が血管を駆け巡る。腐った嫌な臭いが鼻をつく。腐りかけの肉と膿の甘ったるい吐き気を催す臭いだ。ミランダは瞼を開け、顔にかけられた白い粗布越しに、おぼろげな光を目にすると、死の臭いが自分の体内にあるのだと分かり、必死になって手を持ち上げようとした。布が取り除かれる。見ると、ミス・タナーが慣れた手つきできちりと注射器に薬を入れていた。ヒルデスハイム医師の声も聞こえる。「それはよく効くようだな。もう一本やってみよう」ミス・タナーがミランダの腕の肩近くをしっかりとつかむ。すると、信じられないくらいの激痛が再び血管の中を燃えるように駆け巡る。大声を張り上げて、放して、放してと言おうともがいたが、聞こえるのは、動物が苦しむようなとりとめのない音だけだった。秘伝を授けられた者同士がある秘密を見つけたかのように、医師と看護婦がちらりと視線を交わし、無言のまま頷くのが見えた。二人の目は知識を得たとばかりに生き生きとしている。二人はしばらくの間、自分たちが手掛けた患者を眺めると、足早に立ち去って行った。

鐘があちこちで狂った調子で鳴った。その鐘の音は言い争うように空中でぶつかり合うと、警笛と号笛が人間の悲痛の呻きと甲高く混ざり合った。硫黄色の光が黒ずんだ窓ガラス越しにぱっと破裂して、暗闇の中に消えて行く。ミランダは夢のない眠りから目覚めると、答えを期待するでもなく訊いた。「何が起こっているの？」というのも、廊下は人の声と足音で騒がしく、あたりは色めき立っていて、遠くの喧騒は止まず、反乱を起こした暴徒のような、たけり狂う憤怒の雄たけびが聞こえて来たからだ。

明かりが灯り、ミス・タナーがくぐもった声で言う。「あれが聞こえる？　みんなお祝いしているの。休戦なの。戦争が終わったのよ」彼女の手は震えていた。カップの中のスプーンがかちゃかちゃと鳴り、ミス・タナーはその手を止めて耳を澄ますと、カップをミランダに差し出した。寝たきりのご婦人方の病棟から廊下を伝って、しゃがれ声で歌う不揃いのコーラスが聞こえてきた。「我が祖国よ、そは汝のもの……」〔Samuel Francis Smith が書いたアメリカの愛国的歌謡の冒頭。一九三一年まで事実上の国歌とみなされた〕

美しい国……とんでもない、惨たらしい世界にある、こんなひどい国なのに。だって、ここでは、歓喜の声も苦痛の叫びだし、よぼくれたご婦人方が、今晩のココアを待ちわびながら、調子はずれの声で「美しい自由の国——」って、てんでばらばらに歌っているんだから。

今度は、「おお、汝に見えるだろうか？」〔アメリカ国歌の冒頭。一九三一年に正式に採用〕とご婦人方の救いようのない声が訊ねるが、ハンマーでガンガン打ち鳴らされる鐘の金属音によってかき消される。「戦争は終わったわ」ミス・タナーはそう言い、下唇をきっと結び、目を涙で曇らせた。ミランダは「お願い、窓を開けて。お願い。ここは死の臭いがするの」と言った。

この世界で見た憶えのある本物の昼の光が、今また現れてくれさえすればいいのに。現れるのはいつも黄昏か暁の光、昼になるという約束は決して果たされやしない。太陽はどうなったのだろう？　あれは一番長くて一番孤独な夜だったけれど、まだ終わろうとしないし、昼を来させてもくれない。また昼の光を見ることなんてあるのかしら？

窓際の長椅子に腰掛けながら、本来の青さを失くした空の下、雪の上に斜めに降りそそぐ無色の陽光を眺めていたが、それ自体ミランダには物悲しくも驚きであった。「これってわたしの顔なの？」ミランダは鏡に問いただす。「これがわたし自身の手なの？」とミス・タナーに訊ね、組んだ指と指の間からぼんやり光って見える、溶けた蠟のような黄ばんだ手を差し出して見せた。肉体は奇妙な怪物で、とても住める場所じゃない、どうやったってそこにくつろげやしない。この場所、この肉体にわたしが馴染むことなんてあるのかしら？　と自問する。周りにいる人間の顔はぼんやりと疲れた様子で、その肌と瞳にはミランダが憶えているような輝きはなかった。かつては白かった彼女の部屋の壁も今はくすんだ灰色になっている。ゆっくりと呼吸をし、眠ってはまた目覚め、体に水がかかるのを感じたり、食事を取ったり、ヒルデスハイム医師とミス・タナーと最低限の会話を交わしたりしながら、ミランダは敵意を隠し持った異邦人のような眼差しで辺りを見回した。その異邦人は今いる国が嫌いで、その国の言葉を理解もしなければ学ぼうともせず、そこに住むつもりもなかったのだけれど、どうにもならないので、自分の意志で去ることができずにいる。

「朝よ」ミス・タナーが溜息まじりに言う。というのも、この一ヶ月で彼女はすっかり老け込み疲れてしまっていたからだ。「また、朝が来ましたよ」と言ってミランダに見せるのは、ぼんやりとした常緑樹と代わり映えしない鉛色の雪の単調な景色。ミス・タナーは糊のきいたスカートをシュッと鳴らして動き回る。化粧は派手で、精神は鋼のように不屈だ。ミス・タナーは「ねえ、見て。なんて素敵な朝だこと、まるで水晶よ」と言う。というのも、目の前にいる命を救われた生きもの、この無口で恩知らずの人間に愛情を感じていたからだ。看護婦というものがどういうものか心得ているコーネリア・タナーは、ミランダというこの患者を死の淵から自分の手で救い出したのだ。「やっぱり看護で九割方決まるのね」ミス・タナーが他の看護婦に言う。「心得ておくのよ」太陽の光でさえミランダをもっと回復させようとして、ミス・タナーが自分で処方した薬なのだ。医師たちがみなさじを投げたこの患者は、彼女の持論の生きた証として今ここに座っている。ミス・タナーは言う、「さあ、陽の光を見るのよ」と。まるで「あなたのためにわたしがこれを処方したのよ、だから、起きて、これを受け取るのよ」とでも言いたげに。

「美しいわ」とミランダは答え、外を見ようと頭を回しさえした。ミス・タナーの親切心、とりわけ彼女の天候に関する心遣いをありがたく思っていたから。「きれいね。陽の光はずっと好きだったわ」そして、もし陽の光を目にすることができれば、また好きになるかもしれない、と思った。が、実際は、彼女はそれを見ることができないのだ。光はなかった。夢で見た楽園の浜辺にあんなにも穏やかに広がっていた、青い海のそばで目にしたあの光と比べればの話だが（これからも比べてしまうに違いない）、もう二度と光は現れないかもしれない。それは子供の頃見た、天国の草原の夢であり、疲れて眠っている体に訪れる安息の幻だ、と思った。が、わたしはそれが夢だとは分からずに見たんだわ。瞼を閉じ、しばらく身を休め、あの無上の喜びを思い出す。あの夢にたどり着くまでどんなに苦しい道のりだったことか。この喜びはその報酬。再び目を開けると、新たな激痛が走り、自分がそこにいるようにと運命づけられた生気のない世界が目に入った。そこでは、光は蜘蛛の巣でうっすらと覆われており、光のあたる表面はどこも朽ち果て、鮮明な面は溶けて形がなくなり、物質や存在はどれもみな意味を失っている。ああ、死んで枯れているのに、自分は生きていると信じているなんて！

夜、長椅子に長いこと辛抱して横になり、あの時つかの間勝ち得たものを懐かしんで、悲しみの底に身を沈めていた。そうして、痛い体を折り曲げ、自分自身と自分が失った恍惚を憐れんで、恥も外聞もなく静かに泣いた。ここから逃れることはできない。ヒルデスハイム医師、ミス・タナー、治療食を調理する看護婦たち、薬剤師、外科医、病院の精密器具、社会のあらゆる人道的信念と慣習——それらすべてが共謀して、バラバラにできない骨組みとやつれた肉体を立て直し、乱れた心を正常に戻し、死に向かって再び歩くことになる地点にもう一度ミランダをそっと置いたのだ。

チャック・ラウンシベールとメアリー・タウンゼンドが、預かっていたミランダ宛の手紙の束を持って会いに来た。二人は、温室で栽培された繊細で小さな花、スイートピーと羽毛のようなシダをあしらったスズランの入ったバスケットを持っていた。その花の上に見える二人の顔は、明るくはあったが、ひどくやつれていた。

メアリーが「生死をさまよってたのよね」と言うと、チャックが「でも、よく帰ってきたよ」と言った。それから、一瞬気まずい時間が流れ、二人は、君があのデスクに戻るのをみんな待っているよ、とミランダに話した。「俺はスポーツ担当に戻されたんだ、ミランダ」とチャック。一〇分間ミランダは笑みを浮かべ、自分が生きているのを知って、どんなに胸が弾んだか、どんなに嬉しい驚きだったかを話した。というのも、みんなの口裏合わせを台無しにしたり、生きている人の勇敢さにみだりに干渉しても、何の足しにもならないから。生きていること以上に良いことなどない。誰もがこれに同意している。議論の余地などなく、否定しようとする者は直ちに社会からはじき出される。「もうすぐ戻るわ」とミランダが言う。「この生活も終わろうとしているから」

受け取った手紙は膝の上や椅子のそばに積まれてある。時折、そのひとつを裏返して記名を読んだり、この筆跡には見憶えがあるわと思ったり、インクの滲んだ切手や郵便消印を眺めたりしては、また放り出すのだった。手紙は二、三日そばのテーブルの上に置きっぱなしにされ、ミランダは読むのを避け続けた。「どれもこれも、生きていてどんなに良かったかって書いてあるんだろうし、あなたのことを愛してるわ、わたしが生きていてとても嬉しいわ、とでも言っているんでしょうね。で、わたしはそれに何て答えたらいいの?」すると、ミランダの頑なで冷血な心が自らに絶望して身震いする。かつて、その心は人に優しく、人を愛することができたのに。

ヒルデスハイム医師が「おや、手紙、まだひとつも開けてないのかい?」と言うと、ミス・タナーが「お読みなさいよ、私が封を開けてあげるから」と言った。ベッドの脇に立って、ミス・タナーはペーパーナイフで手紙をきれいに開封してくれた。ミランダは逃げられなくなり、あれやこれやと選んだあげく、見慣れない筆跡で書かれた薄い封筒を手に取った。「あら、それはだめよ」とミス・タナーが言う。「順番通りにお読みなさい。ほら、わたしが渡してあげるから」ミス・タナーは腰を下ろし、最後まで手伝う気だ。

なんという勝利、なんという偉業、生きてるってなんて幸せなことか、と手紙は口々に歌い上げる。差出人の名前は、ラッパの音色が空中で円を描くような飾り文字で署名されていた。ミランダの大好きな人たちの名前が書いてあり、中には彼女がよく知っていて好感を持っている人もいた。反対に、今も昔も自分にはどうでもいいような人も数人混じっていた。見慣れない筆跡の薄っぺらい封筒は、アダムと同じキャンプにいた見知らぬ男からのものだった。手紙はアダムが兵営病院でインフルエンザで死んだと告げていた。アダムがその男に、もしものことがあったらミランダに必ず知らせてくれ、と頼んでいたのだ。

もしものことがあったら。必ず彼女に知らせてくれ。もしものことがあったら。「あなたの友、アダム・バークレイは」と見知らぬ男は書いている。それが起きたのは——ミランダは日付を見た——一ヶ月も前だわ。

「随分長い間ここにいるんですね、わたし」とミランダは、手紙をたたんで元の封筒に戻しているミス・タナーに訊いた。

「ええ、随分になるわね」とミス・タナー。「でも、もうすぐ退院できるわ。けど、体にはよくよく気をつけて無理しちゃダメよ。それに、時々はここに戻って来て診察を受けるの。後遺症はたまにものすごく——」

ミランダは鏡の前に座り直し、慎重にメモ書きした。「口紅一本、中くらいの。ボア・ディヴェール香水一オンス瓶、紐のついていないグレーのスエードの長手袋、縫い飾りのついていないグレーの薄地のストッキングを二足——」

書くそばから読んでいたタウニーが言った。「どれも、何かついていないものね。見つけられないかもしれないわよ」

「でも、探してみて」とミランダ。「ついてない方が好きなの。それと、銀の握りがついたシルバーの木製のステッキも」

「お高くつくわよ」タウニーが忠告した。「そんなにまでして歩くことないのに」

「あなたの言う通りね」とミランダは言い、余白にこう書いた。「わたしの持ち物に合うよさげなステッキ。チャックに頼んで探してもらって、メアリー、見た目がよくて、あまり重たくないものね」ラザロよ、出で来たれ〔ヨハネによる福音書一一・四三。死者ラザロを蘇らせたイエスの言葉〕。でも、わたしのシルクハットとステッキを持って来てくれなきゃ嫌だわ。なら、そこに留まりなさい、この気取り屋さん。いえいえ、私の方から蘇るわよ。「コールドクリーム一瓶」とミランダは綴る。「あんず色の化粧粉一箱――それと、メアリー、アイシャドーはいらないわよね」鏡に映った自分の顔をちらっと見やり、すぐ目をそらした。「それでも、おしゃれにちゃんと気を配れば、この生きる屍を誰も惨めだと思わなくなるわ」

メアリー・タウンゼンドは「一週間もすればまるで見違えるわ」と言った。

「ねえ、メアリー」とミランダは訊ねた。「元の部屋、また借りられるかしら？」

「それなら問題ないわ」とメアリー。「あなたの持ち物は全部ミス・ホップに預けてあるの」

生きている者が死んだ者に費やしてくれた時間と労力を考えると、ミランダはまた驚くのだった。でも、今は死んでるというわけではない、死と生の両方に足をかけているのだ、と自分を安心させた。間もなくこちら側に戻って来て、その生活に溶け込んでいくだろう。光も本物に見えるだろうし、知り合いが死なないで済んだと聞けば喜ぶだろう。死を免れた人を見舞い、着替えるのを手伝い、あなた方はなんて幸運だったの、あなた方にまた会えてわたしも幸せよと言うだろう。メアリーはわたしの長手袋とステッキを持ってもうすぐ戻ってくる。さあ、行かなければ。ミス・タナーとヒルデスハイム先生にさよならを言って、出かけなければならない。アダム、とミランダは言った。もうあなたは死ぬ必要はないのよ。でも、それでもあなたにここにいてほしい。あなたに帰ってきてもらいたい。だって、アダム、わたしは何のために戻って来たと思ってるの？　こんな風に欺かれるため？

するとアダムが彼女のそばに現れた。目には見えないがどうしても存在しなければならないものとして、亡霊ではあるが自分より生き生きとした存在としてそこにいた。それはミランダの心がなす最後の耐えがたいごまかしであった。というのも、それが虚偽であるのを知りながら、彼女はその嘘に、痛切な願いから生まれた許されざる嘘に、まだしがみついていたから。ミランダは「愛してるわ」と言うと、震えながら立ち上がり、自分の意志の力だけでアダムを目の前に来させようとした。あなたを墓から呼び出すことができるなら、わたしはそうするわ、とミランダは言った。あなたの亡霊を見ることができるなら、こう言うの、わたしは信じます……「ええ、信じますとも」彼女は声に出して言った。「ああアダム、あなたの姿をもう一度見させて」部屋はしんとして、空《うつ》ろ。幻は部屋から消えてしまっていた。あまりに唐突に起き上がり声に出した、その激しさにびっくりしたのだろう。ミランダは眠りから覚めるかのように我に返った。ああ、ダメ、こんなことしちゃいけないわ。もう二度とやるまい、と自分を戒めた。「タクシーが待ってますよ、ミランダ」とミス・タナーが言う。すると、そこにメアリーがいた。さあ、行くわよ。

戦争も、疫病も、もうない。あるのは重砲が鳴りやんだ後の気が遠くなるような静寂だけ、シェードを降ろしたひっそりとした家々、人気のない通り、死んだように冷たい明日の光だけ。でも、これからは何でもできる時間はある。

5 疫病の後

集中ケアユニット

J・G・バラード／石塚久郎

　数分のうちに次の攻撃が始まる。自分の家族全員に囲まれるのはこれが初めてなのだから、このまたとない機会を完璧な形で録画するのは至極当然のことのように思える。息をするのもやっと、口は血で溢れ、手はぶるぶる震えている――こうして横たわっている私の姿を、六フィート離れた位置から、抜かりないカメラの目がしっかり捉えている。私が選んだこのテーマに好奇心をそそられる人は大勢いるはずだ。どの点から言っても、この映像は究極のホームムービーになるはず。誰であれこの映像を見る人に、私がどれだけ妻や息子や娘に計り知れない愛情を持っているか、私の家族が彼らなりにどれほどの愛情を私に持っているかが、いくらかでも伝わればと願うばかりだ。

　戦いが勃発して半時間たつ。趣向を凝らしたこの居間の何もかもが、今ではしんと静まりかえっている。ソファのそばの床に横たわりながら、頭の上、天井の手の届かない安全な位置に設置されたカメラを見つめる。この不穏な静寂を破るのは、妻の弱々しい息遣いとカーペットを不規則に這う息子の動きのみ。私には、何年もかけて丹精込めて収集した品々のほとんどが破壊されているのが見える。セーブルの高級磁器は暖炉の前に粉々に砕け落ち、北斎の浮世絵はいろんな所に穴が空けられている。だが、目を覆うばかりのこの惨害にもかかわらず、これが家族の集いのシーンだということは、まだ見てとれるのだ。もっとも、かなり特殊な類の家族の集いではあるが。

息子のデイヴィッドは母親の足元にうずくまり、ぼろぼろになったペルシャ絨毯の上に顎を寝かせている。絨毯には、じりじりと動いたことを示す、血染めの手形が点々と残っている。デイヴィッドが時折、首をもたげると、彼がまだ生きているのが私にも分かる。デイヴィッドはその目をひたとこちらに据え、私との距離、私のもとに達するまでの時間を頭の中ではじき出している。姉のカレンは弟のほんの少し離れた所、ソファと暖炉の間に崩れ落ちたフロアスタンドのそばに横たわっているが、デイヴィッドの眼中にはない。デイヴィッドは母親の元を離れ、私に向かって途方もない道のりを踏み出そうとしている。こんな息子を見ると、私の内に、恐怖心を上回る強烈な誇りの念が湧きあがる。息子自身のためを思えば、そこから動かず、残されている時間と体力を少しでも無駄にしないでほしいところなのだが、息子は七歳の体を不屈の決意で鼓舞して突き進んでくる。

妻のマーガレットは私の真向かいにあるアームチェアに座っている。途方に暮れ、警告らしきものを発しようと腕を挙げるが、腕は血で染まったダマスク織の肘掛けの上にだらんと落ちる。私に一瞬向けられた妻の笑みは、口紅が擦《こす》られたせいで歪み、この映像を偶然目にする視聴者には、皮肉めいて、いや、威嚇的にさえ見えるかもしれないが、私は妻の並外れた美しさに改めて驚かされているのだ。妻を眺め、恐らくアームチェアから起き上がることはよもやあるまいと安堵し、一〇年前の最初の出会いに思いを馳せる。今と同様当時の出会いも、テレビカメラの優しげな視線を介してのものだった。

生身の妻と子供に実際に会うという、違法とは言わないまでも、普段は誰も思いつかない考えが浮かんだのは三ヵ月前、家族全員そろっての朝食会でのことだ。結婚した当初から、日曜の朝はとりわけ愉快な家族の時間だった。ベッドで朝食をとりながら、新聞に載っている出来事や、この一週間で起こったことならなんでも話の種にして楽しんだ。夫婦だけのプライヴェート・チャンネルに切り替えて、マーガレットと私は愛を交わし、夫婦の契りがもたらす深い安らぎを称えた。しばらくして子供ができると、子供たちをテレビに呼び入れ、二人が保育所で遊んでいる姿を眺め、時には、公園かサーカスに連れて行ってあげるよ、と言って子供たちを驚かせたりすることもあった。

こうした活動のすべては、もちろん、私たちの家族生活そのものも含め、テレビによって可能となっていた。当時、本当に生身の人間に会おうなどと想像するものは一人もいなかった。実際、めったに行使されることはないが、古くからの制令がいまだ存在し、生身の人間と会うのを禁じていた――他の人間と会うのは起訴されるべき犯罪行為なのだ（特に、家族の一員と会うのはご法度だったが、その理由は当時の自分には理解できずにいた。思うに、近親相姦をタブーとする古来の制度の一部なのだろう）。私自身の成長、受けた教育、医者としてのキャリア、マーガレットへの求婚と幸せな結婚生活、それらすべては、なんでも与えてくれるテレビスクリーンの中で行われてきた。マーガレットの妊娠はもちろん非配偶者間人工授精によるもので、他の子供と同様、デイヴィッドとカレンが母親にじかに接触したのは子宮内で過ごした短い期間だけだった。

こうしたことによって、豊かな人生経験が、あらゆる点において飛躍的に増大したことは言うまでもない。子供時代、私は病院の保育所で育てられた。そのおかげで、家族が体を寄せ合い密に生活することからくる、心理的な危険（家族が共有することによって生じる衛生上の危険因子――美学的なものであれ何であれ――は言うまでもないが）をすべて回避することができた。とはいえ、孤独だったかというとまったくそうではなく、いつも仲間に囲まれていたので、テレビ上で一人っきりになるということは一度もなかった。保育所では、両親と何時間も一緒にゲームをして過ごし、両親は各々の心地よい家庭から私を見守り、私のテレビに沢山のヴィデオゲームやアニメ、野生動物の映画や家族向けの連続番組を次々と送り届けてくれた。テレビに映し出される、こうした映像から私は世界を学んでいったのだ。

医学生として過ごした五年間は、生身の患者を一人も診察する必要もなく、解剖学と生理学のスキルはコンピューターのモニターで学んだ。診断と手術の技術が高度に発達したことによって、器質性の疾患部位に直接触れる必要はなくなっていた。赤外線やX線スキャナーつきの精査カメラとコンピューターによる診断補助ツールがあれば、ただ裸眼だけで見るよりも、はるかに詳細な情報をもたらしてくれるからだ。

どうやら私は、そうした複雑なキーボードや検索システムを操ることにかけては特に秀でていたようだ――指先の鋭敏さは、かつて外科医が誇っていた手術の腕前の現代版と言えるものだ――が、三〇歳になる頃には、外科医としてではなく、患者の絶えない流行りの一般診療医としてすでに成功を収めていた。患者は私の診察室に直接出向く必要はなく、単に私のテレビスクリーンにコールしてくれればいい。患者は次から次へとコールしてくるのだが、そのコールをうまくさばくには、大変高度なスキルを必要とした――更年期の主婦の画面を巧みにフェードアウトし、赤痢の子供の画面に切り替えると同時に、不安な両親にも別途、情報を送るのを忘れずにいなければならない。患者自身がテレビ操作の高い能力を持っている場合はなおさらのこと、神経症的な患者となれば、その能力は通常よりもはるかに高い。そうした患者たちは、支離滅裂なカット割りや、攻撃的なズーム、画面分割の技術をふんだんに使う余り、彼らの姿を映した映像は度を越した最悪の実験映画どころではなくなるのだ。

マーガレットとの最初の出会いは、外科処置で立て込んでいたある日の午前、彼女からのコールで始まった。昔を懐かしむように今も「待合室」と呼ばれている画面――その日の患者の簡潔な映像プロフィールが映し出されているスクリーン――にその日もさっと目を走らせていた。いつもは、予約なしでコールしてくる患者は全員、次の日に回していたのだが、瞬時に、マーガレットのプロフィールが目に飛び込んできた。二〇代後半に見える彼女の年齢もあるが、この若い女性が異常なほど青白い顔色をしていたからだ。短く刈られたブロンドの髪の下、ほとんど灰色といっていい顔に暗い目と薄い唇が並んでいる。私も含め誰もが化粧をしてカメラに映るのだが、カメラの前の彼女は化粧をまったくしていなかった。極寒にいるような肌の色目と若いとは言えない外見はそのせいだ。テレビ上では化粧のおかげで、実年齢にかかわらず誰もが二二歳に見えるので、残酷な年齢区分というものが永久に消滅していた。

生身のマーガレットに直接会うという考え――一〇年後にこのような壊滅的な結果を花咲かせるに至った考え――の最初の種を蒔いたのは、この時、彼女が化粧をしていなかったという事実にあるのは間違いない。分類不能の彼女の外見に興味をそそられた私は、他の患者たちは棚上げし、彼女と問診を始めた。マーガレットは、自分はマッサージ師だと言い、儀礼的な前置きを述べた後、本題に入った。ここ何ヵ月か、気がかりなことがある、左の乳房にある小さなしこりが癌かもしれないと言う。

私は彼女を安心させる言葉を返し、それでは検査しましょうと言った。すると、マーガレットはやにわに身を乗り出し、シャツのボタンをはずして胸を露わにした。

ぎょっとして、目の前のテレビ画面を埋め尽くす、直径二フィートもあろうかと思われる巨大な器官を食い入るように見た。医師と患者の関係は、すべての社会的交流と同様、ヴィクトリア時代を思わせる映像倫理コードによって統制されている。どんな内科医も服を脱いだ患者を見たことはなく、身体に隠された病変は、患者が描いた図のスライドによって、通例、その部位が特定されるのだ。夫婦の間でさえ身体の一部をさらけ出すのは比較的珍しいことで、性器は通常、最高レベルのぼかしを入れられるか、漫画風に描いたもののやりとりで、遠慮がちに仄めかされるに過ぎない。もちろん、ポルノの裏チャンネルは運営されていたし、娼婦は性別に関係なく、自分の商品をしきりに売り込んでいた。が、最も高価な商品でさえもライブでお目見えすることは決してなく、絶頂に達する瞬間を前もって録画した映像の一コマが代用されていた。

こうした称賛すべき数々の慣習のおかげで、人と人が関与することからくる危険はすっかり取り除かれた。こうして愛情から解放されると、性のあらゆる意味における可能性を極めつくしたいという人々の存在が許容され、あらゆる人が罪の意識をまったく持たずに、性的倒錯はもちろん、精神病理学的な行為にまで耽ることができる時代が用意された。

妥協を許さない形状の、馬鹿でかい乳房と乳首をじっと見つめながら、こう考えた。とんでもないくらい赤裸々なこの若い女性への一番の対処法は、慣習を逸脱してもまったく気にしないことだと。赤外線検査によって、癌の疑いのあった小瘤は実は良性の嚢胞だったことが確認されると、マーガレットはシャツのボタンを留めこう言った。

「これで安心しました。先生、マッサージがお入り用なら、是非私を呼んでください。喜んで、このお返しをさせていただきます」

依然、彼女に興味をそそられたままではあったが、この風変わりな診察も終わりに近づき、画面に終了の印を出そうとした。その時、彼女からの何気ない申し出が頭に引っ掛かったのか、もう一度彼女に会いたいという念が湧き上がり、次の週に予約を取ることにした。

私は自分でも気がつかないうちに、この尋常ではない若い女性への求愛を始めてしまっていた。予約した晩、この女が駆け出しの娼婦か何かではないかと半信半疑だった。だが、家のサウナにある安楽ソファの上に、ガウンをしっかり羽織ったまま横になり、マーガレットの指示通りに自分の体をほぐしている間《かん》、猥雑な仄めかしなど微塵も感じられず、その後も夜に何度か予約したが、ちょっとでも性的な意識を彼女から感じ取ることは一切なかった。ただ、言われる通りマッサージをしながら、たいていの夫婦が体を見せ合うよりもはるかにお互いの体を晒してしまうことはあった。マーガレットは変わり種だ、と思った。自意識の感覚というものを持たず、相手の淫らな感情を刺激したことなどほとんど気づかない、稀な人間の一人なのだ。

二人の交際は定石通りに進んで行った。私たちはデートを始めた——デートとはつまり、テレビで同じ映画を一緒に見たり、同じ劇場やコンサートホールを訪れたり、同じレストランで同じ食事を眺めたりということだが、そのすべては各々の快適な家の中で行われたのだった。実のところ、この時になってもマーガレットがどこに住んでいるのか、自分の家から五マイル離れているのか五百マイルなのかも分からなかったのだ。最初はおずおずとしながらも、それぞれが保管している昔の映像、幼年時代と学校時代の映像やお気に入りの外国のリゾート地の映像などの一コマを交換した。

六ヵ月後、二人は結婚した。撮影用のチャペルの中でも最高級を選んで豪勢な式を挙げた。二百人を超える来賓が式に参列し、個々人のテレビを中継した巨大なスクリーン上に集った。式は分割スクリーン技術に長けていることで有名な司祭が取り仕切った。それぞれの居間で用意周到に録画されてあった、マーガレットと私の映像が、大聖堂の内側に投影され、巨大な側廊を歩いていく二人の姿が映し出された。

新婚旅行はヴェネツィアを訪れた。幸せな気分で、サンマルコ広場にずらりと連なる人々を二人で一望したり、アカデミア美術館でティントレット〔イタリア・ルネサンスの画家。『最後の晩餐』が有名〕の絵画に目を凝らしたりした。新婚初夜は演出家の腕の見せどころだ。二人はそれぞれのベッドに横になると（実のところ、マーガレットは私の家から三〇マイル南にある、巨大な複合高層マンションの一角に住んでいた）、私はズームカットを使ってマーガレットに愛を囁き、ズームがますます大胆になると、彼女は、恥ずかしそうに自分の姿をフェードアウトさせたり、画面を拭《ワイプ》うように転換させたりして、優しくじらしながら、私の誘いに応えた。二人とも服を脱ぎ、お互いの体が露わになると、ついに二人のスクリーンは忘我のクローズアップへと溶け込んでいった……。

私たち二人は最初から似合いの夫婦で、興味のあることとならなんでも共有し、知り合いのどんな夫婦よりも長い時間をスクリーン上で過ごした。やがて、非配偶者間人工授精によってカレンを授かり、カレンの二歳の誕生日の直後に、住民向け保育所で弟のディヴィッドが生まれた。

幸せな家族生活はその後、七年間続いた。この間私は、家族生活の擁護者となって進歩的な考えを打ち出し、小児科医としての名声を高めていた——家族とは社会の基本単位であり、私の言葉で言えば、集中的にケアをしなければならないまとまり《ユニット》なのだ。家族一人一人の住まいにカメラをもっと多く設置するよう繰り返し主張し、時には、過激な提案をしたために、激しい論争を巻き起こした。家族は一緒に風呂に入るべきだ、各自の寝室を恥じらうことなく裸で動き回るべきだ、更に、父親は子供の誕生に（クローズアップは控えるべきだが）立ち会うべきだ、といった主張である。

実際に会うというあの突拍子もない考えが頭に浮かんだのは、一家団欒の朝食時のことであった。この考えが私たち家族の生活を一変させることになる。スクリーン上でマーガレットの姿を眺め、美しく化粧を施した彼女の顔――彼女は今では化粧をするようになっていて、年を重ねると共に化粧は濃く念入りになるので、いつまでも若さを保つことができた――の美しさを堪能していた。自分たちを映像上で提示し合う、この様式美に私たちは満足していた――幸運にも、二人のカメラさばきは、ベルイマン〔スウェーデンの映画監督（一九一八―二〇〇七）〕の生真面目さやフェリーニ〔イタリアの映画監督（一九二〇―一九九三）。「映像の魔術師」の異名をもつ〕とヒッチコックの皮相なマンネリズムを卒業し、ルネ・クレール〔フランスの映画監督（一八九八―一九八一）。「詩的レアリスム」の監督と言われる〕とマックス・オフュルス〔ドイツ出身の映画監督（一九〇二―一九五七）。女性映画の巨匠と呼ばれる〕のもつ古典的静謐さとウィットの領域に近づいていた。もっとも、ハンディカメラがお気に入りの子供たちは、新進のゴダール〔フランスの映画監督（一九三〇―）。ヌーヴェルヴァーグの旗手〕もどきと似たり寄ったりだったが。

マーガレットが初めての診察で、唐突に乳房を見せた時のことをふと思い起こした。彼女のあの赤裸々さ――その上に私の人生設計はほぼ打ち建てられたのだ――を思えば、当然、私たち家族は全員直接会うべきだ、ということになるのではないか。考えてみると、私はこれまでの人生で、他の人間に直接会ったことなど一度もない。まして触れたこともない。ならば、最初の試みとして、自分の妻と子供以上に理想の相手はいまい。

ためしに、マーガレットにこの提案を投げかけてみた。嬉しいことに彼女は同意してくれた。

「変わってるけどとっても素敵な考えだわ！　ほんとにどうして今まで誰も思いつかなかったのかしら？」

私たちは、他の人間と会うのを禁止する昔ながらの制令は無視しても構わない、と即座に判断した。

その時はなぜだか分からなかったのだが、残念なことに、実際に会うという私たちの最初の試みは不首尾に終わった。子供たちを混乱させないようにと、この時は意図して夫婦二人だけで会うことにした。二人でいろいろお膳立てし、マーガレットがここに「旅行」にやってくるのを、胸を膨らませて待っていたのを思い出す。二人での旅支度はとても手の込んだものになった。というのも、テレビ信号に乗って移動するのでなければ、人々はめったに移動することもなかったからだ。

マーガレットが到着する一時間前、複合セキュリティ装置——電子警報装置、鉄格子と密閉構造のドア——のスイッチを切り、閉ざされていた私の家を外の世界へと再びつないだ。

ついに玄関のチャイムが鳴った。玄関ホールの端にある落とし格子戸の所まで行って、正面玄関にある磁気ロックを解除した。数秒後、背が低く肩幅の狭い女性がホールに足を踏み入れた。二〇フィート以上離れたところからも、彼女をはっきりと目でとらえることができた。が、この女が私と一〇年間も結婚生活を送った自分の妻だというのを危うく見逃すところだった。

私も妻も化粧はしていなかった。化粧を落としたマーガレットの顔は、生気がなく不健康に見え、白い手は神経質そうに落ち着きがなかった。彼女が老けているのは驚きだったが、何よりも体が小さいことにびっくりした。何年もの間、私が目にするマーガレットはどれも、家のあちこちにある巨大なテレビスクリーンの中で、でかでかとクローズアップされた彼女で、ロングショットで見たとしても、今こうしてホールの端っこでうろうろしている、猫背で小柄《チビ》の女よりもはるかに大きく見えた。目の前にいるこの女のしけた胸とみすぼらしい太腿に興奮していたかと思うと自分が信じられなかった。

お互い戸惑いながら、ホールの端と端に無言のまま立ちつくしていた。マーガレットの表情から、私が彼女に驚いているように、彼女も私の外見に驚かされたのだということが分かった。加えて、彼女の目には、物珍しそうに探る鋭い視線、今まで一度も出会ったことのない敵意と言ってもいい表情が垣間見えた。

何も考えず、落とし格子戸のラッチに手を伸ばした。ところが、マーガレットはすでに門戸の方へ後ずさりしていた。まるで我が家のホールに閉じ込められて、そこから一生出られなくなってしまうのではないかと怯えている風だった。私が話しかける暇もなく、マーガレットは踵を返し逃げ去った。

彼女がいなくなった後、正面玄関の鍵を念入りにチェックした。入口付近には微かに、心地よいと言えなくもない香りが漂っていた。


この最初の試みが頓挫した後、マーガレットと私は幸せで平穏な元の結婚生活に舞い戻った。スクリーンに映る彼女の姿を見てよほど安心したのか、私たち二人が会おうとしたなんて信じられないくらいだった。二人ともこの大失態、この短い出会いがもたらした不快な感情を口にすることはなかった。

その後二、三日は、この苦い経験を思い返しては悶々とした。直接会うことは二人の絆を深めるどころか、その仲を引き裂いてしまったのだ。今なら理解できるが、本当の親密さとはテレビによる親密さであって、それは、ズームレンズ、喉当てマイクロホンやクローズアップそのものによってもたらされるのだ。テレビの画面上では体臭もなければ張り詰めた息遣いもない。瞳孔の収縮や顔面筋の反射もない。お互い立場や感情を推し量ったりしないし、不信や不安もない。愛情と思いやりは距離を必要とするのだ。ある程度の距離あらばこそ、他の人間に対する本当の親密さを感じることができるのであり、礼儀をわきまえていれば、親密さは自然と愛に変わっていくのだ。

散々な失敗にもかかわらず、私たちに選択の余地はなかった。またもや、直接会うことになったのだ。なぜそうなったのか未だに理解できずにいるのだが、妻と私も、好奇心と不信という、まさに私たちが最も恐れていたものに突き動かされたように思える。マーガレットと冷静に一つ一つきちんと話し合った結果、私が彼女に感じたのと同じ不快感――あの漠然とした敵意――を彼女も私に抱いていたことを知った。

今度は子供たちも連れて行くことにした。家族全員が化粧をし、スクリーン上の共同生活に可能な限り近い振る舞いをする、ということも取り決めた。こうして三ヵ月後、マーガレットと私、デイヴィッドとカレンの集中ケアユニットが、初めて私の居間で集うことになった。

カレンの体は微かに動いている。壊れたフロアスタンドの柄の向こう側に転がり込んだのだったが、その体は今、血塗れの絨毯をはさんで、裸のまま、私の正面に横たわっている。カレンは居間に入るや、私の目の前で服を脱ぎ捨てた。父親の頭に深く眠っていた近親相姦の幻想に揺さぶりをかけようとしたのだろう、この挑発的な行為によって、最初の暴力が勃発し、その結果、破壊しつくされた居間で、私たち家族は、血に塗れ息絶え絶えの状態にいるのだ。カレンの全身にできた傷——カレンの小さな胸を醜く変容させる傷——にもかかわらず、私はその姿にマネの『オランピア』を思い出す。恐らく、この絵は精神異常の顧客が訪れた数時間後に描かれたものなのだろう。

マーガレットも自分の娘をじっと見ている。アームチェアに座ったまま、前のめりになって、独占欲に満ちた威嚇的な視線をカレンに向けている。私の睾丸へ短い一撃を仕掛けたことを除けば、私のことは眼中にないようだ。どういうわけか、この二人の女たちはお互いを主な攻撃対象に選んでいた。それは、デイヴィッドが敵意のほぼすべての捌け口を男の私に向けたのと同じだった。最初にデイヴィッドに平手打ちを食らわした時、彼が手に鋏を持っているとは予想もしていなかった。今や彼は私からわずか数フィートの所にいて、最後の攻撃を仕掛ける構えだ。どういうわけか、デイヴィッドを特に激怒させたのは、私が息子のためにと思って丁寧に飾りつけ、ずらりと並べたテディベアだった。手足をもぎ取らればらばらにされた、このクマの残骸が床一面に散らばっている。

幸運にも、呼吸は少しだけ楽になっている。天井のカメラと、我が戦友たちを視野に収めようと首を動かす。私たち家族はそろっていかにもグロテスクな様だ。テレビ向けの厚化粧はもろくも崩れ落ち、顔は不気味なハロウィーンのマスクと化している。

それでもとにかく、私たち家族はようやく一つに集ったのだ。家族に対する私の愛情からすれば、互いに譲り合えば済むような些末な問題など物の数ではない。家族全員がそろうや否や、息子は頭に傷を負い、妻は耳から血を滴らせた。死に至るかもしれぬ乱闘が始まるのは、火を見るよりも明らかだった。試練の時となるのは分かっている。だが、少なくとも私たちは出発点に立っている。そして、私たちなりのささやかなやり方ではあるが、これまでにない家族生活の可能性を実証しようではないか。

みなの息遣いが段々と荒くなる。一分もしないうちに、間違いなく、次の攻撃が開始されるだろう。息子の手には血だらけの鋏が握られている。刺された時の痛みが蘇る。私は己を鼓舞し、ソファに体を押しつける。そうして、息子の顔に蹴りをいれるつもりだ。妻と娘との最後の戦いでどちらが生き残っても、多分、右腕だけで撲《ぶ》ち合うだけの力はある。家族三人に愛情たっぷりの笑みを投げかけ、憤怒で喉元の血が凝固すると、私の心は抑えきれない愛にただただ包まれていく。

解説

石塚久郎

本書は、感染症の中でも特に集団を無差別に襲い、劇的な症状と共に不条理な死をもたらす急性疾患、いわゆる「疫病 plague」に関する英米の選りすぐりの短編小説を集めたものである。二〇一九年末に突如発生した新型コロナウイルス感染症（COVID-19）のパンデミックを強く意識して編まれている。今現在、コロナ禍の中にいる私たちにとって、英米の著名な作家が疫病にどのように反応し、疫病とそれを取り巻く人間や社会をいかに想像的に描いたのかを知ることは、パンデミックとどのように向き合い、その後の世界をどう想像しどう生きるかの重要なヒントを与えてくれるだろう。これはコロナ禍後の世界にいるであろう人たちにとっても同様である。

本書『疫病短編小説集』は先に出版された『病短編小説集』（以下『病』編）と『医療短編小説集』（以下『医療』編）に続く「医学と文学」のアンソロジーの姉妹編と言えるものだが、疫病を主題とした作品が欠けていた『病』編を補完するものでもある。『病』編の解説で述べたように、作品の選定には私個人の嗜好が反映されており、疫病ものを好まなかった私のバイアスが皮肉にもこうして一冊の疫病文学アンソロジーを生むことになった。というより、個人的な好みに拘泥《こうでい》している場合ではない、逼迫した状況が目の前にあり、本書はそうした状況に対する文学の世界からのささやかな応答の一つである。

新型コロナのパンデミックが宣言されて以来、世界中でカミュの『ペスト』（一九四七）をはじめとする「疫病文学」が読まれている。代表的なものはカミュのほか、イギリスの作家ダニエル・デフォー『ペストの記憶』（一七二二）、メアリー・シェリー『最後のひとり』（一八二六）、イタリアの作家マンゾーニ『いいなずけ』（一八二七）、最近のものではポルトガルのノーベル文学賞作家ジョゼ・サラマーゴ『白の闇』（一九九五）といったところだろうか。奇妙なことにいずれも長編小説である。短編であげられているのは本書に収められたポーの「赤い死の仮面」ぐらいである。恐らくパンデミックの性質そのもの――大規模な地理的な広がりと時間的な経過――が長編をジャンル的に要請するのかもしれない。とはいえ、ポーの短編に代表されるように短編にも疫病ものは存在するし、長編とはまた違った角度で疫病の恐怖と疫病に対する作家の想像力を垣間見せてくれる。

本書では新型コロナのパンデミックに鑑み、およそ以下の基準によって篩《ふる》い分けられた疫病とその疫病を主題とした短編小説が収められた。まず、疫病の中でも大規模に流行を見た感染症であること。ただし、共同体や社会に慢性的にはびこる感染症は除外する。次に、その疫病が社会・文化に対して甚大な影響を与え、文学作品（ここでは短編小説）にも何らかの形でその影響が反映されたもの。この基準からすれば、例えば、結核は流行の規模からしてパンデミックに等しいが、慢性的な疫病の部類に入るので除外されるし（結核は『病』編で取り上げた）、一九世紀にコレラよりも多数の死者を出した日常的な感染症、チフス熱（発疹チフス、腸チフス）や、日常にはびこる、最もありふれた感染症であった麻疹《はしか》なども除外される。これらの条件で篩にかけ、さらに、古典的ないし著名な作家によって小説の題材にされたという観点を加えれば、天然痘、コレラ、パンデミックとしてのインフルエンザの三つに絞り込まれる。また本書では、この三つの項目に「疫病」の項目を導入として立て、架空の疫病ではあるが、疫病の王様であるペスト（黒死病）を想起させるポーの「赤い死の仮面」を収めた。さらに、最後の項目として、ポストコロナを見据えた「疫病の後」を加えた。梅毒やエイズなどの性感染症は『病』編で取り上げたことと、集団よりも個人を襲う類の疫病に分類されることとから除外した。もう一つ、一八世紀末に北米フィラデルフィアをパニックに陥れた黄熱病は、アメリカ最初の職業作家と言われるチャールズ・ブロックデン・ブラウン（一七七一―一八一〇）と深い関わりがあることから、取り上げてもよい疫病ではあるが、フィラデルフィアの黄熱病を背景にした短編「家に籠もる男」（一七九八）は資料的価値は高いものの、物語として見た場合読者の興味をそそるものではないと判断し、今回は除外した。マラリアやポリオも本書の指針からやや逸れること、適当な短編が見当たらなかったことなどから外した。新型コロナの未曽有のパンデミックを前にした場合、やはり、ペスト、天然痘、コレラ、インフルエンザといった「悪名高い疾病」を軸にして編むのが適切であろうと判断した。そうして見た場合、本書は新型コロナ・パンデミックという病の歴史性をあからさまに刻み込んだアンソロジーと言える。

1　疫病

「疫病 plague」とは何か？ 英語の plague が「傷・打撃」を意味するラテン語に由来することから分かるように、「疫病」は集団を襲う災難、壊滅的な打撃を与える伝染病を指すのに使われた。過去の疫病の中で最も恐ろしい疫病であるペストの一般的な英語表記は plague（疫病）に定冠詞を付した the plague である。つまり、疫病と言えば真っ先に思い浮かぶのはペストであるというくらいペストは疫病の代名詞であり、通常の流行病が「疫病」に格上げされる際の指標となった。その指標とは、病の隠喩化を最初に提言した批評家スーザン・ソンタグに倣って言えばこうなろう。集団を不意に外から襲い（＝外来性）、壊滅的な打撃を与え、多数の無差別の死者を出すこと。そして、致死率が高いことである。周知のように、腺ペストは五〇％から六〇％の致死率、肺ペストに至っては九五％の致死率であり、一四世紀の黒死病の流行においては、ヨーロッパの人口の六割が死亡するという、単一の疾病による人類史上最悪の惨事となった。ただ、多数の死者を出しただけでは疫病に格上げされない。ソンタグは、上の要素に加え、罹患によっておぞましい症状──体を醜悪なものに変え、人格を毀損し負の烙印《スティグマ》を押すようなそれ──を呈することが重要であると指摘する。もっとも、これを厳密に捉える必要はないかもしれない。例えば、ハンセン病はそれほど致死率は高くなく多数の死者を出したわけではないが、外見的に極度の変容をもたらす性質から「疫病」と見なされ得るし、逆に、文学作品などで個人を魅力的にする効果を担った肺結核でも、とどまることを知らない蔓延状態から「白い疫病」と言われた時期もあった。

流行病が疫病と見なされ得るもう一つ重要な要素は、それが社会や集団に対する懲罰という意味合いを持つとされること、病に道徳が滑り込む点である。これは、ある集団に恐ろしい病が流行るのは、道徳的に汚れ堕落した人々に神が罰を与えるためである、という最も古い病因論に反映されている。「疫病 plague」は悪疫（「悪い」という価値観が滑り込んでいる）であり、天罰、禍《わざわい》である。ニュートラルに見える「流行病」という言葉と比べ、「疫病」はいかにも悪者である。日本語の「疫病」は「やくびょう」とも読める。興味深いことに、後述する「瘴気 miasma」の語源となったギリシア語 miano は「染み・汚れ」を意味しており、疫病は共同体内部の汚れた人間（罪人）を浄化するために神が送ったものとされた。つまり、道徳的に罪人を処罰することで共同体を清めなければ、神の怒りは収まらず疫病も収束しない。ソフォクレスの『オイディプス王』がこのパターンである。ミアズマが世俗的な意味を獲得し、天罰という宗教的病因論が後退していった近現代でも、例えば、二〇世紀末のエイズが当初、同性愛者や薬物依存症者に多かったこと、性感染症（セックス経由の疾病）であったことから、道徳的スティグマが押され、一気に疫病に高められたことは記憶に新しい。疫病という言葉には道徳的価値判断が含まれていることに注意しなければならない。

病因論についても簡単に述べておこう。疫病を罪深い共同体に対する罰とする神罰論は前近代的な病因論だが、世俗的な病因論としては大きく二つある。一つはヒポクラテスに発する環境説、もう一つは感染説である。環境説の方は、「瘴気 miasma」説とも言い換えられるが、疫病が発生したのは大気が腐敗したからというもので、瘴気とは汚染された空気のことを言う。淀んだ河川や湿地、穴倉、古井戸などの密閉空間から発する腐敗した蒸気、動物の死骸や病人の身体、汚物から発散される有毒ガスなどが瘴気である。酷暑や酷寒などの異常気象や気候の変動によって生じるとする伝染性大気説も環境説に含まれる。一方、現代の細菌説につながる感染説は、不可視の微粒子

「感染の種」が人から人へ伝播することで疫病が流行するとする説である。この場合、「感染の種」は直接接触することによって伝播する場合もあれば、毛布や服などに付着したものが温存され、それによって伝播する場合も、あるいは大気中に浮遊した種が離れたところへ飛び火する場合もある。また、生まれた時から病の種が体内に存在して、ある特定の環境によって活性化されるという説もある。注意したいのは、この二分類は理論上のものであって、実際には明確な区別はなく、二つの複雑な組み合わせであったり、どちらとも判別のつかない曖昧模糊《あいまいもこ》とした場合がほとんどである、ということだ。例えば、一八世紀の医師が「毒気 effluvia」という時、それが瘴気なのか病の種なのか判別しにくい。さらに、上記はあくまで遠因であり、それだけで疫病に罹るわけではない（もし、そうならばある一定の空間にいる人すべてが罹患してしまう）。ある特定の人が感染し他の人が感染しないのはなぜか、その個別性を説明する近因は必ずある。古典的な医学にあってはそれが体液の腐敗であり、より近代になれば神経線維の張り具合ということになり、さらにそうした体質を作る日々の生活スタイルが重要となる。これは瘴気説を受け入れるか否かにかかわらず、広い意味での環境要因を重視するという点で、もう一つの環境説ということになり、かなり複雑である。一九世紀に細菌説が登場した後でも、細菌という病気の種が着床する適当な土壌（身体＝体質）がなければ感染しないとされたのは、広い意味での環境説の影響がいかに大きかったかを物語っている。さらに複雑になるが、特に文学においては、これに加えて、後述する「想像力による感染」という系譜も重要となる。

もう一点、疫病に関して押さえておきたいことがある。記憶と忘却の問題である。インフルエンザの項目で改めて述べるが、大規模な災厄となった疫病は集団的な記憶に留めおかれるはずのものなのに、容易に忘却されやすい。例えば、一四世紀のペストが「黒死病」と名づけられたのはずいぶん後になってからであり、黒死病研究が登場したのは、コレラの大流行を受け、「疫学epidemiology」という学問が成立する一八三〇年代になってからである。その時、黒死病は当時の文芸運動、ロマン主義のゴシック的感受性——人知を超えた自然の力（その前では人間は取るに足らない存在である）に対する畏怖、恐ろしいもの、驚異的なもの、病的なものに対する趣向、善と悪、美と醜、生と死といった対立物の統合ないしは混合など——を具現するものとして立ち現れた（Getz 参照）。黒死病でさえも集団的記憶に組み込まれるまでに相当な時間がかかったのである。疫病は、単に、甚大な死者を出したからといって自然に記憶されるものではなく、歴史的な事象（黒死病の場合はコレラの流行）や学問の編制（疫学の勃興）など複雑な要因によってかろうじて記憶が形成されるのかもしれない。このことはコロナ禍の中にいる私たちに、このパンデミックをどう記憶するのかという問いを突きつけるだろう。

「赤い死の仮面」

パンデミック化した疫病をどうナラティヴに取り込み、その実態や恐ろしさをどう表現できるのか？　焦点を集団ではなく個人に特化することで成立した近代小説にとって、これは難題である。エドガー・アラン・ポー（一八〇九—四九）の傑作「赤い死の仮面」（一八四二）は、描くことが困難な疫病の物語化に最も成功した疫病短編小説である。ポーは一九世紀前半のアメリカを代表する作家、詩人、評論家で、様々なジャンルの小説を手掛けた。推理小説の創始者とも見なされ、江戸川乱歩がその名をポーから取ったことはあまりにも有名である。「赤い死 Red Death」から「黒死病 Black Death」が想起されるように、黒死病研究が盛んになり、黒死病がゴシックの最たるものとして人々の記憶の前面にせり出したちょうどその時に、黒を赤に転じ「黒死病」を新たなゴシックに染め上げたのがこの作品である。同時代的には、一八三〇年代のコレラの大流行が背景にあり、作品の仮面舞踏会のモチーフは、パリでコレラが流行った際にヴァリエテ座で催された仮装舞踏会――この舞踏会にコレラ患者の仮装をして「歩く疫病」を気取った男がいた――がヒントになっている。ポーはほかにペストを題材にした「ペスト王――寓意を含む物語」(一八三五)とコレラを題材にした「スフィンクス」(一八四九)という短編も手掛けている。

「赤い死の仮面」には、疫病の脅威と恐怖、王の籠城と饗宴、不可避的な感染と破滅といった疫病のモチーフが凝縮されていて面白い。富と所有を意味するプロスペロ公が感染を避けるために城砦のような建物に引き籠もるのは、ペストなどの疫病が猖獗《しょうけつ》を極める中、町を捨て田舎に逃れる貴族などの富裕層を想起させるし、いつの時代にも見られる、富裕層とそうでない者との格差――疫病は万人を襲うという意味では平等だが、犠牲になるのは持たざる者の方が多い――を垣間見させる。持たざる者の危険な外部に対して安全だと思われた権力者の内部は、しかし、安全ではなかった。持てる者と持たざる者の差を乗り越えて疫病はやってくる。防ぎようもなく、不可避的に。

この作品のポイントの一つは不可視の疫病をいかにナラティヴにのせるかという点だ。細菌やウイルスといった病原体が発見される前の時代、目に見えない敵である疫病をどうやって物語化できるのか？　悪魔や巨人に擬人化する（ストーカーの「見えざる巨人」）というやり方、あるいは、目に見える恐ろしい症状によって疫病を代理表象するという手法（「赤い死の仮面」の冒頭部分）が考えられるが、ポーは目に見えない疫病を実体のないゼロ記号、不可視そのものとして表現することに成功している。表面には赤い斑点という目に見える印があるが、中身（＝正体）は空虚であるというギャップとそれがもたらす驚愕の効果はポーならではの仕掛けである。

この作品ではもう一点、疫病に関する重要なモチーフが隠されている。想像力、情念による遠隔感染というモチーフである。プロスペロ公はいつどこで「赤い死」に感染したのか？　通常半時間かかるのに一瞬にして、しかも「赤い死」のおぞましい症状を呈さずに絶命するのはおかしくはないか？　こうした疑問に対する一つの答えは「想像力」である。ここで言う想像力はいわゆる詩的・文学的な想像力ではなく、身体的生理学的なもので、古典的体液説（人は四つの体液で作られ、心身の状態は主にその体液のバランスによるとする説）やそれに代わる神経線維説（心身の状態は神経線維の張りや緩みによるとする説）のなかで鋳られた、体液や神経に依拠するマティーリアルなものである。同様に情念も現在の感情よりも身体生理学的な面が強い。狭義の医学史ではあまり論じられないが、想像力による感染は疫病を考える上で重要なテーマだ。例えば、一九世紀にコレラが流行した時に、コレラに罹りやすい人と罹りにくい人との差は「恐怖心」を持つか持たないかの差であるとされたし、ペストの場合でも自己に満足して暮らしている人、恐怖という情念を持たない人はペストに罹らないといった民間伝承もあった。これは単に気持ちの持ちようの問題ではなく生理学的な問題であった。接触感染の代表的な疫病である天然痘でさえ、天然痘に罹った人の痘痕顔を見た少女がショックで一週間熱に浮かされ寝込み、結果天然痘に罹ったという症例がそこら中にあったほど、想像力の身体に対する物質的な力はリアルなものだった。

文学の中でも想像力による感染は描かれる。例えば、ブラウンの短編「家に引き籠もる男」には、自身が「想像力の力の好例」と呼ぶ感染のエピソードが含まれている。元軍人のバクスターは、隣家のフランス人のご老体が不意にいなくなったのを訝しく思い、ある夜、隣の家の庭を覗き込む。すると、庭に埋葬用の穴が掘られ、そこに遺体が横たわっているのを目撃する。流行中の黄熱病で死んだに違いないと思い込み、パニックになったバクスターは次の朝から容態が悪くなり、黄熱病に苦しむ。バクスターは外国人に強い嫌悪があり、フランス人は黄熱病には罹らないという当時の俗説を信じていたのだが、想像力の力は彼の強固な偏見をも凌駕したことになる。ブラウンはこれに医学的なコメントを加えている。バクスターは知らず知らずのうちに空気を媒体にするか、何かと接触するかで、黄熱病の「感染の種」を体内に取り込んでいたのかもしれない。その眠っていた種が彼がパニックになることで活性化したのだと。想像力による感染という考えが細菌説が受容されるようになった一九世紀最後の四半世紀になっても残存していることは、本書の「一介の少尉」に登場する軍人ポーキスがコレラによって死んだにもかかわらず、コレラには一切触れられず、あたかも「恐怖」によって命を落としたかのように描かれていることからも分かる。(想像力による遠隔感染と文学については石塚を参照)。

さて、プロスペロ公はどうか。そもそも舞踏会を開くという設定自体が情念を想定している。疫病の真っただ中になぜわざわざ舞踏会をやるのか、それは、陰鬱な情念を一時の娯楽によって陽気で健全なものに変えるためだ。憂鬱は感染のリスクを高める。「思い悩むこと」のない王と共に籠城した「陽気な」家臣たちも長引く引き籠もり生活の中で「ふと絶望にかられ」ることもあろう。舞踏会は情念の管理の一環と考えられる。舞踏会で真夜中の鐘が鳴る前、部屋は過密状態で「生命が熱にうかされたように鼓動」していることから、その時点で（恐らく一一時半に）すでに疫病に感染していたとも読める（時間と時計のモチーフについてはZimmermanに詳しい）。一二時の鐘と共に「赤い死」の仮面が現れ、その額には「恐ろしい赤いしるし」が刻まれている。それを目にした王は「恐怖」か「嫌悪」によって「激しく身を震わせ」る。後に「ほんのいっときでも臆病風に吹かれた」とあるので、この時の恐怖は本物だろう。この恐怖の情念に突き動かされて震えが生じ、「感染の種」が活性化され、感染していたかもしれない身体を益々蝕む（あるいは、そこで恐怖によって感染したとも読める）。ぶるぶると震える様は情念による震えと感染による症状の両方を暗示している。その証拠に、王の額は仮面の額にある「恐ろしい赤いしるし」が転写されたかのように「真っ赤」になる。

この観点からポーの意図を深読みすれば、このゴシック短編は同毒療法的な予防効果を狙ったものととれる。緩衝剤としての恐怖を予防接種として読者の想像力、情念に注入したものだと。この考えがあながち的外れではないのは、一七世紀のフランスの画家プッサンの描くペスト画『アシュドッドのペスト』（一六三〇—三一）の視覚効果が疫病の感染予防にあるとされることから分かる。パラケルスス派の医師ヴァン・ヘルモントの医学理論とアリストテレスの悲劇論を背景に、美術史家のシェイラ・バーカーは、この絵が見る者に「人工的な」恐怖を間接的に惹き起こすことで、疫病に対する情念の予防効果をもたらしたと論じている。同様のことがポーの作品にも言えるかもしれない。この恐怖短編《ゴシック》は一九世紀に流行したコレラに対する恐怖の予防接種だと。

2　天然痘

天然痘は主に二つのことで人々の記憶に残っている。一つは人類が根絶することに成功した唯一の感染症として、二つ目は、天然痘を経験したことのない新大陸の先住民に壊滅的な打撃——ヨーロッパ人が渡ったことで新大陸の人口の九〇%が死んだとされる——を与えたものとして。人類の勲章と惨事を同時に背負わされた疫病である。周知の通り、根絶の発端となったのはイギリスの医師エドワード・ジェンナーの牛痘接種の発見である。英語の「ワクチン vaccination」は、ジェンナーに敬意を表してラテン語の「雄牛 vacca」から取られている。もちろん、天然痘の餌食となったのは新大陸ばかりではない。天然痘はヨーロッパでも「斑《まだら》の怪物」と呼ばれ、特に幼児期の子供を襲い(二五〜四〇%は死亡した)、生き延びたとしても失明したり顔に醜い痘痕ができたりと、人の一生を左右する傷を残した。一八世紀末のヨーロッパの盲人の三分の一は天然痘が原因だったと言われている。

文学作品においても天然痘は描かれてきた。一八世紀フランスの小説家ラクロの『危険な関係』(一七八二)でメルトイユ侯爵夫人が天然痘でその美貌を失い、一九世紀ではゾラの『ナナ』(一八七九)の主人公ナナが同様に天然痘によっておぞましい顔に変貌させられる。この二つの例から分かるように、小説の中で犠牲になるのは美しい女性が多い。いずれも女性の悪徳——侯爵夫人の傲慢さ、ナナの性的放縦——への罰として天然痘が与えられた。少なくとも一八世紀の文学では、天然痘は特に女性と結び付き、天然痘による顔の損傷（痘痕顔）は、華麗な女性の性的逸脱や道徳的堕落への罰として機能した。なぜ、女性なのか？　天然痘は強い情念や空想力の持ち主が罹りやすいとされ、その筆頭にか弱き女性があげられたからだ。強い空想力を持つとどうなるか？　先に紹介した想像力による感染が起こる。強い空想力を持っている女性はたやすく恐怖と驚愕の餌食になる。例えば、劇場にオペラを鑑賞しに行った女性が痘痕顔の人物を目撃しただけで、強い想像力が働き天然痘に冒されたというエピソードが小説に出てくる。天然痘はもとを辿れば人類の楽園追放をもたらしたイヴの傲慢さと統御不能な想像力——逸脱した女性性——の結果であり、痘痕による美貌の毀損は堕落した人間性の永劫のリマインダーなのだ。一方、男性はどうか？　男性の痘痕は美貌を毀損するどころか、男性をより男らしくさせ、賢明に見せさえする。痘痕という傷は、男性にあっては、戦争や決闘で勇敢に戦ってできた誉れ高い傷跡と同義とされたからだ。このように、文学的想像力の中では、天然痘の表象のジェンダー偏差は著しいと言わざるを得ない（詳しくはShuttleton 参照）。

「レディ・エレノアのマント」

本書に収めた「レディ・エレノアのマント」（一八三八）も傲慢で高貴な女性がその応報を受けるという筋立てにおいて、天然痘の文学的コンヴェンションを踏まえている。作者のナサニエル・

ホーソーン（一八〇四―六四）は、『医療』編でも取り上げた一九世紀のアメリカを代表する作家で、日本でも『緋文字』の著者として知られている。物語はおよそ百二十年前の出来事として語られる（時代背景として一七二一年にマサチューセッツを襲った天然痘の大流行がある）。

　この作品には、傲慢で自尊心に満ち溢れた高貴な女性への報復としての天然痘という筋立て以外にも、天然痘にまつわるモチーフが内包されている。新大陸にもたらされた「生物兵器」としての「天然痘の毛布」というモチーフである。貿易品として新大陸の先住民に非常に好まれた毛布を天然痘の菌に故意に汚染させて与え、天然痘を広めたという伝承、さらに一八世紀のポンティアック戦争でイギリス軍が天然痘に罹った患者の使用した毛布をネイティヴ・アメリカンへ贈り、「生物兵器」として利用することを計画したという事実が、「天然痘の毛布」の神話を形づくり、一九世紀以降、文学の中で流通していく。「レディ・エレノアのマント」もこの系譜に位置づけられる。

　ただ、エレノアのマントだけが傲慢さを象徴し罰を受ける対象ではないのも明白である。疫病で死んでいったのは旧世界の貴族・支配者だけでなく植民地の新たな住民たちでもあったのだから。傲慢や贅沢といった悪徳はエレノアのマントが疫病を植民地にもたらす前からすでに住民の間で伝染病のように蔓延していたのだろう。エレノアが到着した時、一斉に歓呼の拍手を送ったのはまさに植民地の群衆である。実際、一七二一年のピューリタンにとって天然痘の流行は、彼らの間にはびこる傲慢や贅沢という悪徳に対して神が与えた罰と解釈された。エレノアを崇拝し偶像化する若者ジャーベスの服従することに快楽を覚える偏執狂的態度は、当時のピューリタンの分裂した心理をうまく捉えている。

ジャーベスが「共感 sympathy」の原理を持ってエレノアの自尊心を矯《た》めようとしているのも注目すべき点だ。共感は一八世紀のデイヴィッド・ヒュームやアダム・スミスらの道徳哲学の中で鋳られた概念である。それは端的に言って、他者の痛みを自分のこととして感じる能力の謂であり、階級、性別、人種などの壁を越えて人と人とを繋ぎ、同胞意識を作る原理である。アメリカの独立にも大きな思想的役割を果たした。ジャーベスがエレノアに差し出す聖なるワインを共に飲むことが、共感の鎖の中にいることを証明することになるのだが、エレノアはそれを拒否し、自尊心の象徴であるマントに身を隠す。これだけ見れば共感は悪徳＝傲慢さ＝疫病の対立物で、それらを治癒するものととれるのだが、実際はもっと複雑だ。そもそも共感は伝染するものである、というより、伝染しなければ共感は成り立たない。そばにいる人があくびをして自分も思わずあくびをしてしまうのが最も卑近な共感＝伝染の例である。反対に、疫病も平等化という共感の目的を果たす。貴賤を問わず襲い「皆同胞」だと思わせるのだから。物語終盤の民衆の狂気じみた暴動は共感の原理が暴走したこと、引いては、共感に内在していた伝染性を暴露している。そうした点から見れば、この作品は共感（治癒）と伝染（疫病）の二項対立が脆くも崩れる恐怖を描いたものとも読める。

3　コレラ

一九世紀に繰り返しパンデミックを引き起こしたコレラは一九世紀を代表する疫病と言えよう。単純化は危険だが、大きな歴史の流れの中で時代を画する疫病の変遷というものがあるかもしれない。中世から初期近代まではペスト、一七世紀から一八世紀にかけては天然痘、一九世紀はコレラ、二〇世紀はインフルエンザ、そして現代二一世紀は新型コロナ。後に見るように、一九世紀はインフルエンザのパンデミックもあったし、慢性的な疫病であるチフス熱による死者の方がコレラの死者よりも多かった。にもかかわらず、一九世紀の疫病と言えばコレラである。チャドウィックらによる公衆衛生運動やコッホによるコレラ菌の発見、それに先駆けてのジョン・スノウの井戸水の疫学調査など、医学史や社会史に取り上げられやすいということもあるが、やはり一番の理由はコレラが見るからにショッキングな病であったからだ。まず、死者数は他の伝染病よりも少なかったのに、二人に一人は死亡するという致死率の高さ。それに加え、発症から死に至るまでの進行の早さ。日本でも「三日コロリ」と呼ばれたほどで、二、三時間で重体になることもしばしばだった。そしてなんと言ってもその症状の激烈さと特異さ、グロテスクさ。症状は下痢から始まり、それが嘔吐と共にひっきりなしに続き、排泄物は「米のとぎ汁」のようになって、体は痙攣し、顔はチアノーゼでどす黒く変色し、脱水症状を起こすと数時間で、知人でも見分けがつかなくなるほどの干からびた形相になる。単に致命的であるだけでなく体を異質な何かに変えるという点で、ソンタグが言う病の負の隠喩化の典型と言える。

糞尿や下痢などの排泄物とその不潔さとの連想はコレラのおぞましさを増大させる。汚物によって寝具を汚すというコレラ患者の日常的な光景は、当時のブルジョワジーに耐えがたい嫌悪感と不快感をもたらした。それは規律と抑制が効かない制御不能の身体、糞尿が垂れ流されるスカトロジカルな身体を容易に連想させる。肺を冒す肺結核が上半身の病、身体を透明にし自己を美化するロマンティックな病なら、消化器系を統制不能なまでに冒す下半身の病、コレラはスカトロジカルな病の最たるものと言えよう。

実は一八三〇年代初頭に最初のコレラ流行がイギリスで起きるまでは、コレラは文明国イギリスにはこないか、きてもインドのようにはならないだろうという楽観論があった。というのも、一八世紀のイギリスは疫病を発生させやすい病理的な自然環境——瘴気《ミアズマ》を生じさせる沼地や湿地など——を干拓事業や排水事業などで健全なものに変えることで、ペストから免れることができたからだ。一七二〇年フランス、マルセイユを襲ったペストはイギリスにはやってこなかったのだ。だが、コレラは実際にやってきて、その楽観論は打ち砕かれる。それでもなお、中産階級以上の人々は、コレラの犠牲になるのは特定の階級の人々、特に下層階級の貧民だと高をくくった。彼らの目には、コレラの母国インドと同じように、コレラは不潔で不衛生な環境の中で暮らしている人々、特にロンドンのスラム街や貧民窟に蠢《うごめ》く「大いなる不潔なもの the Great Unwashed」どもの病のように見えたのだ。彼ら「大いなる不潔なもの」はイギリスの「内なるインド」に住んでいるが、その最たるものがジェイコブ島である。ジェイコブ島は、当時汚染でひどい悪臭を放っていたテムズ河南岸に位置し、「ペスト島」とも、「ロンドンのジェソレ（第一次コレラ・パンデミックの出発点となったインド、ガンジス河デルタ地帯）」とも呼ばれた危険地帯であり、文字通り墓場の臭いがする、今にも腐敗ガスが爆発しそうな場所である。この島の「大いなる不潔な貧民」は密集した空間に動物のように雑魚寝し、汚物に浸り、垂れ流した汚水と共に生きている。彼らがコレラの犠牲者となるのは当然であり、この地帯から、引いては汚物塗れの彼らの身体からコレラが発生、伝播するのだと思われても不思議ではない。チャドウィックらの衛生改革者はこのような病理地帯《ミアズマ》を都市のあちこちに見出し、それを排除、浄化する事業に着手することになる。

一九世紀ヴィクトリア時代の社会にこれほど恐怖と影響を与えたコレラだが、不思議なことに、当時の文学はその社会的衝撃と見合うほどの反応は示していない。ヴィクトリア時代のコレラと文化を研究したパメラ・ギルバートは、ヴィクトリア時代の小説はコレラをほぼ無視したと結論づけている。コレラを中心的な主題にした、著名な作家による長編小説は二つしかない（目立った作品ではないので未訳である）し、コレラの症状の詳細で明確な記述も小説の中では避けられている。医学書の症例の方がよっぽど文学的である。小説のプロット上の仕掛けや登場人物の造形、特に下層階級の特徴づけなどに応用してもよいはずなのに、当時の小説家はひどく臆病のようだ。ヴィクトリアという言葉にある種の連想が働く人にはその理由は予想できるかもしれない。そう、あまりの嫌悪感、不快感を催すスカトロジカルな下半身の病は、いかにリアリズムを基本とする小説でも、上品と節度を重んじるヴィクトリア人（主に中産階級）のモラルと感性には手に余るものなのだ。作品の中でコレラに罹患した人物がいたとしても、コレラとは明言せず、「熱病」や他の病名に置換してぼやかすこともあった。さらに、コレラの症状の迅速さ、罹患から死までのあまりの早さも小説のナラティヴには合わなかったのかもしれない。

「見えざる巨人」

「見えざる巨人」（一八八一）は『ドラキュラ』（一八九七）の著者として有名なアイルランドの作

家ブラム・ストーカー（一八四七―一九一二）のファンタジー『黄泉の下』の中の一編である。コレラの流行を題材にしたこの短編は、彼の母親シャーロットが記憶するスライゴーを襲った一八三二年のコレラの記録（息子に書いた手紙）がもとになっている。ストーカー家には医学関係者も多い。特に親しかった兄のソーンリーはアイルランド王立外科協会の会長を務め、弟のジョージも開業医として活躍した。ストーカーの医学の知識は身近な人々からも得られたのかもしれない。この物語の中の疫病はコレラと明言されてはいないものの、スライゴーのコレラ流行が下敷きになっていることと以下の分析から、コレラだと判断できる。

「黄泉の下の国」の巨人＝疫病がコレラであるのを示唆するのは、まず、最初に犠牲になる住民の描写の場面である。ザヤとノールを嘘つきだと言って噴水に沈めてしまおうとする男が突然激しい痛みと共に脇腹を抱えて苦しみだし、みるみるうちに顔がどす黒くなり、あっという間に死に絶える。言うまでもなく、コレラの劇的で迅速な症状そのものである。場所が噴水であるのも、汚染された公共の水によってコレラに罹患したことを仄《ほの》めかす（ジョン・スノウの井戸水の調査を連想させる）。コレラ菌が発見される前ではあるが、口径感染するという説は流通しており、ザヤの友達の小鳥たちが自己を犠牲にして毒味をするのは、その説を前提としている。目が見えない巨人という設定も当時のコレラの図像のコンヴェンションである。

近代的な医学に裏打ちされているかに見える疫病の描写だが、巨人＝疫病は終始、瘴気《ミアズマ》に結びつけられている。ノール（knoal は know-all を示唆し、彼は賢人＝医者の役割を果たす）の語るところによれば、巨人は「淀んだ沼地」に生息する。巨人はいつ沼地から発生するのか？　夏の夕暮れ時、そよ吹く風もまったくない時である。熱によって腐敗し淀んだ空気が瘴気《ミアズマ》となって発生するというシナリオをなぞっているかのようだ。その証拠に、巨人の体は霧のような外衣に包まれているし、巨人が近づくにつれて「冷たい霧」がザヤの周りに立ち込める。このことは一九世紀の終わりになってもまだ瘴気《ミアズマ》の文学的想像力が衰えを知らなかったことを物語る。

では、なぜ巨人＝疫病が国を襲ったのか？　一つには人口が過剰だったからである。おとぎの国の話のように見えるが、「黄泉の下の国」は現実のイギリス社会が強く意識されている。疫病で多くの人が死んだのに、生き残っている人がまだたくさんいる（「こんなにも莫大な数の人間が住んでいた」）ことにザヤが驚く場面がおもむろに挿入されるが、これはイギリス都市部の人口過密、過剰状態を意識してのことだ。マルサスは『人口論』で人口過剰の解消の一つとして疫病による人口の抑止をあげたが、巨人はそれを実行しているかのようである。挿絵を見れば、この国が過剰なだけでなく、いかに密集しているのか、スラム街とは言わないまでもかなりの密状態であるのが分かる。貧民はこうした

「見えざる巨人」の挿絵

密集状態の中、疫病が発生しやすい生活環境に置かれていたと推測できる。もう一つ、大きな理由として道徳的な理由があげられる。冒頭の記述から、「黄泉の下の国」がかつての牧歌的な共同体から資本主義社会に変容したことが見て取れる。「黄泉の下の国」の住民は自分のことしか考えず、利己的になり、物質的所有で幸福を感じたいのか、強欲で何でも手に入れようと必死である。競争原理と市場主義のもと、富める者は少数で貧しき者が多数を占める格差社会が実現している。これは一九世紀の資本主義社会、自由主義社会イギリスの陰画である。最初に疫病の犠牲者が出るのが噴水のある市場である(「市場のあちこちに死体が転がっていく」)のは、資本主義の利己的所有欲に染まった貪欲で堕落した住民への懲罰という意味が込められている。「見えざる巨人」は単なるおとぎ話ではなく、現実の社会への批判的なコメンタリーとなっている。

「モロウビー・ジュークスの奇妙な騎馬旅行」

「モロウビー・ジュークスの奇妙な騎馬旅行」(一八八五、一八八八)は一読して分かるように、実に奇妙な物語である。作者は英語圏で初のノーベル文学賞を受賞した、インド生まれのイギリスの作家ラドヤード・キプリング(一八六五―一九三六)。日本でも『キム』(一九〇一)や『ジャングル・ブック』(一八九四)の著者として知られている。この短編は彼が一九歳の時に書き上げたものだが、翻訳したのは、その三年後に加筆されたヴァージョンである。キプリングと言えば、どうしてもインドや帝国主義、愛国主義が真っ先に思い浮かび、研究もそうしたコンテクストで進められてきた。しかし、少なくとも私の関心からすれば、キプリングは「文学と医学(病)」の分野において、未だ研究されざる最後の大物である。『病』編、『医療』編に収められていてもおかしくはないほど、彼の作品には病や医療がこれでもかというほど頻出する。インドを舞台とした作品にはコレラはもちろんのこと、マラリア、チフス、熱帯性神経衰弱、不眠や過労による自殺など、そして、それ以外の作品にも、結核、ジフテリア、喘息、インフルエンザ、胃弱、癌、リウマチ、梅毒など、病のオンパレードである（特に、癌を扱った作品が多いのは当時としては珍しい）。キプリングが生涯にわたって医療に関心を持っていたこと、そしてずば抜けた医学の知識を持っていたことは、彼が若い頃医者になりたかったこと（病院でインターンまでやった）や、ウィリアム・オスラーを始めとする著名な医師との交流が多かったことなどから窺えよう。医学生を前にしたある講演会の冒頭で放った、「この世には二つの種類の人間しかいない——医者と患者だ」という言葉にもキプリングにとって医療がいかに重要だったかが表れている。

一般的にこの作品はイギリスのインド植民地支配に内在する、植民地支配者としての自己の喪失の不安や「インド化」への恐怖を寓意的に描いたものとされる。ほかの作品にも同様の主題は散見される。腐敗を生みやすい多湿高温の気候であるインドは、白人イギリス人にとって、まさに危険な病理的な場である。インドに暮らす多くのイギリス人同様、ジュークスも熱病を発症し、ヒステリックに犬を撃ち殺したり馬を走らせたりと、帝国主義的自己、支配者に相応しい理性を失う。落馬してくぼ地に転落するのはその象徴的行為である。くぼ地の中で住民とカラスを食べたり、身の毛もよだつ臭くて汚い穴倉に寝ることで、彼のサーヒブとしての身体はどんどん「インド化」していく。

では、コレラはどう関係するのか？　ダスの説明によれば、この穴はコレラに罹って一旦死んだ者が生き返った場合、「死者」として連れてこられる場所のようである。ジュークスが執拗にこの場所を臭い、汚い、獣以下だと生理的嫌悪をむき出しにするのは、この場がコレラの温床となる瘴気《ミアズマ》の極致であることを示している。もう一つ、死んでいるが死んでいないというゾンビのような穴の住民のあり様は、コレラ患者の容態そのものであることにも注意したい。末期のコレラ患者は生きているのにまるで死体のように青黒く変色し、その症状は死を模倣しているとまで言われた。反対に、死んだ後のコレラ患者の身体は、脱水症状のため死後硬直や腐敗が緩慢になるため、死後痙攣もしばらく続き、まるで生きているかのようである。コレラ患者の早まった埋葬への恐怖はこのようなゾンビ化する身体、生と死の境界を侵犯するグロテスクな身体からくる（ブラム・ストーカーの母親のコレラ語りの中にも、墓に埋められて生き返った男の逸話が載っている）。

だが、この作品は、コレラになったかもしれないサーヒブが帝国主義的自己を失い、蟻地獄のような病理的空間《コレラ》に幽閉され「インド化」する恐怖を描いているだけではない。イギリスにとってコレラはインドの病理的気候や環境、インドそのものである。では、当のインドにとってコレラとは何か？　逆説的に見えるが、インドにとってコレラはイギリスである。この作品はこの視点を刻み込んでいる。どういうことか？　そもそもコレラがパンデミック化したのはなぜかということを考えればいい。インドの「風土病 endemic」であったコレラが巡礼や宗教的祭りによって「流行病 epidemic」になることはあったが、それがパンデミックに発展したのは一九世紀になってからだ。一八世紀半ば以降、膨張主義を掲げるイギリスは東インド会社を介してベンガルを中心にインド支配を強め、一九世紀初頭にはムガル皇帝を東インド会社の支配下に置いた。無数の小国家がまとまりを作ることによって閉鎖的なインドは孤立を破られ、住民同士の交流が活発になり、限定的だった外国人との貿易も開放される。それに伴いイギリスは軍隊の移動や巡礼に必要な鉄道、道路などの交通網やコミュニケーション体制を整えた。感染症が蔓延し自然災害も多発する病理的な国インドを救済するため、西洋医療も積極的に介入させる。周知の通り、疫病の大流行は人の移動によってもたらされる（コレラの場合、巡礼が契機となった）。つまり、人の移動を大幅に促すことを可能にしたイギリスこそがコレラのパンデミックを作ったのだ。野蛮な国を文明化しようとした近代的テクノロジーが疫病の大流行を促すという皮肉を招き、一九世紀後半には世界からイギリスを非難する声もあがったほどだった。作品に戻ると、ジュークスは優秀な土木技師、近代テクノロジーのインフラ作りを担っている男であり、ダスは情報ネットワークのインフラを整備する電信局の局長だった男である。注目すべきはこのダスがいかにして蟻地獄のようなくぼ地へ運ばれてきたのかという点だ。ダスの命を救った「一週間分の薬」は、ダスのイギリス帝国への近しさから考えれば、現地の医療ではなく帝国の医療であることは明白である。さらに、生き返ったダスを運んだのは、ほかならぬ「鉄道」である。もうお分かりだろう。一見些細なディテールにしか見えないが、この作品には、帝国主義の意図せぬ失敗――病人を救うための近代医療、疫病、飢饉、自然災害を緩和するためのインフラ事業そのものが疫病のパンデミックを招いたこと――がさりげなく刻印されているのである。

「一介の少尉」

「一介の少尉」（一八八八）は同じくキプリングによるインドを舞台とした作品の一つである。キプリングにしてはあまりにもセンチメンタルだとされ、高い評価は受けてこなかったが、再評価されてしかるべき作品である。

読みのポイントは、「感染 contagion（語源的には共に触れるという意味）」の二面性——疫病を伝播する面と触れることによって絆を作る面——と帝国主義的軍隊の男同士の絆とその強化が、実はセンチメンタルなものによって成り立っていること、さらには、その二つの点が相互に絡み合っていることとである。感染の二面性が一番よく表れるのは、ボビーとドーマーの男同士の絆を通じてだ。釣りの場面での握手（＝接触）は、コレラに倒れたドーマーと彼を看病するボビーとの間の一晩にもわたる堅い握手を予示する。二人の堅い握手を通してボビーの男らしい美徳がドーマーに注入（＝感染）され、コレラに罹患したドーマーは奇跡的に快復するが、同時にボビーはドーマーから疫病を伝播される。ドーマーとの握手は二人の男の絆を強めるが、それが強くなればなるほど感染のリスクも高まり、実際感染する。この点で、ボビーのコレラ流行時の行為は、「感染」のもう一つの面、触れることによって人と人とが繋がり、共同体の紐帯が強まる——逆に共同体の絆が強ければ強いほど感染が広まる可能性が高い——という面を捉えており、言い換えれば、感染症が善意と友愛の証しともなることを示唆している。元来、感染症（＝疫病）は外からやってくる敵であって、戦闘的隠喩で彩られることが多い。しかし、感染の多くは家族や共同体の仲間など内部の訪問者からもたらされる。こうした意味で、疫病は外的な敵＝悪ではなく、内部からの訪問、訪れ＝善意として表象され得るものとしてユートピア的な契機を孕んでいる（石塚、Gallagher参照）。

ただ、このことを前提としつつも、この作品は疫病のそうしたセンチメンタルな面が軍隊の規律と団結力の強化に利用されていること、引いては、イギリス帝国のインド植民地支配にも類比的に適応され得ることも暗示している。ボビーは士官として、連隊の部下をいかに「操縦する」のかを学ばなければならない。これは宗主国が植民地をいかに統治するかの隠喩でもある。前半部分のボビーは軍人たらんとして帝国主義的男らしさを演じているように見えるが、コレラの流行を機に彼の演じる男らしさは、英雄的ではあるがセンチメンタルなものへと変わっていく。ボビーは感染のリスクも顧みず、献身的に連隊のコレラ患者を慰め、テントをまわり部下を叱咤激励し、病院テントでも牧師よりも必要とされるほどの存在となる。最終的にボビーが殉教者として死ぬことで、連隊の「堅固な友情」は盤石なものとなる。ボビーはまさにベンガル軍規が言うところの生きた「模範」となったのである。つまり、軍規を「命令によって強制する」だけでなく、センチメンタルな絆、同性愛とも見紛う男同士の絆を生きた模範となって示すことで、連隊に規律と団結力をもたらしたのである。

連隊に規律をもたらすボビーの英雄的行為が実は看護・看病・ケアという女性的特質の典型であること、また、連隊の男たちがボビーの死に涙したということは、帝国主義的男らしさや軍隊の紐帯を維持するのに、いかにその対立物であるかに見える、女性らしさやセンチメンタルなものが補遺として必要だったかを物語っている。しかし、そのセンチメンタルさは過剰であっても少なすぎてもいけない。二人の兵士、ポーキスとコンクリンを比べてみればいい。臆病で「役立たず」なポーキスは軍人らしい男らしさを著しく欠き、恐怖に襲われコレラに罹患して死ぬのだが、文中ではコレラとは書かれずあたかも「恐怖」によって命を落としたかのようである。一方、コンクリンは英雄ボビーの死にも感情を動かされない、冷酷なまでの男らしさを持っている。それが故に、ポーキスのようにコレラに罹っても命を落とすことなく快復期の病人として登場する。涙とは無縁のコンクリンの非情さはドーマーの一撃によって正当に処罰され、そのことで連隊はさらに結束を強める。

このセンチメンタルな男らしさの微妙な匙《さじ》加減は、作品が同性愛嫌悪を内包していることも示唆している。男同士の絆（ホモソーシャルな絆）はホモセクシュアルなそれ（同性愛）と峻別されるべきものだからだ。ボビーとドーマーとの、そして連隊の男たちとの絆が同性愛でないことは、ボビーが異性愛者であること、休暇の避暑地で知り合った恋人がいることによって担保されている。ボビーが献身的に連隊の男たちの世話ができるのは、この恋人からの手紙があったからにほかならない。それは「活力の源」となって彼を衝き動かす、というより衝き動かす名目を与える。恋人への最後の手紙で、ドーマーの冷たい手がボビーの「心臓に突き刺さった」ことを、同性愛を喚起させるためか、意図的に隠そうとするのも、語られざる同性愛嫌悪の表れである。

4　インフルエンザ

ロシア・インフルエンザ

インフルエンザのパンデミックと言えば今から約百年前のスペイン・インフルエンザが有名だが、それ以前にも何度もパンデミックは起きていた。例えば一八世紀には三度の流行があったとされ、なかでも一七八一年から八二年にかけてのパンデミックはイギリス人の約四分の三が罹患したと言われるほど、史上空前の流行を見たとされる（もちろん、症状が似ているからといって、現代のインフルエンザと同じかどうかは分からないが）。一九世紀も数度のパンデミックが見られた。最大のものは一八八九年から九三年にかけてのいわゆる「ロシア風邪」「ロシア・インフルエンザ」である。イギリスだけでも一二万五千人の死者、世界全体で百万人の死者を出したと言われている。スペイン・インフルエンザを概説する前に、このロシア・インフルエンザを紹介したい。というのも、この疫病の流行は世紀末文化に少なからず影響を与えたにもかかわらず、歴史・文化史からほぼ消え去り、研究どころか言及さえされないからだ。例えば、ブラム・ストーカーは一八九五年二月にロシア・インフルエンザに罹患しているが、伝記等では何ら言及はない。もう一つの理由としては、ロシア・インフルエンザが現代的パンデミックの原型となったからだ。後述するように、スペイン・インフルエンザは第一次世界大戦という非常時の中でのパンデミックであり、ある種、例外的なものである。平常時でのパンデミックという点からすれば現在の新型コロナのパンデミックはこのロシア・インフルエンザのパンデミックに近い。

そもそも、パンデミックという現象が認知されるようになったのはかなり最近になってからのことで、過去にパンデミックがあったと言えるのは後づけにほかならない。というのも、パンデミック（疫病の世界的流行）がリアルタイムに進行していると判断するためには、それを瞬時に知る手段（情報ネットワーク）が必要だからだ。各地の流行を伝え、知る情報ネットワークとメディアがなければ、いくら世界で蔓延しても流行は局所的なものと見なされるだろう。つまり、パンデミックとインフォデミックは同時に起きなければならない。その二つが同時に起きた最初の流行がロシア・インフルエンザである。

ロシア・インフルエンザが現代的なパンデミックになるための条件は揃っていた。一九世紀半ばには海底ケーブルが引かれ、ヴィクトリア時代のインターネットと言われるテレグラフが世界に張り巡らされ、流行の恐怖の情報を瞬時に送ることができるようになった。それに輪をかけて、九〇年代のイギリスは新聞の黄金時代と言われるほど高級紙や大衆紙が量産され、殺人やセックススキャンダルと同様にパンデミックが新聞を売るネタの一つとなった。と同時に、メディアがパンデミックの恐怖を必要以上に煽るインフォデミックな状況も招いた。特に著名人の罹患と死亡は格好のネタになり、その悲劇をドラマチックに描くことで大衆の不安も増した。

季節性のインフルエンザであれば、日常的な風邪と見分けがつきにくく恐怖を呼び起こすことはないが、一旦致死率の高い流行病になれば症状も激しく人々の耳目を驚かす。ロシア・インフルエンザの場合、そうした悪性の症状も注目を浴びたが、最大の特徴とされたのは神経症的後遺症である。インフルエンザが神経症や精神疾患を併発するということは一八世紀から知られていたが、真剣に取り上げられることはなかった。恐らく、シャルコーのヒステリーやビアードの神経衰弱など精神医学への関心が高まったことも関係するのだろう、この時、突然、インフルエンザの神経症的後遺症が注目を浴びる。神経痛から神経衰弱、不眠症から抑鬱症、幻覚や被害妄想、迫害妄想、記憶障害、ひどい時には自殺願望や殺人衝動まで、幅広い意味での精神疾患が報告された。精神病院への入院患者の増加と自殺者の増加がインフルエンザの流行と一致しているとの見解は、インフルエンザの精神病的後遺症が現実のものだということを裏づけた。興味深いことに、インフルエンザ精神病は男性に多いとされ、しかも勤勉で過労気味の男性がなりやすいとされた。殺人や犯罪、自殺などセンセーショナルな事件——現実のものでもフィクションの中のものでも——における共通のスクリプトは、インフルエンザに罹った男性がようやく治りかけ、大事を取っていればいいものの、無理をして働き出したせいで何らかの精神病的後遺症を発症し、事件や犯罪を起こすというものだ。例えば、塗装屋のフランク・テイラーの例を見てみよう。テイラーは自分の妻と六人の子供を彼らが寝ている間に喉を剃刀で掻っ切って殺し、自殺するという凄惨な事件を起こす。フランクは決して狂暴な男ではなく、勤勉で毎週日曜には教会に通い、アルコールも一切飲まない、労働者の美徳の鑑と言えるような男だったのだが、運悪く失業中にインフルエンザに罹り、後遺症として鬱を発症している時に、このような事件を起こしたのだ。こうした男性は世間の同情を呼び、検視官はテイラーをインフルエンザ後遺症による一時的精神錯乱と処理した（ロシア・インフルエンザについてはSmith, Honigsbaum [2010; 2014] を参照）。

　イギリス世紀末の文化に明るい人ならインフルエンザ後遺症が当時の文化的感受性とある程度呼応しているのが分かるだろう。自殺率の高さは自殺の流行を、勤勉な男性の過労による人格分裂や記憶障害は、当時のゴシック小説で多く題材とされた多重人格を想起させる。この領域はほとんど手つかずなので今後の文化研究に期待することとしたいが、一つだけ例を挙げよう。ブラム・ストーカーの『ドラキュラ』(一八九七)である。これまで結核、梅毒、コレラ、狂犬病やマラリアなどいろいろな感染症の可能性が指摘されたが、驚くことにロシア・インフルエンザだけは指摘されていない。詳細は避けるが、ドラキュラがロシア船に乗ってイギリスにやってきたこと、ジョナサン・ハーカーが女ドラキュラに襲われ脳炎になったこと、レンフィールドという精神病患者がドラキュラの手下であること、精神病院の隣の屋敷をドラキュラが購入することなど、『ドラキュラ』のテクストにはロシア・インフルエンザの影響が色濃く反映されている。

スペイン・インフルエンザ――忘れられたパンデミック?

新型コロナのパンデミックを受けて最も脚光を浴びた過去の流行病はスペイン・インフルエンザである。マスクの着用が一般化されたのもこのパンデミックにおいてである。周知のように、一九一八年から一九年にかけて大流行し、世界の人口の約三分の一を罹患させ、五千万人から一億人ともいわれる死者を出したこのパンデミックは、人類史上一回の流行としては最悪のものとされる。スペイン・インフルエンザという名称は、第一次世界大戦当時、中立国だったスペインで検閲がからず、スペインでの流行が世界に報道されたため、誤ってつけられた名称である。最近の研究書ではニュートラルに一九一八年のインフルエンザ・パンデミックと呼ばれるようになっている。将来的にはこの呼び方が通称となるのが好ましい。

詳細は、今世紀に入ってから加速度的に増えたインフルエンザ・パンデミックに関する歴史書を参照してほしいが、このパンデミックに例外な点が多いことは指摘しておきたい。第一次大戦の末期と流行の時期が重なった非常事態におけるパンデミックであったこと、死者のおよそ半数は人生の盛りにある二〇代から三〇代の男女だったこと、死者の三分の二は一九一八年九月から一二月初旬の短期に集中したこと、これだけの大惨事にもかかわらずすぐに忘れ去られたこと、文化的・文学的記録があまりに少ないことなどである。特に最後の記憶の問題は重要であるが、その前に、スペイン・インフルエンザの症状のなかでも、とりわけ恐ろしい例を簡単に見ておく。

高熱、咳、激しい痛みや頭痛に譫妄《せんもう》状態はもとより、肺炎、嗅覚障害に中耳炎（時には鼓膜が破れることも）が生じ、サイトカイン・ストームが起これればあらゆる臓器に障害が生じる。後年の証言によれば、突然歯や爪が抜けたり、一夜にして白髪になったり、ごく健康そうな成人が突然道端で倒れたり、バスの運転手が昏睡状態で事故を起こしたりなど、ぞっとするようなエピソードも多い。ロシア・インフルエンザの流行時に有名になった精神疾患の後遺症ももちろんある。特に恐怖を与えた症状は二つ。一つは血液の酸素濃度が低下することで生じるチアノーゼ——肌が薄紫色になるのでヘリオトロープ・チアノーゼと呼ばれた——で、顔（特に唇）が紫や鉛色に変化し死相を帯びる。これが出たら死が近いとされ、「紫色の死」と呼ばれた。二つ目は粘膜からの大量の出血である。正確なメカニズムは分かっていないが、鼻、口、耳や目の周りから噴き出すように流れ出る血液——大量の鮮血が鼻から噴出し、時として一メートル先まで勢いよく飛んだ——は、かなりショッキングな光景だった。

このようにスペイン・インフルエンザは衝撃的なパンデミックであったはずなのに、すぐさま忘れ去られ、歴史の記憶に残らなかった。ベストセラーになった二〇世紀の歴史の教科書にはこのパンデミックの記述はほとんどない。文学の分野を見ても同様である。よく指摘されるように、ロスト・ジェネレーションと呼ばれる作家たちの作品には戦争の傷跡はあれほど多く、深く残されているのに、パンデミックの言及はほぼ見受けられない。医師‐作家であったウィリアム・カーロス・ウィリアムズはインフルエンザの患者を診ているはずなのに、作品にはそうした患者は一切出てこない。著名な政治家の自伝や伝記、作家の日記にもパンデミックの記述は非常に少ない。七〇年代に包括的なスペイン・インフルエンザの歴史を初めて世に出したクロスビーがその中で指摘して以来、これは大きな謎であり続けた。ただ、この場合の忘却は風化とは異なる。風化は重大な事件や災害が人々の記憶に刻み込まれ、時が経つにつれて薄れていくというものだが、スペイン・インフルエンザの場合は当初から無関心であった可能性が高い。無関心は言い過ぎかもしれないが、少なくとも、この事態を後世に伝え残すべき重要な出来事、記憶されるべき事態だという認識が薄い。そうでなければ、あれほどの記録の貧弱さは説明がつかない。一方で、当事者——インフルエンザに罹り死にかけた人や家族や恋人を失った人たち——の記憶は確かに強い。イギリスの歴史家リチャード・コリヤーが一九七二年に新聞広告で広く世界から一九一八年のパンデミックの記憶を手紙で募集したが、その証言の中で繰り返し使われたフレーズは「決して忘れない」だった。つまり、個人的記憶の強度と集団的記憶のそれが著しく乖離《かいり》しているということだ。クロスビーの当初の問いも単純に忘れ去られたのはなぜかではなく、どうして個人的な記憶があるのにそれが集団的記憶の形成につながらなかったかという点であったはずだ。以下、紙幅の都合もあり詳細は避けるが、なぜ人々は無関心だったのか、個人の記憶が集団的なものへと昇華されないのはなぜかということについてのこれまでの知見を、管見を加味しつつ私なりにまとめてみたい。

英米に限って言えば、戦争の影響は大きい。第一次世界大戦末期とパンデミックがちょうど重なったことで、人々の病に対する無関心が助長されたと考えられる。特にイギリスはすでに四年もの間戦争状態にあり、あらゆる意味で疲弊していた。ただでさえ戦争で疲弊しているのに、今度はパンデミックに襲われ二重の疲弊状態の中、そして、戦争で死が身近になったことも相まって、ある種の無感覚状態に陥っていたとしてもおかしくはない。あるいは、もうこれ以上、死を認めたくないという拒絶反応もあったのかもしれない。また、戦時中、常に人々の関心を引いたのは戦争であって、それ以外のことは人々の関心の範疇に入ってこなかったのかもしれない。さらに、これは特にイギリスに顕著だが、戦時中なのでストイックなメンタリティが働き、インフルエンザなどたいしたことはないと事態の重さを軽んじる心理が働いたのかもしれない。こうした複合的要素が人々の無関心を招いた可能性は高い。

しかし、戦争との絡みで最も押さえておくべき点は、他者の死の意義という問題であるように思われる。戦争による戦死とインフルエンザによる病死の意味の違いを考えてみよう。戦争で死ぬことは英雄的、愛国主義的なことであるのに対し、戦時下インフルエンザで死ぬこと（＝病死）は自然の摂理であって甘受しなければならないもの、非英雄的なもの、ひどい時には、不面目な死ともとられかねない。病気による死は避けられないものであって、インフルエンザによる死にあまりに関心を持つことは戦時下、非愛国主義的だと見なされかねなかった。戦争での英雄的死なら見ず知らずの他人の死でも共感も追悼もできよう。戦争で自国民が傷を負って死ねば、あたかも自分の体の一部が痛みを負ったかのような気分になるのだから。そうなれば、その死を無駄にしないようにと後世に語り継ぐ倫理的使命感や動機が出てくるし、戦没者を国をあげて追悼するための記念碑が建てられ、英霊記念日が制定される。つまり個人の死が昇華され、集団的記憶が形成され得る。一方、パンデミックによる死は、共有できない他者の死、自分にとっては意味のない死として集団的記憶に昇華されないままになる。あるいはまた、こうも言えよう。戦争の喪の下にパンデミックの喪が組み込まれ、すり替えられ、二重に忘れられたのだと。以下に見るように、パンデミックはその性格からして集団的記憶に残りにくいが、一九一八年のパンデミック時は、戦争の喪という装置が強く働いたせいでかえって記憶に残りにくくなったのではないか。

インフルエンザ・パンデミックそのものの性質からも記憶の問題を考えてみたい。今度は、文学になぜ残らなかったかも加味して。例外的に劇的な症状はあったものの、通常はただの風邪と区別がつかないインフルエンザはたとえパンデミックになっても、ドラマチックではない。ありていに言えばキャラが立たない。ソンタグ流に言えば隠喩化されにくい。よって文学にも描かれにくい。これには罹患率と致死率の大きな開きが関係してくる。スペイン・インフルエンザの場合、罹患率は非常に高いのに致死率は三%を超えない。つまり、大部分の人は快方へ向かうので恐怖を感じない。しかも、死者は二〇代から三〇代の若者に集中している（罹患率と致死率の乖離《かいり》、死者が特定の層に限定されることは現在の新型コロナにも当てはまる）。反対に、例えばコレラは罹患率は低いが致死率は五〇%と異常に高いので、嫌悪感を催す症状と相まって恐怖の種を蒔く。また、インフルエンザは目に見える外傷を残さない。梅毒、天然痘、ポリオなどは罹患することで、あるいはその後遺症として体に惨《むご》い傷跡を残すが、インフルエンザは目立った外傷はない。これも戦争と比較すれば分かりやすい。目に見える傷を負った戦争負傷者は後世に伝えるべき記憶のリマインダーになるが、インフルエンザの場合はそうしたリマインダーはない。もちろん、後遺症として重度の神経症や精神疾患はあったが、それも戦争神経症（シェルショック）というあまりにも可視的な新参者の前に埋没する。よって、戦争神経症の小説や映画がこれほどあるのに、インフルエンザ後遺症の小説は——ヴァージニア・ウルフの『ダロウェイ夫人』（一九二五）を除けば——まったく書かれない。戦争との比較を敷衍《ふえん》すれば、パンデミックは「顔」を持たない。戦争なら敵という大きな他者＝顔があるが、パンデミックは見えないだけに敵として描きにくい。最後に、戦争と違って勝利を勝ち取る英雄がいない、非人間的であるパンデミックは劇的な筋書き《プロット》がない。それだけでなく、いつ始まっていつ終わったのかも不確かなパンデミックは、9・11や3・11のように明確な日付を持たず、それゆえ、通常の語りのフレームがつけにくい。よって集団的追悼もできなければ、通常の意味での物語化も難しい。パンデミックは物語化しにくいし、そもそも記憶に残りにくいということだ。

以上、簡単ではあるが、スペイン・インフルエンザが戦争の影響とパンデミックそのもの、こういってよければ凡庸さと非物語性によってすぐさま忘れ去られ、文学にも残らなかった理由をまとめた。忘却されやすいパンデミックが戦争によって二重に忘却された。それがスペイン・インフルエンザである。これで当時の文学がパンデミックをなぜ無視したか、キャサリン・アン・ポーターの「蒼ざめた馬　蒼ざめた騎手」がいかに稀少なインフルエンザ文学であるかが分かる気がするのだが、ことはそう簡単ではない。パンデミックは当時の、ないしはポスト・パンデミックの文学に幽霊のような存在として痕跡を残し、いわばウイルスのような影響を与えていたのだということがごく最近、エリザベス・アウトカのスペイン・インフルエンザ文化研究『ウイルス的モダニズム』(二〇二〇)によって明らかにされたからだ。アウトカによれば、一九一八年のパンデミックは人々の、そして作家の記憶から消されたかに見えるが、その痕跡は文学テクストの至るところにある。文学テクストは表象し難いパンデミックの「幽霊的存在」を喚起しては消すという作業をする。アウトカの言わんとしているのは、作家がパンデミックを無視したことと、パンデミックが当時の文化や文学に痕跡を残したことは矛盾しないということだ。詳しくはアウトカを参照してほしいが、今後、アウトカを起点としてさらなるパンデミック文学・文化研究が進むであろう。

「蒼ざめた馬 蒼ざめた騎手」

仮にインフルエンザ文学というジャンルが成立するなら「蒼ざめた馬 蒼ざめた騎手」(一九三八)は間違いなくその傑作中の傑作である。作者のキャサリン・アン・ポーター(一八九〇—一九八〇)は二〇世紀アメリカの作家、享年九〇という長寿にもかかわらず長編は一編のみとかなり佳作な書き手であるが、一つ一つの作品の完成度は高い。佳作だったのは恐らく波瀾万丈な人生を歩んだせいである。一六歳で駆け落ち婚をしてから何度も繰り返される離婚と結婚、度重なるロマンス(すれ違う人が二度見をするほど魅力的な女性だったという)、幅広い文芸セレブリティとの交友、メキシコ革命との遭遇、長編『愚か者の船』(一九六二)の大成功とセレブリティとしての生活——作品を書く暇を与えないほど慌しい人生だったようだ。「蒼ざめた馬 蒼ざめた騎手」はそんなポーターの半自伝的作品であり、インフルエンザに罹患し死にかけたミランダはまさにポーター自身の経験がもとになっている。一九一八年デンヴァーのロッキー・マウンテン・ニュース社で新聞記者をしていたポーターは一〇月にインフルエンザに罹り、死の淵を彷徨う。病院のベッドが埋まっていてなかなか病院へ運んでもらえなかったという作品での出来事などは現実そのままである。症状は悪化する一方で、担当医師はほぼ彼女が死ぬものと思ったという。新聞社は彼女の死亡記事を書く準備をし、集められた家族は葬儀の手配までした。ところが、ポーターは奇跡的に生還することができた。ストリキニーネの注射を実験的に打ったためだと言われている。作品中でヒルデスハイム医師がミランダに打った注射がこれだったのだろう。生還したものの、髪の毛は抜け、生えてきた髪はすべて白髪、意識は朦朧《もうろう》とし起き上がろうとして足を骨折するなど、かなりのダメージを受けた。ポーターがインタヴューで実際にアダムなる人物と恋仲になっていて、彼はインフルエンザで死んだという証言をしたことから、作中のアダムもポーターの実在上の恋人だと思われてきたが、現在では否定されている。鯖を読んで年齢をごまかすなど彼女の証言には信頼できないところがあるらしい。

作品は主に四つの部分からなっている。ミランダがベッドの中で半ば朦朧となっている「意識の流れ」によって語られる冒頭部分。彼女がインフルエンザに罹っているのは事後的にしか読者には知らされない。場所も時間もわざと曖昧にされ、今何が起こっているのか読者は分からず、主人公の状態を読者に追体験させる部分だ。蒼ざめた騎手との競走はミランダの死への憧れと生きようとする意志の相矛盾する、作品全体を貫く心理を象徴している。続いて警告の鐘の音と共に現実の世界に戻り、リアリスティックに語られる部分。ここでは戦争のナラティヴが前面にせり出す。愛国心を証明することになる自由国債をなぜ買わないんだとラスク委員会のメンバーに責められたり、宿営地の病院の兵士を見舞いに行き自分の偽善さを思い知ったり、十日前に知り合ったアダムとのデートを回想したりと様々なエピソードがリアリスティックに語られるが、パンデミックの影は薄い。ミランダの症状が悪化の一途を辿り、町も恐らくロックダウン寸前の状態に陥っていることが事後的に分かるのだが、リアリスティックな語りの中ではパンデミックの現状は脇に押しやられている。三つ目はミランダがついにインフルエンザに倒れ熱に浮かされ譫妄状態になり、アダムに看病された後、入院して夢と現実の間を行ったりきたりする部分。ここからはインフルエンザが前面に出てはくるが、ミランダの夢——ジャングル、危険な怒りの森、白い霧、岩棚と天国のヴィジョン——の寓意的な解釈が難しく、やはりパンデミックの姿は捉え難い。最後は休戦の鐘の音と共に死の淵から現実世界に生還しアダムの死を知る場面。インフルエンザのトラウマ的後遺症がミランダの心身を蝕み、いわゆる生き残った者の罪悪感に見舞われる。

インフルエンザ文学の傑作と言われているのに、表向きの語りは戦争に関するものであって、インフルエンザ・パンデミックの語りは影が薄いか、読みとることが難しいと思われるかもしれない。しかし、一九一八年のパンデミックがなぜ忘却されたのかを前に見たように、パンデミックはただでさえ表象し難い——瘴気《ミアズマ》のように偏在し、不可視で、顔を持たず、劇的な筋書きもなく、捉えどころがない——のに加えて、戦時下の様々な圧力によって抑圧され、忘却されたことを考えれば、この作品は当時の空気感——パンデミックの二重の消却——を忠実に再現していると言える。パンデミックが戦争のナラティヴにすり替えられ、混同され、表に出たかと思うと打ち消され、消去されたかと思うと幽霊のように出没する、そうしたパンデミックの表象の難しさ、語りの臨界をこの作品は伝えようとしている。

戦争のナラティヴとパンデミックのそれとの隠れた対立やすり替え、打ち消し具合を表に出してみると少しは理解しやすくなるかもしれない。戦争のナラティヴは敵と味方が明白で分かりやすい。自由国債を買えと迫るラスク委員会は愛国主義者の典型であり、敵は「ドイツ野郎」で、自由国債を買わないミランダやタウニーは非国民扱い。愛国主義の押し売りをする風潮に不満を持つミランダやタウニーにしても、戦争のナラティヴに対立しているのではなく、そのナラティヴの中の一要素（愛国主義に反対の声を上げる者）に過ぎない。どちらもキャラが立ち（舞台の上のポッコリお腹のワンダラーマン、反抗心満々で薔薇色のセーターを自分のために編んでいるタウニー）、分かりやすい意味や大義を持っている。では、戦争のナラティヴに真に対立し、それによって常に見えなくされているのは何か？　ほかでもないパンデミックのナラティヴである。それは顔を持たずキャラも立たず、どこにいるのかも分からないがあらゆるところに痕跡だけは残す。ミランダとアダムの前に不意に立ちはだかるインフルエンザの死者の葬列のように。例えば、インフルエンザの「細菌」が国内に持ち込まれた噂が語られるが、それは「ドイツ船」によってという戦争のナラティヴにすぐさま回収される。同じようなことが、高熱に浮かされたミランダが見る夢の中で起きる。譫妄状態にあるミランダには、ヒルデスハイム医師が敵国ドイツの「スパイ」であって、井戸に毒の入った壺を投げ捨てる「ドイツ野郎」に見える。ミランダをインフルエンザで苦しませる見えざる敵が戦争の敵（＝ドイツ）に回収され、ここでもパンデミックは戦争のナラティヴにすり替えられる。

パンデミックが明確なプロットや方向性や因果関係を持たない曖昧模糊としたナラティヴであるのは、ミランダとアダムがいつどこでインフルエンザに罹患したのかが不明な点からも分かる。素直に読めばミランダがアダムにインフルエンザをうつしたかに見える。しかし、アダムは人が「ハエのように死んでいる」キャンプにいたのだし、アダム自身もすぐインフルエンザで死ぬことを考慮すれば、アダムからミランダへという可能性も否定できない。あるいは、二人は同時に、デートで行ったダンスホールや劇場やレストラン（何と密な空間なことか）でインフルエンザに罹ったのかもしれない。ペイシェント・ゼロを特定するような都合のいい疫病のナラティヴはここでは封印されている。

パンデミックの見えない姿を最も印象的に寓意化しているのが、危険な森の夢の場面である。ここでミランダは「目に見えぬ弓」から放たれる不可視の矢がアダムの体を貫通するのを目撃する。言うまでもなく、目に見えない矢はインフルエンザの病原体であり、アダムが「傷もなく」復活するのはインフルエンザが外傷を残さない疫病であるからだ。そこは非人間的な（「人間とは思えぬ」）場所であり、死者のアダムは何度も矢に貫かれては起き上がり、また貫かれる。まるで矢に貫かれるために復活しているかのように。ここでアダムは無方向性に飛び交う病原体（＝矢）に貫かれ死んでいく顔のない無数の死者、パンデミックの死を代替的に具現している（矢が戦闘を示唆し、ここでも戦争のナラティヴ――特に本文中の「モンスの天使」――が喚起されていることにも注意）。ミランダが漠然とした「非難の声」に晒されるのにも注意したい。素直に読めばアダムの代わりに死ねなかった、ないしはアダムに疫病をうつしたことで彼女が非難されると読めるが、誰が非難するのか？非難するのは人ではなく草や木といった自然（非人間的なもの）である。ラスク委員会のような顔を持った人が自由国債を買わないことで彼女を非難するのとは違う。ミランダへの非人間的な非難はパンデミックの理由なき名もなき罪悪感——誰もがいつどこででも、誰にでもうつしたかもしれないという罪の意識——を指している。

こうしたパンデミックの無意味な死と理由なき罪悪感をうまく表しているのは、蒼白い霧の中で一人の老人が死刑執行人に連れ去られる場面である。霧はあらゆる恐怖やわけの分からない痛み、人間の苦悩が内包されていることからパンデミックの瘴気《ミアズマ》的な無方向性の死の隠喩であるのが分かる。老人はインフルエンザで死ぬ無数の名もなき人間の一人だが、死刑執行人に激しく抵抗する。「神に誓って無罪」だと。老人は何らかの罪を犯したため罰（死刑）を受けなければならないのだが、それが何かは老人にも誰にも分からない。パンデミックによる死は、たとえそれが天罰であっても、それが何のためなのかが分からない不条理な死である。戦争で死ぬ兵士と比べてみるといい。兵士の死は意味ある死、英雄的な死として認識されるだろう。誰かの命を救うために犠牲にされた命として。だからこそ若者は塹壕《ざんごう》の中に飛び込みたくてうずうずし、アダムは前線で死ぬ覚悟ができている。反対に、肺が悪いせいで兵役を免れたチャックは周りからの非難の目を気にし、罪悪感に苛《さいな》まれている。どちらも何のためという明確な指示対象があっての死や罪悪感である。一方、パンデミックによる老人の死や罪悪感は指示対象のない空虚なもの、無意味なものである。

ただ、老人の死を戦争のナラティヴに回収し、意味づけようと思えばできる。老人は戦争に行かなかったから死んだのだとすれば、それは一気に無駄な死ではなくなる。実は、戦争に行かなかった人（＝非戦闘員）、特にミランダのような若い女性がパンデミックで死ぬ（それによって罪悪感も払拭される）のは、戦争で亡くなる若い兵士の大量死とバランスを取るための天（自然）の采配だ、という考えは当時ぼんやりとではあるが人々の心にあった。ミランダがアダムのために死にたい、アダムの代わりに犠牲になりたいと繰り返し願い、終始死と戯れるのは、このバランス取り、天との取り引きに積極的に参加しているためだ。ここでも戦争のナラティヴがパンデミックのナラティヴに「犠牲」という意味を与えることで干渉し回収しようとしている。しかし、この犠牲のモデルが偽り、まやかしであることが最後の最後で露呈される。アダムは塹壕の中で勇敢に戦って英雄的死を劇的に遂げるのではなく、キャンプの中でパンデミックによって「ハエのように」死んでいく。祖国のために、ミランダのためにという大義もなく意味もなく死んでいく。しかも、その死はクライマックスともなるべき戦争のナラティヴの中で語られさえせず、「見知らぬ男」からの手紙の中で死後一ヶ月も経ってからミランダに知らされる。パンデミックのナラティヴが最後に戦争のナラティヴを内から食い破る瞬間である。この瞬間を暗示するもう一つのエピソードは戦争の終焉（休戦協定）を告げる鐘の音である。この鐘はミランダの快復と重ね合わせられているので、表面上は戦争の勝利と死からの生還を意味する（ミランダはインフルエンザの症状、頭痛が戦争と共に始まったと言っているので、始まりと終わりがきっちりと符合する）が、それがまやかしに過ぎないのは、事後的にではあるが、休戦の知らせで歓喜乱舞した人々が集い騒ぎ、結果パンデミックのさらなる拡大を招き、収束を長引かせてしまったことから分かる。鐘の音は勝利の雄たけびではなく、パンデミックのさなか何度も何度も鳴らされた弔悼の鐘、パンデミックの死の鐘にほかならない。

最後に、この作品がやはりパンデミックの忘却をテーマにしていることは強調しておきたい（作中で記憶と忘却の語彙が多用されていることにも留意）。ポーターはパンデミックの経験をおよそ二〇年後、つまり、パンデミックがすでに過去のものとなり忘れ去られた時点で作品化する。このことの意義は大きい。パンデミックを生き残った者の責務としてこの作品を世に出したと思われるからだ。作中でミランダが天国のヴィジョンに恍惚としている地点から突如、漠とした不安に襲われ、何かを失ったことを意識して痛みと共に現実へ戻る場面は、作者ポーターと重ね合わせて見ることができよう。ミランダはなぜ戻らなければならなかったのか？「ここには木が一本もない」とあるのはアダムがリンゴに喩えられているからであり、表面的には恋人アダムがいないから戻るように見えるが、ミランダが戻らなければならないのはそのためではない。その後「はっきりした声」が彼女の耳に聞こえてくる。「死んだ人たちはどこ？ 私たちは死んだ人たちを忘れてしまっている」（強調は引用者）と。突然挿入される「私たち」は、パンデミックによる死や喪失が忘却されていること、その責任の主体が生き残った者すべてにあることを示唆する。ミランダが戻らなければならないのは、死者を含めこれらすべての人々のためである。同様のことが最後の最後の場面で繰り返される。ミランダは愛の力で死んだアダムを亡霊として復活させることができるが、それは欺《ぎ》瞞《まん》に過ぎないと気づく。アダム一人を復活させても、パンデミックで失われたすべての人間の命とその忘却を復活させることも、弔うこともできないのだから。アダムと一緒に歌った黒人霊歌（「蒼ざめた馬　蒼ざめた騎手」）の一節にあるように、「死は嘆き悲しむ mourn 歌い手を必ずひとり残す」。

ポーターはその稀有な歌い手となったのである。

5　疫病の後

最後の項目は「疫病の後」である。疫病の後というと、人類が絶滅の危機に瀕した荒涼とした世界を思い浮かべがちだ。メアリー・シェリーの『最後のひとり』から現代のアメリカの小説家T・C・ボイルの「疫病の後」(二〇〇一)に至るまで、小説、特にSFには疫病が人類に壊滅的な打撃を与えた後の終末論的世界がよく描かれる。しかし、本書の「疫病の後」の世界とは、疫病によって大いなる変化を被った新しい日常世界——新型コロナ後のニューノーマル——のことである。ポスト・コロナやウィズ・コロナといった言葉が飛び交うように、疫病は一旦収束したとしてもまた襲ってくるかもしれないし、新しい病原菌が猛威を振るうかもしれない。そうした中で想像しなければならないのは、もはやSF的な黙示録的ディストピアの世界ではなく、疫病と共にある新しい日常である。

「集中ケアユニット」

「集中ケアユニット」(一九七七)はそうしたニューノーマルな疫病後の世界を予言したと言っていいほど、既視感を覚える作品である。著者はSFに新しい波をもたらしたイギリス二〇世紀の作家、J・G・バラード(一九三〇—二〇〇九)。「集中ケアユニット」はバラード後期のテーマ——

現代のテクノロジーによって侵食しつくされた世界の暴露——の一変奏に見えるが、不思議なことにコロナ禍にいる私たちが読めば、誇張はあるものの、現在の新しい日常を描いているとしか思えなくなる。過去の文学作品が時代の変化によって蘇ったり新たに読みかえられたりするが、「集中ケアユニット」はまさにその好例であろう。実はバラードはこのほかにも、ニューノーマルな日常、コロナ禍で隔離生活やステイ・ホームを強いられる私たちの日常を想起させる短編をものしている。「終わりなき休暇」ものと呼ばれる作品群——「楽しい時間を」（一九七八）や「世界最大のテーマパーク」（一九八九）——はクルーズ船「ダイヤモンド・プリンセス号」での隔離生活を想起させるし、一二年間家に閉じこもり、生身の人間との接触を断っているテレビ批評家を描いた「モーテルの建築術」（一九七八）や引き籠もり生活をしている男の、狭いはずの家が巨大化、バラード流に言えば宇宙化していく様を描いた「巨大な空間」（一九八九）はステイ・ホームで家に巣ごもりする私たちの姿を連想させる。

テクノロジーによって可能になる無菌状態のニューノーマルな世界は、実のところ、バラードの作品に先立つこと七〇年近くも前にすでにE・M・フォースターの短編「機械《マシーン》が止まる」（一九〇九）によって描かれている。世界は「機械」によって万事うまく統御され、外出することも人との接触もない。どうやら地表は疫病か何かの影響で住むことができなくなっており、人類は地下の蜂の巣状の部屋で一人一人孤立して住んでいる。家族でさえ離れ離れに暮らしている。そこでは、衣食住、社交や仕事にいたるまですべて機械のボタンを押せば自動的に支給される仕組みになっている。地球はどこも同じようなものになり、距離の感覚も失われ、世界は同質化していく。どこに行っても同じ景色なので旅をすることもない。直接人と会うのは時代遅れであり、接触することは野蛮な行為とされる。人々はテレビのような「円盤」を通してコミュニケートする。物語はその「機械」が壊れだし、調和を保ってきた世界が崩壊の危機にさらされるというものである。邦訳もあるので「集中ケアユニット」と読み比べてみてほしい。

バラードのこの作品の稀有なところは、やはり結末の場面、家族全員が集った途端に血まみれの暴力行為に全員が走るところだろう。どうして、愛する家族がこんな野蛮な暴力行為に走るのか？　人々とその生活が視覚メディアによって完全に媒介されていて、人間の根源的な力や欲望が危険なまでに封じ込められているからだ。作品の世界では映画やテレビといった視覚テクノロジーが日常生活の隅々に触手を伸ばし、人々の心を包囲している。人々はそれらを解放的ツールだと感じている（「豊かな人生経験が……飛躍的に増大した」）が、一方、「罪の意識をまったく持たず……精神病理学的な行為」に耽溺《たんでき》するなど病理的な副反応も起こしている。人と直接接触するのは母親の胎内にいる時だけで、子供は生まれてからはリモート保育室で育てられる。つまり、親との接触を体験せずに成長する。するとどうなるか？　無意識にある根源的な暴力や欲望への意志が発達しないまま、フロイト流に言えば、オイディプス・コンプレックスが封印されたまま成長する。封印された欲望は蓄積され続け、制御不能なものとなり、今まで経験したことのない〝直接会う〟という行為の中で、突如封を切ったかのように暴発する。主人公とその妻の二人だけで会った時は、距離も離れていたせいか、暴力行為にはならず、家族全員が揃ったところで、しかも娘が父親の前で裸になることがきっかけで暴力が発動したのは、危険なまでに抑圧されたオイディプス・コンプレックスが発露したことを示唆している。

確かにこのような読みで間違っていないのだろうが、コロナ禍にある今、別の読み方もできるかもしれない、斎藤環が唱える「臨場性」という観点からも読み解くことができるのではないか。精神科医の斎藤環はコロナ禍で最も刺激的なコメントをする批評家の一人である。例えば、彼が唱える「コロナ・ピューリタニズム」。新型コロナウイルスの影響で、人々は病原菌を持つ、持たないにかかわらず、人に感染させるかもしれないという罪の意識を「原罪」として内面化し、結果、流行が去った後もそうした疫学的な倫理観「コロナ・ピューリタニズム」が継承され、他者が否応なく不潔に見えてしまうと言う。この未来像はバラードの世界にも通じるものがあろう。斎藤が唱える「臨場性」とは、人と人とが直接会うこと、そのライヴ感であるが、問題はその時に生まれる力（暴力）や欲望の賦活化である。人は他者と会わないと欲望が薄れ無気力になる。これはコロナ禍で人と直接会わない生活を長く強いられた私たちには肌感覚で理解できるのではないだろうか。例えば、たまに直接人と会うとそれまでの浮かない気分が晴れ、何か欲望を賦活されたように感じられる。仕事の場面でも直接会って話した方が話が早くつく。こうした欲望の賦活化や人間関係の効率化は面と向かって会うこと、臨場性の積極的な価値である。しかし他方で、他人と会うことはいつも他者の不可避的な侵襲を前提としており、賦活化される欲望は臨場性の暴力によって発動されることを考えれば、そこには暴力の痛み（負の価値）が随伴している。「集中ケアユニット」の家族に戻り、日常生活にはびこる臨場性の暴力に一度もさらされずに生きてきた人々が一堂に会するとどうなるかと考えると、自我のバリヤーが崩れ、欲動のリミッターが外され、臨場性の暴力が一気に発動するのではないか。最後の場面はそうした臨場性の積極的な価値（「抑えきれない愛」）と負の価値（侵襲の痛み）とを表しているのではないか。コロナ禍にある現在においては、こうした深読みも誘うのである。

最後に疫病（パンデミック）と近代小説について少しばかり印象めいたことを述べたい。このアンソロジーを計画して感じたことの一つは、疫病小説は案外少ない、SFなど架空の疫病を除いて現実の疫病を取材したものは少ないということだ。これは近代小説が個に特化していること、顔を持つキャラ立ちする登場人物たちのロマンスや成長、性愛や死によって成り立ってきたことと関係があるのかもしれない。パンデミックは顔を持たず劇的なプロットもない。それだけに小説とは相性が悪いのかもしれない。ヴァージニア・ウルフは「病むことについて」というインフルエンザに罹患して書いたエッセイで、文学は愛や戦いについては雄弁だが病気に関しては寡黙であるという旨のことを言っているが、パンデミックについてはさらに寡黙にならざるを得ないのかもしれない。しかし、小説の父と呼ばれるデフォーが『ペストの記憶』を書き、アメリカ初の職業作家であるブラウンが黄熱病の流行を契機に小説家になったように、疫病文学の可能性は小説の起源に胚胎《はいたい》していて、その可能性が様々な形で展開してきたことはこのアンソロジーの作品群が示している。もう一点、疫病の大流行と傑作と呼ばれる疫病小説の執筆にはタイムラグがあるように見える。これは一九一八年のパンデミックに特に顕著である。近年インフルエンザ小説として再読されているウルフの『ダロウェイ夫人』が出版されたのは一九二五年、ポーターの「蒼ざめた馬　蒼ざめた騎手」

はパンデミックから二〇年も経ってから出版されている。このタイムラグはパンデミックの性質や規模、忘却のされやすさ、作家の記憶などと複雑に絡み合って生じるのだろう。以上は印象に過ぎないので、直ちに現在の新型コロナのパンデミックと文学に当てはまるかどうかは分からない。ただ、パンデミックの集団的・文化的記憶を形成するのに重要な一翼を担うのは間違いなく文学であり、新型コロナウイルスのパンデミック文学・小説は書かれなければならない。それが書かれるのはずっと先になるにしても。それまでは、過去の疫病文学をじっくり吟味しようではないか。

平凡社の竹内涼子さんから「感染症に関する短編集はできないでしょうか、『病』編にはなかったので」というお話を頂いたのは、ちょうど『医療』編の解説を書き終えようとしていた頃だった。ペストのような疫病は研究対象として私の好みではなく、優先順位はずっと下にあったのだが、二〇二〇年、新型コロナのパンデミックを受けて一気に優先順位のトップになった。私自身も疫病文学アンソロジーの可能性を考えていたので、すぐ依頼に飛びついた。ちょうど緊急事態宣言下ということもあり、当初は図書館も閉鎖され、作品の選定には苦労したが、何とかここまでこぎつけることができた。『病』編、『医療』編同様、このような貴重な機会を与えてくださった竹内さんに改めて感謝の意を表したい。

上に述べたようにパンデミックは記憶に残りにくい。一九一八年のパンデミックがすぐさま忘れ去られたのは歴史家にとって大きな謎だった。私にとっても謎だった。しかし、新型コロナのパンデミックを経験して、謎ではなくなったような気がする。というのも、もうすでに人々はこのパンデミックを忘れつつあるのではないか、忘れたいと思っているのではないか、と感じるからだ。これは例外的なことでも異常な心理でもない。歴史的に見てごく普通の現象である。この普通の現象に文学の側からいかにして抗うのか？　本書はコロナ禍において、「文学と医学」を専門に研究してきた一文学者の思考の軌跡である。本書の短編は二〇二〇年度後期の石塚ゼミで学生と一緒に読み、解説の一部は後期開講の特殊講義（「病と身体の英米文化」）がもとになっている。どちらも当初の予定にはなく、急ごしらえのものになったが、スクリーン越しに私のオンライン授業に耳を傾けてくれた学生諸君にも感謝したい。

二〇二〇年一二月　　石塚久郎

主要参考文献

＊解説の本文中では煩雑な注は避けた。より深く知りたい人は以下の文献を参照されたい。

Snowden, Frank M. *Epidemics and Society: From the Black Death to the Present*. With a New Preface. Yale University Press, 2020.
Dobson, Mary『Disease——人類を襲った30の病魔』小林力訳、医学書院、二〇一〇年
サンドラ・ヘンペル『ビジュアル パンデミック・マップ——伝染病の起源・拡大・根絶の歴史』竹田誠・竹田美文監修、関谷冬華訳、日経ナショナルジオグラフィック社、二〇二〇年

◆疫病

Barker, Sheila. "Poussin, Plague, and Early Modern Medicine." *Art Bulletin* 86 (2004): 659-89.
Brown, Charles Brockden. "The Man at Home." (1798) Text Prepared by Duncan Faherty and Ed White. The-Man-at-Home-for-JTO-Final.pdf (common-place.org)
Ellis, Scott. "Brown and The Yellow Fever." In Philip Barnard, Hilary Emmett, and Stephen Shapiro, eds. *The Oxford Handbook of Charles Brockden Brown*. Oxford University Press, 2019.
Getz, Faye Marie. "Black Death and the Silver Lining: Meaning, Continuity, and Revolutionary Change in Histories of Medieval Plague." *Journal of the History of Biology* 24 (1991): 265-89.
Leavy, Barbara Fass. *To Blight with Plague: Studies in a Literary Theme*. New York University Press, 1992.
Roppolo, Joseph Patrick. "Meaning and 'The Masque of the Red Death.'" *Tulane Studies in English* 13 (1963): 59-69.
Zimmerman, Brett. *Edgar Allan Poe: Rhetoric and Style*. McGill-Queen's University Press, 2005.
——. "Prospero's Clock-Architecture in 'The Masque of the Red Death' Revisited." *Poe Studies* 50 (2017): 126-30.
鈴木晃仁「医学と英文学5――疫病の文学」『英語青年』二〇〇六年八月号、三三―三五頁
スーザン・ソンタグ『隠喩としての病い　エイズとその隠喩』新版、富山太佳夫訳、みすず書房、一九九二年
西迫大祐『感染症と法の社会史――病がつくる社会』新曜社、二〇一八年
新田啓子『アメリカ文学のカルトグラフィ――批評による認知地図の試み』研究社、二〇一二年
武田将明『デフォー『ペストの記憶』――見えざる恐怖に立ち向かう』１００分de名著、ＮＨＫ出版、二〇二〇年

村上陽一郎『ペスト大流行——ヨーロッパ中世の崩壊』岩波新書、一九八三年
宮崎揚弘『ペストの歴史』山川出版社、二〇一五年

◆天然痘

Allen, Margaret V. "Imagination and History in Hawthorne's 'Legends of the Province'." *American Literature* 43 (1971): 432-37.
Colacurcio, Michael J. *The Province of Piety: Moral History in Hawthorne's Early Tales*. Duke University Press, 1995.
Gross, Seymour L. "Hawthorne's 'Lady Eleanore's Mantle' as History." *Journal of English and German Philology* 54 (1955): 549-54.
Hopkins, Donald R. *The Greatest Killer: Smallpox in History*. With a New Introduction. University of Chicago Press, 2002.
Mayor, Adrienne. "The Nessus Shirt in the New World: Smallpox Blankets in History and Legend." *Journal of American Folklore* 108 (1995): 54-77.
Shuttleton, David E. *Smallpox and the Literary Imagination, 1660-1820*. Cambridge University Press, 2007.
石塚久郎「うつるんです〜感染と文学：村上春樹、『ジェイン・エア』、『ドラキュラ』」赤江雄一・高橋宣也編『感染《うつ》る』生命の教養学14、慶應義塾大学出版会、二〇一九年
西山けい子「疫病のナラティヴ——ポー、ホーソーン、メルヴィル」中良子編『災害の物語学』世界思想社、二〇一四年

◆コレラ

Beatty, William K. "Some Medical Aspects of Rudyard Kipling." *Practitioner* 215 (1975): 532–42.

Belford, Barbara. *Bram Stoker: A Biography of the Author of Dracula*. Weidenfeld and Nicolson, 1996.

Gallagher, Noelle Dückmann. "Metaphors of Infectious Disease in Eighteenth-Century Literature: Complex Comparatives in Daniel Defoe's *A Journal of the Plague Year* (1722)." In Clark Lawlor and Andrew Mangham, eds. *Literature and Medicine: The Eighteenth Century*. Cambridge University Press, 2021.

Gilbert, Pamela K. *Cholera and Nation: Doctoring the Social Body in Victorian England*. State University of New York Press, 2008.

Goonetilleke, D.C.R.A. "Colonial Neuroses: Kipling and Forster." *Ariel* 5 (1974): 56–67.

Hamlin, Christopher. *Cholera: The Biography*. Oxford University Press, 2009.

Klein, Ira. "Death in India, 1871-1921." *Journal of Asian Studies* 32 (1973): 639–59.

Ludlam, H. *A Biography of Dracula: The Life Story of Bram Stoker*. Quality Book Club, 1962.

Lycett, Andrew. *Rudyard Kipling*. Phoenix, 1999.

Mukherjee, Upamanyu Pablo. *Natural Disasters and Victorian Empire: Famines, Fevers and Literary Cultures of South Asia*. Palgrave Macmillan, 2013.

——. "Cholera, Kipling, and Tropical India." In Greg Garrard ed. *The Oxford Handbook of Ecocriticism*. Oxford University Press, 2014.

O'Connor, Erin. *Raw Material: Producing Pathology in Victorian Culture*. Duke University Press, 2000.

Sullivan, Zohreh T. *Narratives of Empire: The Fictions of Rudyard Kipling*. Cambridge University Press, 1993.

Willis, Martin. "'The Invisible Giant,' *Dracula*, and Disease." *Studies in the Novel* 39 (2007): 301–23.

デイヴィッド・アーノルド『身体の植民地化――19世紀インドの国家医療と流行病』見市雅俊訳、みすず書房、二〇一九年石塚久郎「うつるんです〜感染と文学：村上春樹、『ジェイン・エア』、『ドラキュラ』」赤江雄一・高橋宣也編『感染《うつ》る』生命の教養学14、慶應義塾大学出版会、二〇一九年
見市雅俊『コレラの世界史』晶文社、一九九四年
見市雅俊・高木勇夫・柿本昭人・南直人・川越修『青い恐怖 白い街――コレラ流行と近代ヨーロッパ』平凡社、一九九〇年

◆インフルエンザ

Arnold, Catherine. *Pandemic 1918: Eyewitness Accounts from the Greatest Medical Holocaust in Modern History*. St. Martin's Griffin, 2018.
Belling, Catherine. "Overwhelming the Medium: Fiction and the Trauma of Pandemic Influenza in 1918." *Literature and Medicine* 28 (2009): 55-81.
Bollinger, Laurel. "Trauma, Influenza, and Revelation in Katherine Anne Porter's 'Pale Horse, Pale Rider'." *Papers on Language and Literature* 49 (2013): 364-89.
Bracken, Rachel Conrad. "Influenza and Embodied Sociality in Early Twenties-Century Literature." *American Literary History* 32 (2020): 507-34.
Bristow, Nancy K. *American Pandemic: The Lost Worlds of the 1918 Influenza Epidemic*. Oxford University Press, 2012.
Davis, David A. "The Forgotten Apocalypse: Katherine Anne Porter's 'Pale Horse, Pale Rider,' Traumatic Memory, and the Influenza Pandemic of 1918." *Southern Literary Journal* 43 (2011): 55-74.
Fisher, Joan Elizabeth. *Envisioning Disease, Gender, and War: Women's Narratives of the 1918 Influenza Pandemic*. Palgrave Macmillan, 2012.
Givner, Joan. *Katherine Anne Porter: A Life*. Revised ed. University of Georgia Press, 1991.

Honigsbaum, Mark. *Living with Enza: The Forgotten Story of Britain and the Great Flu Pandemic of 1918*. Macmillan, 2009.
——. "The Great Dread: Cultural and Psychological Impacts and Responses to the 'Russian' Influenza in the United Kingdom, 1889-1893." *Social History of Medicine* 23 (2010): 299-319.
——. *A History of the Great Influenza Pandemics: Death, Panic and Hysteria, 1830-1920*. Bloomsbury Academic, 2014.
Hovanec, Caroline. "Of Bodies, Families, and Communities: Refiguring the 1918 Influenza Pandemic." *Literature and Medicine* 29 (2011): 161-81.
Outka, Elizabeth. *Viral Modernism: The Influenza Pandemic and Interwar Literature*. Columbia University Press, 2020.
Phillips, Howard. "The Recent Wave of 'Spanish' Flu Historiography." *Social History of Medicine* 27 (2014): 789-808.
Smith, F.B. "The Russian Influenza in the United Kingdom, 1889-1894." *Social History of Medicine* 8 (1995): 55-73.
Spinney, Laura. *Pale Rider: The Spanish Flu of 1918 and How It Changed the World*. Jonathan Cape, 2017.
Titus, Mary. *The Ambivalent Art of Katherine Anne Porter*. University of Georgia Press, 2005.
Youngblood, Sarah. "Structure and Imagery in Katherine Anne Porter's 'Pale Horse, Pale Rider'." *Modern Fiction Studies* 5 (1959-60): 344-52.
トム・クイン『人類対インフルエンザ』山田美明・荒川邦子訳、朝日新書、二〇一〇年
アルフレッド・W・クロスビー『史上最悪のインフルエンザ——忘れられたパンデミック』西村秀一訳、みすず書房、二〇〇四年
ジョン・バリー『グレート・インフルエンザ』平澤正夫訳、共同通信社、二〇〇五年

E・H・ロペズ『キャサリン・アン・ポーター、自己を語る——虚像と実像の間』小林田鶴子訳、大阪教育図書、一九八四年

◆疫病の後

Boyle, T. C. *After the Plague and Other Stories.* Penguin, 2001.

Marker, Jeff W. "A Mediated Family is a Happy Family: J.G. Ballard's 'Intensive Care Unit'." *Journal of Popular Culture* 44 (2011): 333-46.

斎藤環「コロナ・ピューリタニズムの懸念」筑摩書房編集部編『コロナ後の世界——いま、この地点から考える』筑摩書房、二〇二〇年

——「人は人と出会うべきなのか」https://note.com/tamakisaito/n/n23fc9a4fefec

J・G・バラード「巨大な空間」、「世界最大のテーマパーク」、「楽しい時間を」、「モーテルの建築術」『J・G・バラード短編全集5——近未来の神話』柳下毅一郎監修、浅倉久志他訳、東京創元社、二〇一八年

E・M・フォースター「機械《マシーン》が止まる」『E・M・フォースター著作集5 短篇集I——天国行きの乗合馬車』小池滋訳、みすず書房、一九九六年

[著者]

Edgar Allan Poe

エドガー・アラン・ポー（1809-49）
アメリカの作家、詩人、批評家。ゴシックロマンス、ミステリ（探偵小説、推理小説、犯罪小説）、SF、ホラー、冒険小説など実に様々なジャンルの作品を手掛けた。そのジャンルの多くを開拓したと言われ、後世の作家に多大な影響を与えた。

Nathaniel Hawthorne

ナサニエル・ホーソーン（1804-64）
アメリカの作家。アメリカ・ルネサンスを代表する作家の一人。代表作の『緋文字』は姦通文学として日本でも有名。マッド・サイエンティストものなど医科学を題材にした短編も書いている。

Bram Stoker

ブラム・ストーカー（1847-1912）
アイルランドの作家。現在では代表作である怪奇小説『ドラキュラ』によってのみ記憶される。名優ヘンリー・アーヴィングの劇団の秘書を務めながら小説を執筆。『黄泉の下』は子供向けに書かれたファンタジー短編小説集。

Rudyard Kipling

ラドヤード・キプリング（1865-1936）
インド生まれのイギリスの作家、詩人。英語圏で初のノーベル文学賞を受賞。『ジャングル・ブック』や『キム』などのインドを舞台とした作品が有名。短編の名手とも言われ、帝国主義や愛国主義の枠に収まらない、複雑で難解な作品を手掛けた。

Katherine Anne Porter

キャサリン・アン・ポーター（1890-1980）
アメリカの作家。デンヴァーで新聞記者をしていた時にスペイン・インフルエンザに罹患。波瀾万丈な人生を歩む。寡作な作家で、ベストセラーとなった『愚者の船』が唯一の長編。完成度の高い短編を多く残した。

J. G. Ballard

J. G. バラード（1930-2009）
イギリスの作家。上海の共同租界に生まれ、日本軍の捕虜収容所で幼年時代を過ごした。1960年代 SF に新しい波をもたらした立役者の一人。「外宇宙」から人間の深層心理に焦点を移した「内宇宙」の世界を描いた。

平凡社ライブラリー 915

疫病短編小説集《えきびようたんぺんしようせつしゆう》

発行日…………2021年 3 月10日　初版第 1 刷

著者……………R. キプリング、K. A. ポーターほか
監訳者…………石塚久郎
発行者…………下中美都
発行所…………株式会社平凡社
〒101-0051　東京都千代田区神田神保町3-29
電話　東京(03)3230-6579[編集]
東京(03)3230-6573[営業]
振替　00180-0-29639

印刷・製本……藤原印刷株式会社
D T P…………平凡社制作
装幀……………中垣信夫

ISBN978-4-582-76915-9
NDC分類番号938　B 6 変型判(16.0cm)　総ページ312

平凡社ホームページ https://www.heibonsha.co.jp/

落丁・乱丁本のお取り替えは小社読者サービス係まで
直接お送りください（送料、小社負担）。